U1068862

# 孔雀开屏

王建平 著

江苏凤凰文艺出版社
JIANGSU PHOENIX LITERATURE AND ART PUBLISHING, LTD

**图书在版编目(CIP)数据**

孔雀开屏 / 王建平著. —南京 ：江苏凤凰文艺出版社，2019.5

ISBN 978-7-5594-3385-5

Ⅰ.①孔… Ⅱ.①王… Ⅲ.①中篇小说—小说集—中国—当代 Ⅳ.①I247.5

中国版本图书馆 CIP 数据核字(2019)第 037168 号

**孔雀开屏**

王建平　著

责任编辑　张　婷　傅一岑
装帧设计　私鏊坊_刘　俊　石晓云
责任印制　刘　巍
出版发行　江苏凤凰文艺出版社
　　　　　南京市中央路 165 号，邮编：210009
网　　址　http://www.jswenyi.com
印　　刷　南京捷迅印务有限公司
开　　本　889×1194 毫米　1/32
印　　张　9.25
字　　数　220 千字
版　　次　2019 年 5 月第 1 版　2019 年 5 月第 1 次印刷
书　　号　ISBN 978-7-5594-3385-5
定　　价　39.00 元

江苏凤凰文艺版图书凡印刷、装订错误可随时向承印厂调换

# 目　录

同情与反讽双重气质的现实叙事
——评王建平中篇小说集《孔雀开屏》(代序)/王达敏 …… 1

枯笔 …… 1
孔雀开屏 …… 47
蒯子生眼里的天空 …… 92
中山装 …… 137
醉酒事件 …… 181
和一只蚊子较上了劲 …… 237

# 同情与反讽双重气质的现实叙事

## ——评王建平中篇小说集《孔雀开屏》

（代序）

王达敏

王建平中篇小说集《孔雀开屏》，全是2016—2018年发表的近作，共6篇。

最早发表的《醉酒事件》两年多前刚发表时我就读过，还有印象，感觉这是一篇品质很好的小说。那次是浅读，读的是故事，还有荒诞叙事里反讽和幽默共舞的趣味。这次是深读，才意识到这是一部只有深读才能读出隐含在故事及荒诞叙事里面的多重语义的作品。王建平这部小说集的特点，它可以全权代表，概言之：同情与反讽双重气质的现实叙事。

金庙乡党委书记岳达成调往县民政局任局长，一起工作多年的同事们为他饯行。为响应上级的规定，乡长寇明理自带酒菜请大伙在食堂聚餐。迎来送往，人之常情，何况这还是在人情浓厚的乡镇。岳书记一走，乡党政主要干部都有机会向上走一步，各人心中都抱有希望，大家热情高涨，杯觥交错。酒至酣畅时，恰好乡机关打字员兼收发员闵晓芸从县里办事回来，被乡党政办副主任项小乐发现，乡长便叫她过来，她极不情愿地移步食堂向岳书记敬酒。哪知一个罍子下去不久，闵晓芸脸色煞白，寇明理见状就叫项小乐送她回家。醉酒的闵晓芸回家后，迷蒙中发觉项小乐送她的限量版泰迪熊手机挂件丢了，便出门寻找，结果冻死在雪地里。——这就是《醉酒事件》描写的“醉酒事件”。

接下来，“醉酒事件”如何写，最能见出一位作家的思想境界。轻车熟路的写法，无非是迎合大众“仇官仇富”的心理，迎合反腐倡廉的大势，写出这批干部的阴暗心理，丧失人性的卑劣手段，直至被惩处的大快人心。或者反转往人性方向发展，写出闵家父子的向善宽容。这两种写法流弊积压已久，前者平庸俗套，后者易入人性之道，但托大却难。托大之难，难在精神的生成总是在乡村伦理里兜圈子，走不出境界，甚至还会走上糟糕境地，世俗伦理最终沦为权力的附庸。

王建平怎么写呢？一眼就能看到头的这两种写法他都摒弃了。对“醉酒事件”他不做是非对错善恶的判断，如同余华写作《活着》时那样，对现实不是取简单的发泄、控诉和揭露的态度，而是对一切事物理解之后的超然，“用同情的目光看待世界”。同情不是廉价的肯定，也不是浅薄的否定，而是对现实理解后的人性投射，其中有内疚悔恨、自我归罪和自我救赎，还有极为隐蔽的反讽性的醒悟。

“醉酒事件”发生后，乡干部人人自危，包括已经去县民政局上任的岳达成，他们担心此事传开后，参加吃饭的人都要受处分。而一旦受处分，这辈子就再难有翻身的机会了。寇明理立即召集大家商量对策，按照公安机关给出的结论统一口径，即“闵晓芸是夜里出门不小心摔倒后，出现了意识障碍，最后被冻死的”。这个结论彻底切断了闵晓芸之死与他们的关系，分明有为乡干部开脱罪责的嫌疑。这里，叙事者对乡干部的同情与乡干部对自己的同情无缝对接了。可寇明理清楚，一切都是酒惹的祸，“闵晓芸要是不喝酒，会不会出门呢？即便是出门摔倒了，会不会被冻死呢？”理性上，他要控制“醉酒事件”向不利于他们的方向发展，以保全自己和大家；良心上，他觉得自己对不住小姑娘闵晓芸，为她的死感到内疚。仅仅是内疚，远未产生罪的意识，所以他一边想方设法控制事态，一边带头筹集10万元钱补偿闵家。闵家父子千恩万谢，隐患解除。这样一来，因同情而产生的偏斜被内疚和补偿平衡了，结果双赢。

惊恐之中，他们都忽视了项小乐这颗定时炸弹的存在，待发现“一根筋”的项小乐时，他们吓出了一身冷汗。自从闵晓芸死亡之后，项小乐一直处于不能自拔的极度痛苦之中，备受煎熬。闵晓芸是谁？是同事？是下属？是朋友？是，又不是。在项小乐的眼里，闵晓芸是他暗恋的女人，梦中的情人，为了她，他谢绝了县委宣传部的调动；为了她，他可以舍去一切。闵晓芸不幸死亡，他自责归罪：“如果那天在酒桌上他不说遇到闵晓芸、不炸那个罍子，或者说不送那只泰迪熊，闵晓芸就不会出现意外的。”他觉得自己就是一个罪魁祸首，他要赎罪。他坚定了一个念头，决定豁出自己，向组织上检举自己在闵晓芸事件上的过失。他先向闵家父子解释闵晓芸的死因，遭到他们的痛斥。继而向县委组织部、县纪委、县信访局举报自己，终无果，无奈之下，他改变方向，往市里和省里上访。他根本不考虑他的自我救赎是自我毁灭性的，他已经到了自毁的状态，自然也就顾不上他的自我救赎实际上还要搭上乡干部一班人，甚至还要连累公安机关和各级领导。任人怎么劝说，他滴水不进，刀枪不入，大有不达目的决不罢休之势。寇书记（寇明理已经由乡长升为书记）夫人舒兰兰求他：“你现在和老寇他们就像是连体兄弟了，你孬哄哄地往自己身上扎一刀，他们能不跟着疼吗？我家老寇容易吗？他这个书记也是一点点从土里拱出来的，胃都割了一大块了，你再这样闹下去，不是又要割他的心吗？”求他不从，寇明理想到了人海战术，在接下来的日子里，在单位，在医院，在家里，在电话里，项小乐整天被无数张嘴包围着，他精神恍惚，像《狂人日记》里的“狂人”，在幻觉中感受着无时不在、无处不在的迫害，致使他失常般地做出追打女人、踹女厕所、爬铁塔乃至跳塔自杀的疯狂举动。自杀没伤命，被关进精神病院。诊断结果：项小乐患上了“精神自虐症”。

当项小乐与五个患有“精神自虐症”的病人同住一室时，奇迹发生了，在现实世界被折磨致疯的项小乐，在荒诞世界反而自愈清醒了。这是反讽：现实世界荒诞虚伪，荒诞世界真实可信；小说的表层意义被深层意义解构，现实被荒诞解构。

项小乐出院了，小说结尾一笔，令人战栗的描述出现了：第二天，项小乐来到闵晓芸的墓前，给她烧了不少纸钱，这一次，连同烧掉的还有那只泰迪熊，项小乐在心里默默地念叨：“晓芸啊，还是让泰迪熊去陪陪你吧，这恐怕是我唯一能为你做的事了。”

这又是反讽：项小乐的精神自虐症治愈后，其言行已经正常，不再与现实作对。他向闵晓芸告别，彻底卸下负担，不再为爱情所累。项小乐解脱了，可他身上好像又少了些什么东西，着实令人深思感慨。这种自我否定如同《狂人日记》的狂人一样，病愈后，现已“赴某地候补”做官去了。

噫吁嚱，这篇小说里原来还隐含着一篇当代版的《狂人日记》。

这本小说集，最出色的小说当数《醉酒事件》，还有与此几乎同时发表的《和一只蚊子较上了劲》（以下简称《蚊子》）。我有些怠慢了后者，可能是感觉它的名字没起好。

这篇小说的文眼是“蚊子”，它是人物“心魔”的隐喻，而正是“心魔”造成现代人精神分裂的状态。在这里，隐喻潜入事物，使事物不仅是事物本体，又否定了事物本身，在扩大它的内涵之时生成另一种喻体。由此看来，隐喻是一种“化实为虚”“化具象为意象”的重要艺术方式，借助具象的“蚊子”生成意象化的精神形象“心魔”，即意象。意象潜含着文本意义，即“存在的本然状态”，直接指向文本意图。结果是，因隐喻，作品获得了一现一隐的“双重文本”；并置共存的“双重文本”绝非二者分离，它们在叙事上构成了现代意义的互文性。

《蚊子》起笔便荒诞，“我”为写诗而辞职，老婆业彩凤为此与“我”离婚。一只蚊子幽灵般地乘虚介入“我”的生活，赶不走，躲不开，灭不了，严重地影响了“我”的生活，让“我”处于萎靡和烦躁状态。心理医生欧阳丁香说“我”患了“轻度分离型癔症”。灵城大学副教授戚大开总是讲脏话，不由自主地讲脏话，而且不分地点场合，越讲越亢奋，他认定自己得了“秽语症”。市文明办办公室主任萧海洋被一纸举报信断了晋升机会，他“以其人之道，还治其人之身”，这“其人”没有确定的目标，“其人”便扩大为“他们”。他开始写举报信，乐此不疲，上瘾成趣，从单位写到社会，捕风捉影想当然，还有文学虚构的插科打诨，这种阴阳人格可归入“迫害症”。佛教高僧为他们解惑，说他们的“隐形的自我”和“心里纠结”是“心魔”所致，而祛除魔症，则“魔由心生，还需心灭”，别无他法。他们一时领悟不了佛教的禅语禅意，而心理医生给他们三人分别开出的“爱情疗法”“自我惩罚疗法”“发泄疗法和疲劳疗法”，均以失败而告终。他们三人整天泡在一起想尽办法祛除“心魔”，反讽的是，他们各自的“魔症”还没治愈，反而相互交叉感染了：戚大开学会了“我”的清傲和虚空，萧海洋染上了戚大开说脏话的毛病，而“我”竟然学会了萧海洋背后整人的下三滥伎俩。

绝处逢生的一幕又出现了，当匪徒抢劫金店时，他们三人经历了生死考验而凤凰涅槃，一下子顿悟重生了，心魔也随之消失，“我”找到了爱情，戚大开不再说脏话，萧海洋不再写举报信。

别高兴得太早，严歌平先生提醒我们：“只要人类在这个地球上的贪婪与邪恶不止，只要我们被各种自私的欲望折磨得精疲力竭，那么这只象征着‘心魔’的蚊子对我们的叮咬与骚扰将会永无休止。”（严歌平：《这只蚊子的骚扰将永无休止——评王建平中篇小说〈和一只蚊子较上了劲〉》，《安徽文学》2016 年第 3 期，第 49 页。）一语成谶，专治精神病的心理医生欧阳丁香为情魔所陷而患上严重的抑郁症，整天披头散发，精神恍惚。

《蚊子》以荒诞始，以荒诞终，荒诞所及，指向现代人的精神分裂状态，包括种种匪夷所思的魔症：富婆偷窃成瘾，若一天不偷就会心慌气喘眩晕；家境甚好的老人偏偏乞讨别人吸剩的烟头；无忧无虑的老太太迷恋上吃泥巴。

这篇小说，荒诞反讽坐实，与《醉酒事件》默契呼应，同情则化物于无形融入叙事之中，看不见，摸不着，却能感觉得到。

但我还是认为，这篇小说最大的遗憾是名字没起好。现在的名字累赘且不说，还将形象丰富的语义做了现实狭隘化、粗暴化的处理。一个好的名字可以为一篇（部）小说增添光彩，使其更容易流传；尤其在顾盼左右、徘徊疑虑之间，一个好的名字甚至可以救活一篇（部）小说。比如余华的《活着》，名字多么简单直白，又多么丰富形象，试想，若为它起名为《与死亡较量》《与命运较上了劲》，它还能像现在这么丰富、这么经典吗？王建平把小说已经写到优秀水平，怎么说他都应该在小说的命名及人物的命名上多下些功夫，再讲究些。我始终认为，好作家视作品为命，好作品视名字为命。

之后发表的四篇，《蒯子生眼里的天空》：一个被神话的留美科学家，原来却是一个愚呆固执、性格怪异、不切实际、处事无能的俗人，他眼里的“天空”的科学价值，在世俗的功利主义者看来，简直不堪一击。《孔雀开屏》：一个命运多舛的女人，一个含辛茹苦的女人，一个尊严做人的女人，一个无罪而归罪赎罪的女人，合起来是一个女人，她叫田苦荞。孔雀开屏，美在开屏，苦在隐忍。《中山装》：世事变幻，命运莫测，梦想不断地幻灭，但那份坚守还在；《枯笔》是90年代“现实主义冲击波”小说的重新起航，写乡村干部的艰难和无奈。这四篇小说虽然各有千秋，但想超越却难。

不由感慨，小说是越来越难写了。自鲁迅起，小说百年。百年小说，出尽了风头，领时代风骚，占文学主流，创小说时代，成就了20世纪中国文学的辉煌，说百年文学是小说的时代，一点不为过。近三十多年来，小说势头有增无减，每年以成千上万篇/部的惊人数量往前推进。生逢小说盛世，真可谓：喜也小说，悲也小说；成也小说，败也小说。众说文学创作有两大难题，一是写什么，二是怎么写。想想，确实如此。难在你想到的，别人也想到了；你想写的，别人已经写过了；你想出奇制胜这么写，别人不仅写出来了，而且比你写得好。还想着原创经典，哪有那么多的原创经典？于是模仿、复制、撞车的现象比比皆是，低水平的写作不知破了多少人的作家梦，怎么办？无捷径。唯有多读多见多思，广积资粮，开阔眼界，丰满羽翼，才能蓄势待发，振翅高飞，像法国诗人瓦雷里在《风灵》一诗里所描写的那样：“无影也无踪，神工呢碰巧？别看我刚到，一举便成功！”

期待王建平如此！

安徽大学文学院教授、博士生导师
中国小说学会副会长
王达敏

2018年11月6日

# 枯　笔

## 1

如果不是那个突如其来的电话，彭大铭和老婆于诗曼的离婚谈判可能会演变成一场唇枪舌剑的交锋。

谈判是从晚上八点钟开始的，地点是于诗曼定的，就是小区对面那家“两岸咖啡”。于诗曼是个极其浪漫的女人，浪漫得居然离婚这种事也放到这样的场所来谈。彭大铭不想在这种错误的地方谈这种闹心的事，就在电话里对于诗曼说：“能不能换个场子？哪怕就在路边也行。”于诗曼不屑地说：“彭大铭，你又心疼钱了吧？今天我掏钱请客总行了吧？”彭大铭无奈，只好去了。当他走到咖啡屋那个幽静的角落时，于诗曼早就点好两杯极品蓝山咖啡等在那里。于诗曼穿着一身黑色的淑女装，头发精致地盘起，看上去就像在等一个情投意合的人。坐定后，两人在缠绵的轻音乐中谈论起各奔东西的事。刚开始，气氛还算平和，但谈到儿子的抚养权时，双方都无法继续保持镇定，而是表现出主权问题不容商量的坚决态度，声音也渐渐高了起来。彭大铭像喝酒一样仰起脖子干了那杯咖啡，准备一战到底。

就在这时，他的手机响了，掏出来一看，是县信访办主任秦和打来的。彭大铭就像是被电了一下，一种酸麻的感觉刹那间贯通全身。彭大铭平时最怕接秦和的电话，因为他的乌鸦嘴里从来就没有什么好消息。果不其然，电话刚一接通，秦和那虚张声势的声音就传了过来：“大铭啊，大事不妙呀，你那老亲戚可又进省城啦！”

秦和所说的“老亲戚”是乡里的老上访户黄冬菊，彭大铭对她早就烦不胜烦，于是恨恨地说：“天要落雨娘要嫁人，她爱去哪儿去哪儿吧！”

“老弟啊，我知道你说的是气话，到省城上访可不是小事喔，你可不能马虎呀。”

“秦主任，我孬好也是个乡党委书记，全乡那么多着急上火的事等着我去料理，我总不能天天围着个‘滚刀肉’转吧？”

“大铭，你就别再发牢骚了，还是赶紧想办法把人领回来吧。我这可是以老大哥的身份劝你呀，待会儿宋书记给你打电话就不会这么客气了，你可得有思想准备哟。”

一提起县委书记宋春晖，彭大铭的心就虚了起来，但瞥了一眼面前已经恢复优雅姿态的于诗曼，他只好继续故作镇定地应付着秦和。通完电话后，彭大铭已经没有心思再和于诗曼周旋，便对她说：“我们的事还是改日再谈吧，我有点儿急事先走了。”不等于诗曼回应，他就离开座位要走。于诗曼用一种近乎客气的口吻说：“没关系，我已经适应你的异常举止了，再给你几天时间，我们总该有个了断吧。”

刚出咖啡屋大门，县委宋书记的电话就到了，声音里并没有往常那种噼里啪啦的火药味儿，而是透出几分沉重来：“大铭同志啊，黄冬菊为什么五次三番地到省城上访呢？这个问题值得我们深思呀……”宋书记的声音就像是云层中滚动的闷雷，始终没有炸开来，这反倒让彭大铭更加不自在。他想做些解释，比方说黄冬菊如何不可理喻、乡里如何对她做到仁至义尽，等等，但却总是开不了口，就像一泡尿憋在那儿就是撒不出来。最终，他一跺脚索性抛出个军令状，说："宋书记，您放心，我负责把人领回来，并保证她再也不到省城去闹了。"宋书记警觉地说："你拿什么来保证？违法的事可千万别干啊。"彭大铭有些悲壮地说："我用乌纱帽做保证，如果不把黄冬菊的问题彻底解决好，我引咎辞职。"

挂了宋书记的电话，彭大铭赶紧拨通了分管信访的副乡长田万亩的手机，开口就质问他为什么没有及时掌握黄冬菊的动向。田万亩委屈地说："我最近几乎天天上她家串门，弄得我老婆都起疑心了，谁知她说溜就溜呀。彭书记，黄冬菊她是个大活人呀，她要是一棵树我就拴根绳子天天吊住她，哪怕成了吊死鬼我也要把她给拴住……"彭大铭听得有些不耐烦，截断了他的话头，让他准备一下明天一早跟自己坐火车到省城接人。

回到家里已经是十点多了，看着没有一点儿生气的房间，彭大铭感到一阵蚀骨的孤独。于诗曼带着儿子亮亮住在娘家已经很长时间了，他在乡里忙得一个月也难回来一趟。

他颓然地坐到沙发上，呆呆地看着墙上那幅大照片，于诗曼站在一片芦苇丛中，笑得是那样明媚。那是他刚到乡里工作不久，于诗曼去看他时拍的。记得当时于诗曼见到那片夕阳中的芦苇时，兴奋得手舞足蹈，说了一句让人啼笑皆非的话："大铭，你真幸福，原来你天天在这样的美景里工作呀！"

于诗曼在市群艺馆工作，人长得漂亮，还弹得一手好钢琴。当年，彭大铭在团市委工作的时候，参与组织了一场青年文艺汇演，并因此认识了于诗曼。演出那天晚上，于诗曼可以说是出尽了风头。她一袭白色长裙，坐在一架白色的钢琴前，把一首《秋日私语》演绎得如梦如幻。彭大铭坐在台下听得如痴如醉，好半天没缓过神儿来。也就是从那天起，他展开了对她的爱情攻势。

其实，那段时间，彭大铭经人介绍已经和一个包工头的女儿有过几次接触了。那女孩儿长得也不错，对他也算是一见钟情。但他反复比较了两个女人，得出的结论是包工头女儿身上缺少了一种东西，这种东西叫作——浪漫。对于彭大铭这种祖祖辈辈都沾着土腥味儿的人来说，浪漫是一种遥不可及的奢侈品，但他偏偏在那个晚上迷恋上了浪漫。

为了配合于诗曼的浪漫，彭大铭和她见面的时候经常要带上一束鲜花，还要陪她喝喝咖啡，陪她在雨中散步，陪她到护城河边看火烧云，时不时还要绞尽脑汁给她写上一首情诗。当然，彭大铭之所以能够彻底征服于诗曼，靠的还是自己的杀手锏——书法。他的草书颇见功底，尤其是枯笔的运用恰到好处，"飞白"中尽显洒脱飘逸，很有点儿怀素的味道。记得有一次，他在四尺宣上龙飞凤舞地写着陆游的《钗头凤》，于诗曼在一旁痴痴地看着，不知不觉就泪流满面了。

玻璃茶几下放着于诗曼喝剩下的大半瓶洋酒，彭大铭随手拿起来就喝了。喝着喝着，脑海里的往事便风起云涌。

不知从什么时候开始，他和于诗曼的日子开始过得磕磕绊绊起来。

结婚生子后，于诗曼的浪漫依然延续，而且波及生活的方方面面。她甚至连做爱都要事先调好背景音乐，为此还不惜花了好几万元买了一套名牌音响。但彭大铭每次在床上听到那浪漫的曲调就会心慌意乱。在他看来，那音响流淌出来的不是美妙音乐，而是一张张被撕碎的百元大钞。彭大铭开始感到有些撑不住了，他深刻地认识到，浪漫是需要物质支撑的。他要过日子，要抚养儿子，他的老父亲和两个姐姐还在农村，还需要他接济，他挤不出更多的钱和精力陪妻子风花雪月。尤其是到乡镇工作以后，“五加二”连着“白加黑”，累得他连自己喜欢的书法都懒得练了。这样一来，两人的距离渐渐就拉大了，矛盾不断发生。

一天晚上，两人从孩子姥姥家回来时，刚好碰上小区对面的“两岸咖啡”开业酬宾。于诗曼提议进去坐坐，彭大铭则坚持认为里面的咖啡贼贵，不如省下钱来买两斤排骨炖炖。于诗曼推了他一把，说：“你喝你的排骨汤去吧。”说完径直进了咖啡屋。彭大铭在门口犹豫了一会儿，还是离开了。那天晚上，于诗曼回家很迟，但彭大铭一直等着她。桌子上散落着存折、计算器和一个记账的本子。彭大铭指着桌上的东西对刚进门的老婆说：“于诗曼，你这美酒加咖啡的日子我看快要到头儿了，咱家眼看就要破产喽。”于诗曼对此嗤之以鼻，说：“就你这彻头彻尾的无产者还谈得上破产？”彭大铭就开始一笔笔算收支账念给她听，他算得很细，就差算上于诗曼每月买卫生巾的钱了。算着算着，两人就吵了起来。从那天晚上开始，于诗曼就经常带着儿子回娘家住了，而且频率越来越高。

为了减少于诗曼大手大脚花钱带来的负面影响，彭大铭开始小心翼翼地攒起私房钱，就像田鼠偷偷地贮存粮食一样。但最终还是被于诗曼发现了，于是夫妻间的矛盾开始升级，一场暴风雨般的口水战之后，于诗曼带着儿子永久性地离家出走了。

午夜时分，躺在沙发上睡着的彭大铭被手机铃声惊醒，一看居然是黄冬菊的电话。黄冬菊在电话里大大咧咧地说：“彭大书记，这么久才接电话，不会是在哪儿潇洒呢吧？”

“黄冬菊，别说我啦，你现在到底在哪儿？”

“我在省政府门前的广场上。”

“深更半夜你去那儿干吗？”

“等到天亮放风筝呀。”

"放啥风筝？咱铜锣乡就没有放风筝的地方啦？"

"嘿嘿，我这风筝可是要放给大领导看的。"

"你可千万别胡来，明天一早我就去省城找你，咱俩好好谈谈。"

"有啥好谈的，你不答应我的条件，这次我死活不回来了。"

彭大铭还想说些软硬兼施的话，黄冬菊却把电话给挂了。

彭大铭往后一仰，身体重重地靠在了沙发上。再一次看到于诗曼的照片后，他忽然发出一阵苦笑来。看来自己目前面临的最大问题是两个女人对自己的夹击，一个是于诗曼，她要毁掉自己的家庭；而另一个就是黄冬菊了，她要毁掉自己的前程。他在想，不少成功的男人都在走桃花运，难道自己要遭遇"桃花劫"？他实在是心有不甘。

## 2

天还没亮，彭大铭就和田万亩还有乡计生办主任金银花一起往火车站赶。田万亩开车，彭大铭坐在副驾驶位置上闭目缄口，满脑子想着黄冬菊的事。

大约就是在彭大铭到铜锣乡任职的那年夏天，黄冬菊出了事儿。那天晚上，黄冬菊和丈夫在镇上一个亲戚家吃完饭骑摩托车回家，车子在经过乡政府门口的时候，突然剧烈地颠了一下，结果人仰车翻，坐在后座上的黄冬菊被摔出几个轱辘。夫妻俩被送到医院后，性命倒无大碍，但黄冬菊肚子里的孩子却没了。这对于结婚好几年才怀上孩子的黄冬菊来说，简直就是天塌了。

然而更残酷的是，老天只给了黄冬菊一次怀孕的机会，从此，她的肚子就像一个漏底的瘪口袋，再也存不住什么货了。

黄冬菊夫妇心无旁骛地开始了他们的上访之路。他们要让乡里赔偿有关费用，理由是摩托车之所以侧翻，是因为乡政府门口的路上新装了减速带，而这种减速带又是一种简易的不太规范的减速带。乡里接访的领导起初给他们的答复是，只能象征性地给一两千块钱安抚一下。黄冬菊一听脸都黄了，说道："你们当我肚子里怀的是小猫小狗吗？那可是我们夫妻俩今后养老的靠山啊！"黄冬菊大呼小叫的时候，她丈夫十分默契地掏出一瓶农药，大有一饮而尽的架势，幸亏周围的人一拥而上才把药瓶抢了下来。有人过来劝他们，如果你们真觉得有理，可以走法律渠道去告乡政府。黄冬菊警惕地说："我才不上你们的当哩，她秋菊打官司，我冬菊就是要上访。"

就这样，夫妻俩一级一级往上"访"着，一直"访"到了省城。时间一晃七年多了，彭大铭已经从乡长变成了书记，但黄冬菊上访的劲头却是历久弥坚，还声称要去北京。他粗略地算过，乡里前前后后通过各种渠道给黄冬菊家补偿六七万元了，其中他自己还掏过四千元给她。而黄冬菊好像只消停过半年。这半年中，彭大铭耳根清净了许多，以为黄冬菊终于知足了。没想到，半年后，她竟然变本加厉卷土重来。事后才知道，她丈夫带着他们"跑来的钱"失踪了，走的时候给她留了个条子，说是出去做生意挣钱回来盖楼房。但这在黄冬菊看来是极其扯淡的理由，儿子都没了，盖啥房子？她坚持认为丈夫是想出去找一个会生孩子的女人。黄冬菊的脾气因此变得更加阴晴不定，她驾轻就熟地再次把气撒在了乡政府头上。

汽车在经过一条减速带后，彭大铭睁开了眼睛，突然问车里的两个人："黄冬菊有些啥爱好呢？"

田万亩脱口而出："她就喜欢上访。"

"废话，这还用你说？"

金银花插话说："对了，黄冬菊特别喜欢孩子，没事儿就去乡中心小学看孩子们在操场玩耍，唉，她要是有个孩子就好喽。”

“她的这个爱好我们实在没法儿满足呀，就这一点来说，这个女人其实也怪可怜的，唉……”彭大铭一声叹息，又把眼睛闭上了。

到了省城火车站，已经是下午一点多钟了。田万亩一下车就准备给黄冬菊打电话，却被彭大铭制止了，说别一打电话把她打跑了，还是先找到她住的地方再说吧。田万亩凭借他到省城多次找黄冬菊的经验，判断她肯定还住在省政府附近的小旅店里。三个人打车径直赶到省政府所在的那条街，很快就在一家叫“老皇城”的客栈里查到了黄冬菊的入住信息。敲了半天门，屋里却没任何动静。问客栈的服务员，也不知道人去哪儿了。田万亩说，坏了，弄不好她又去信访办门口排队了。彭大铭也慌了，赶紧拨通了黄冬菊的电话。电话那头儿黄冬菊显得很轻松，说：“我知道你们会来的，我也不躲你们，我就在人民广场等着给你们放风筝呢。”

彭大铭他们赶到人民广场，搜寻了半天，终于在人群中找到了黄冬菊。黄冬菊手里拿着一个折叠的风筝，正洋洋得意地看着他们。田万亩冲她喊道：“黄冬菊，我们找你找得血奔心，你倒好，还有闲心在这儿放风筝。”

黄冬菊就像收藏家展示书画藏品一样，小心翼翼地展开她手上的那只大风筝，说：“我这风筝可是一绝，今天你们见着，算你们有眼福。”

彭大铭一看傻了眼，那只蝙蝠形状的风筝上居然用红笔写着一个大大的“冤”字，这要放到天上去那还得了。这时候，周围开始有不少人围了过来。彭大铭赶紧抢步上去把风筝重新折叠起来，对黄冬菊说：“你这是想干什么？我这次来就是想和你好好谈谈，看怎么妥善解决你的问题。你就是闹到联合国去，问题还是要在下面解决嘛。”

黄冬菊一副身经百战的样子，说："有啥好谈的，鸡嘴说到鸭嘴，不拿三十万来别想让我跟你们回去！"

田万亩说："黄冬菊，你怎么不去抢银行呢？"

黄冬菊刚要发作，彭大铭赶紧打圆场，说："冬菊啊，先不说你的要求在不在理，我们这穷乡镇也没那么多钱呀，就连这次出来找你的差旅费还是我们自己垫的呢。"

金银花接着说："是啊，我们搞计划生育的很多费用都还没报销呢。"

黄冬菊说："你们就别在我跟前哭穷了，乡里再穷三十万还拿不出来？再说现在也不准你们干部大吃大喝了，你们就是省也能省出这个钱来了。"

彭大铭耐着性子解释："冬菊啊，乡里急需花钱的地方多着呢，即使账上有点儿钱，那都是专款，是要专用的。"

黄冬菊不听他解释，拔腿就走。三个人紧跟着她继续轮流劝说，远远看去竟像是几个黑导游在忽悠游客。眼看黄冬菊就要走出广场了，彭大铭急了，几步跨到她前面，说："黄冬菊，你能不能再给我三四个月的时间，让我再想想办法？"

田万亩脱口补了一句："期限过后要是还不能让你满意，你到北京上访我们都不拦你。"

黄冬菊终于停住了脚步，盯着彭大铭说："彭书记，你们说的话可算数？"

彭大铭愣了一下，拖泥带水地点了点头。

黄冬菊立马显得很大方，说："那我就最后再相信你们一次，干脆放你们四个月时间吧。"

黄冬菊终于答应和他们一道回去了，不过她临时又提出一个条件，就是让彭大铭和她在广场上合个影。彭大铭不知她葫芦里卖的什么药，犹豫了一下，想拉田万亩和金银花一起照，却被黄冬菊制止了："怎么啦，不就是和彭大帅哥照张相嘛，又不是啥艳照，怕啥？"彭大铭只好硬着头皮站了过去，田万亩用黄冬菊的手机给他们照了几张。照完相，他悄悄对田万亩说："老田，你可得为我作证啊，要不然哪天弄到网上去可说不清呐。"田万亩打趣道："彭书记，黄冬菊莫不是看上你了？真要是那样也好，她也就没心思上访了。"

下午五点多钟，四个人终于登上了返程的火车。黄冬菊坐在彭大铭和田万亩之间，她和田万亩东拉西扯地说着话，彭大铭则闭目想着心事。火车开了一会儿，黄冬菊用胳膊肘碰了碰彭大铭，说："彭书记，我们总不能这么一路饿下去吧？"彭大铭一听，赶紧吩咐坐在后面的金银花去买盒饭。黄冬菊一听就不乐意了，说："就吃盒饭呀，我这两天可是吃够了，最好能去餐车吃。"田万亩说："黄冬菊，你以为你是到省城来开会的领导呀，能有盒饭吃就不错喽。"两人正在为吃饭的事争着，彭大铭突然站起身来，说："走，去餐车，铜锣乡再穷，一餐饭还是管得起的。"

四个人来到餐车，找个位置坐下来后，彭大铭就让黄冬菊去点菜。黄冬菊离开的空当里，田万亩说："彭书记，我们这么依着她，这婆娘还不更得上房揭瓦啊？"彭大铭说："九十九炷香都烧了，还在乎这最后一炷呀，有啥话回去再说。"正说着，黄冬菊回来了，手里居然还拎着一瓶二锅头。田万亩惊讶地说："还喝酒啊？"黄冬菊反客为主地说："整点儿呗，用你们文化人的话咋说来着？对了，叫他乡遇故知嘛。"田万亩说："拉倒吧，他乡遇冤家还差不多。"彭大铭用眼神制止了他，说："喝就喝吧，反正闲着也是闲着。"

菜上来后，酒也喝开了。金银花肚子不舒服，吃了几口饭就走了。田万亩不怎么能喝，一两多酒下去后眼睛就有些睁不开了，跌跌撞撞回座位睡觉去了。餐桌上只剩下彭大铭和黄冬菊了。黄冬菊兴致不减，频频向彭大铭举杯，一边喝一边滔滔不绝地讲着上访路上的见闻。彭大铭突然感觉出黄冬菊这几年变化太大了，过去就知道哭闹喊骂，现在是见多识广了，嘴皮子也麻溜多了。面对这样一个升级版的上访大户，他真感到有些力不从心。

喝着喝着，酒意就浓了起来。彭大铭趁机打起感情牌："冬菊啊，你整天想着往外跑，累不累呀？"

"跑总比不跑好呀。自从我流产后，特别是那个死鬼离家出走后，他家的人就像躲瘟神一样躲着我，村里人也不拿正眼扫我，我憋屈啊！彭书记你想想，我才三十五六岁啊。"

"可是你老是这样跑下去也不是个事儿呀。"

"我不跑你们这些当官的能理我？能和我坐在一起喝酒？"

"冬菊，你摸着良心说说，这些年乡里对你怎么样？"

"我承认，这些年乡里特别是你彭书记确实为我费了不少心，我黄冬菊也不是个不知冷暖的人。"

"那你还狮子大开口？"

"彭书记，你别说了，三十万是一个子儿都不能少的。钱一到手，我立马签字画押，再也不找你们麻烦了。"一涉及关键问题，黄冬菊就死不松口。

"你要那么多钱干吗？"

"我实话告诉你吧，我要盖房子，盖一座漂亮的二层小楼。"

"你现在一个人过，要那么大房子干吗？"

"我家那死鬼走的时候留下了话，说是要到外面挣钱回来盖房子，可是一走好几年也没消息。我现在就是要把房子盖好盖漂亮了，也让他家人和村里人看看，我这只不下蛋的母鸡不是一点儿用都没有……"

黄冬菊说着说着，眼睛就开始湿润起来。彭大铭一时无语，把目光投向车窗外。远处村庄的点点灯火渐渐显现，透出几分安详，而他此刻的内心却杂沓纷纭。

## 3

彭大铭和田万亩在县里开完信访维稳会议后，到机关食堂扒拉口饭，就往乡里赶。车子刚进入铜锣乡地界，彭大铭的目光就落在了通灵河边的一座亭子上。他记得自己刚到乡里工作没几天，就来看过这座亭子。它的来历引起过他的兴趣。据传，很久以前，铜锣乡一带老是出现天灾人祸，几个乡绅就去求助一位高僧。高僧在通灵河边作法三日，不久便染疾而终，但从此这里的人们就过上了太平的日子。乡人为了纪念这位高僧，就在此建了这座“太平亭”。据说，原先的亭子已经在抗战中毁于战火了，现在的亭子是新中国成立后重修的，但不知什么原因，被毁掉的亭匾一直没有恢复。而就在去年夏天，一场雷电击毁了亭子四个角中的一个，不少村民自发地募捐钱款对其进行了修葺。亭子修好后，有几位老人找到彭大铭，想请他题写“太平亭”的亭匾。彭大铭答应了他们，也私下里多次尝试着写过“太平亭”三个字，但总觉得不太满意，后来事情一多，这事儿就搁了下来。

彭大铭让司机把车开到亭子附近，下车后绕着亭子走了一圈，然后坐到亭子里抽起烟来。田万亩走过去，说：“彭书记，你答应人家题字的，咋还没写呢？”彭大铭冲他笑了一下，没吱声。上车后，彭大铭一直望着窗外，若有所思，目光渐渐变得有些深远。

五月的田野上充满生机，大片的棉花已经开始现蕾，看上去蓄足了长劲。彭大铭的思绪在那点点嫩白中跳跃着。

七年前，彭大铭也是在这个季节里走进铜锣乡的。他是通过公开竞争上岗，从团市委青工部部长的角色转变成铜锣乡乡长的。在这之前，他和许多大龄团干一样，都面临着转岗的问题。他前面的几个老同事都转到市委办或组织部等要害部门去了，但他却出人意料选择了乡镇。

彭大铭任职的铜锣乡是个以棉花生产为主的农业乡镇，但民风却不像棉花那么软，自古慓悍硬朗。鉴于此，彭大铭一下去就急于改变自己文弱书生的形象，想让自己变得粗犷一些。每天一大早，他都要进行晨跑，然后满头大汗地来到乡政府大门对面，对着路边一棵碗口粗的杨树施展拳脚。彭大铭在大学里练过一阵跆拳道，后旋腿踢得有模有样。但铜锣乡的人看了却不以为然，有人嗤之以鼻地说，就这花拳绣腿还敢到铜锣乡来比划？但终于有一天，大家对他刮目相看了。那棵老杨树在彭大铭的拳脚相加下，轰然倒了下来，横在了马路上。彭大铭就像是刚刚倒拔完垂杨柳的鲁智深，意气风发地站在那里。于是大家纷纷奔走相告：铜锣乡来了个武把式乡长。只有彭大铭自己心里清楚，那棵老杨树的树心早就烂空了，即便是没人碰它，它也坚持不了多久了。

后来的经历表明，彭大铭在若干次群体事件中，虽然都冲在了一线，但确实没有人和他发生拉扯等肢体接触。是不是他踢倒杨树的壮举起了震慑作用，不得而知。

但千万不要认为铜锣乡的人就这么好对付，人家可早就认识到一个真理——那就是嘴功永远胜于武功，黄飞鸿、叶问的时代早过去了，一个对话的时代已经到来。彭大铭很快也领教了他们唇枪舌剑的厉害。无论是男的女的，识字的不识字的，只要一张嘴那真是老母猪戴胸罩——一套又一套，而且中气十足，声音就像铜锣一样不绝于耳。彭大铭甚至怀疑这铜锣乡的得名和这有关。他刚开始遇到群众来访时，经常被他们说得招架不住，就像一个蹩脚的新闻发言人面对一帮狡猾的记者。彭大铭于是又暗下苦功，努力在铜锣人的语境甚至是生活方式中寻找应对智慧，渐渐便能够熟练地招架铜锣人的伶牙俐齿了。

彭大铭适应了铜锣乡的土壤，但于诗曼却没能适应他的变化。于诗曼对他的选择起初并没有怎么反对，但她后来发现丈夫身上的书卷气已经荡然无存，全然失去了往日的情趣，就不满起来。她劝他调回市里来，可彭大铭对她的劝说总是无动于衷。于诗曼以为他嫌为调动托人劳神，便擅自采取了行动，到处找关系为他在市里找接收单位。在她的努力下，市直一个大部门的主要领导终于提出要见一下彭大铭。一天晚上，彭大铭正好从乡里回来，当于诗曼欣喜地把这个好消息告诉他时，他却一副事不关己的样子，说："诗曼，我的事你就甭操心了，我就是回来也要风风光光地回来，总不能当逃兵吧？"于诗曼气得眼泪都下来了，说："彭大铭，你在那个破地方是不是找到相好的了？"彭大铭坐在沙发上疲惫地摇摇手，不一会儿竟然睡着了。睡到大半夜，彭大铭醒来了，这才意识到有些怠慢了老婆，就从沙发上爬起来，蹑手蹑脚地走进卧室。他脱了外衣钻进被窝，被老婆身上撩人的幽香搞得周身燥热，忍不住一把抱住于诗曼圆润的身体。而于诗曼就像一只敏感的刺猬，突然挣脱着爬坐起来，抖出一身的刺，说："彭大铭，你把我当雨伞呀，想撑就撑想收就收？"彭大铭知道她还在为自己调动工作的事生气，就想做些解释，但于诗曼根本听不进去，一阵风下了床，离开卧室，躲进了书房。彭大铭愣住了，他不明白她为什么就不能从自己的角度考虑一下问题。

其实，他选择到铜锣乡来工作，并不是一时的心血来潮，而是经过深思熟虑的。首先，他认为从现在的用人导向上看，乡镇工作的经历对年轻干部来说非常重要，只要在下面实实在在干点儿事，对自己今后的发展是有好处的。其次，他还有一个很私人的考虑，就是想方便照顾一下乡下病弱的父亲。他的老家虽然不属于本市管辖范围，但和铜锣乡就隔着一条通灵河，去看望父亲很方便。

而于诗曼根本不想去理解这些，像她这样一个清高的女人怎么能够容忍自己的丈夫就这样不可遏止地庸俗下去呢……

彭大铭正信马由缰地想着，车子拐了一个急弯，他的身子晃动了一下，大脑便切换到现实的场景中了。他看到右前方的一块儿地竟然撂荒了，看上去就像浓发中的一块儿头癣，很是扎眼，就问一旁的田万亩是怎么回事。田万亩说："黄冬菊就住在这附近，这八成是她家的地，她心思都花在上访上了，哪还顾得上种地啊。"彭大铭让司机把车子停在路边，和田万亩沿着一条砂石路往黄冬菊住的村子里走去。

黄冬菊家是一排车厢式的瓦房，看上去有些年头了。黄冬菊正坐在堂屋看电视，见了他们，开口就说："哎哟，两位领导是不是给我送钱来了？"

田万亩说："你不要动不动就说钱，彭书记从县里开会回来顺便来看看你嘛。"

彭大铭看电视上正播着新闻，就说："想不到冬菊同志还这么关心国家大事呢。"

黄冬菊将电视音量调小，说："不了解国家大事还怎么在外面混啊，那不成无头苍蝇了？"

田万亩感叹道："看来干哪一行都得学习呀。"

黄冬菊说："闲话少说，你们来到底有啥事？"

彭大铭说："前面那块荒地是不是你家的？"

黄冬菊点点头说："我成天被你们逼得东跑西转，哪有工夫种地啊。"

田万亩说:“到底谁逼谁呀？你不要尿歪了怪马桶漏。”

彭大铭说:“你们就别扯了,当务之急是要补种。田乡长,你赶紧联系农技站,看能不能搞些短期棉种来。”

田万亩一听,就出去打电话了。彭大铭说:“冬菊啊,你还年轻,这正常的日子还是要过好呀。”

黄冬菊说:“你这钱不来,我的日子咋能过好哟。对了,彭书记,现在电视上天天都在说扶贫,你就把我当贫困户扶了吧,那钱就算是给我的扶贫款啦。”

“你脑子这么灵光,手脚这么麻利,怎么也算不上扶贫对象哟,我要是就这样把你给扶起来了,我自己可就倒下去喽……冬菊啊,换位思考,你也得替我想想吧。”

“彭书记,我要是不替你想,你恐怕早就倒下去了,信不信哪天我把那风筝放到天安门广场上?”

彭大铭对黄冬菊动不动就说威胁性的话很反感,真想发火骂上一句脏话,但想想还是憋住了。但这一憋,却憋出了一肚子苦水。自己这几年可以说是呕心沥血地工作,前一阵子得了带状疱疹都没时间去医院看,等到身上化了脓,才勉强去诊所开了点儿药,但就是这样,像黄冬菊这样的老上访户还是不体谅他,动不动就拿捏他。想想自己的前途和命运竟然掌控在一个不讲理的农妇手里,他觉得实在是悲哀。

正想着,田万亩从外面走了进来,说农技站的人明天一早就过来看。黄冬菊说:“种地的事我算是感谢两位领导了,但无论如何,三十万的事,还请你们记在心上。我可提醒你们,这一晃就过去十几天喽。”

离开黄冬菊家后,田万亩愤愤地说:“这婆娘真她妈铁石心肠,就知道要钱。”彭大铭虽然心里也有气,但还是劝田万亩:“那我们就用胸口慢慢焐吧，总会焐热的。”

快要上车的时候，碰见黄冬菊的邻居李老歪。李老歪快五十岁了，还是光棍一条，没事就喜欢到处瞎晃悠，也不是一盏省油的灯，彭大铭也是领教过的。他看见彭大铭就说：“彭书记是来看黄冬菊的吧，领导深入群众也不能光深入女群众呀，啥时候也来看看我呢？”彭大铭正要说话，田万亩把李老歪扯到一旁轻声说起话来，李老歪一副点头哈腰的样子。等了好一会儿，田万亩才上车。彭大铭很奇怪，就说：“万亩啊，这李老歪好像对你很尊敬啊。”田万亩闪烁其词地说：“他正找我办一件小事呢。”彭大铭就没有追问下去了。

车子快进乡政府的时候，迎面看见一辆宝马驶来。彭大铭一看是乡里安民水厂老板覃大头的车，就让司机赶紧开过去，没想到宝马方向一打，居然挡住了他们的去路。覃大头急乎乎地下了车朝他们走来，彭大铭不得已摁下了车窗。覃大头晃着大脑袋过来说：“彭书记，我可等你半天了，今天你要不把我的事了了，我就不走了。”彭大铭说：“覃老板，事情能不能了，就看你自己了。”说完就下了车往乡政府走。覃大头铁青着脸跟在后面。

覃大头一直在市里做市政工程，前几年到铜锣乡来办了个小水厂。因为水的质量和流量都存在问题，水厂和老百姓的矛盾时而发生。乡里虽然多次责令安民水厂整改，但收效甚微。彭大铭当上党委书记后，决心从根本上解决全乡的用水问题。通过公开挂牌，引进了一家很有实力的上海企业，准备建一家上规模的中心水厂。这就需要对安民这样的小水厂进行整合。彭大铭想按照外地的做法，对安民水厂评估后进行回购。可没想到覃大头却坐地涨价，要把评估价的两百万凭空变成四百万。乡里多次协调无果，彭大铭心一横决定强行施工。

覃大头急了，到处托人找彭大铭疏通，其中还找到了于诗曼。

覃大头的女儿在于诗曼那儿学钢琴，他找于诗曼自然顺理成章。于诗曼也确实帮覃大头说过情，但在彭大铭跟前碰了个软钉子。彭大铭说："于诗曼，像你这种超凡脱俗的人，根本就不应该管这种俗事，管多了我就会怀疑你高雅的真实性了。"一句话就把于诗曼噎得嘴唇发乌。

覃大头看找人游说不行，就采取了一种很有创意的沟通方式。他在市里的一个书画展上看到了彭大铭的一幅字，写的是李白的《将进酒》，就在书画展快要结束的时候，找到了主办方，提出想用一万块钱买下这幅字。主办方自然大喜过望，赶紧和彭大铭联系。彭大铭感到有些疑惑，自己的字还从来没卖过，怎么一下子就值那么多钱了？他就想打听一下买主的情况。主办方负责人说："你问那么多干吗？你这也是劳动所得嘛，人家看中的是你的枯笔哦。"彭大铭就不好再多问了。

彭大铭按比例分到了八千块钱。揣着这笔合情合理的意外之财，彭大铭兴奋了好一阵子。他盘算着用这笔钱给父亲买点儿营养品，给两个姐姐置办点儿什么家什。计划刚刚排出来，覃大头就出现了，还是请他在水厂回购的问题上网开一面。彭大铭自然毫不松口。覃大头忽然调转话题，和彭大铭探讨起书法来，还有板有眼地评价起他的枯笔。彭大铭开始警觉起来，一个连自己名字都写不好的土豪居然和他谈书法，内中定有经纬。他想到了那幅卖出去的字，就试探性地问了一下覃大头。覃大头诡谲地笑了一下，说："好字，好字啊！内容也好，《将进酒》，我就喜欢喝酒，彭书记啥时候再给我来一幅？"彭大铭一听，就像是一口咬到老母猪的奶头一样心里闹翻翻的。在接下来的几天里，彭大铭多次努力想把钱退给主办方或者覃大头，但都没有成功。最后，他只好把这笔钱捐给了乡敬老院。

彭大铭一想到覃大头做的这些事，就感觉有些恼火，自顾向办公室走去，不再搭理跟在后面的覃大头。覃大头就像狗皮膏药一样，贴着他进了办公室。一进门，覃大头就开始发飙："彭书记，问题再不解决，我就学黄冬菊上访去了，那样你也没好果子吃。"彭大铭淡定地笑笑，说："你就开着宝马上访去吧，我才不怕呢。我们是按规矩办事，反倒是你违背供水协议，我只要放一句话，老百姓就不会让你走出铜锣乡的。"

两人在办公室戗了半天，覃大头最后丢下一句狠话："姓彭的，走着瞧，你让我难过，我迟早会让你难堪的！"

晚上，彭大铭召集党政联席会议，专题研究信访维稳问题。他在传达了县信访会议精神的时候，特意把宋书记散会后对他说的那番心里话原汁原味地传达给大家：大铭啊，像铜锣乡这样偏远的农业乡镇，我也不指望你在发展上有多大建树了，但最起码你得给我稳住吧！说完，彭大铭感慨起来："同志们啊，宋书记这是重话轻讲呀，对于我们这样一个穷乡来说，稳定就是最大的政绩呀……连一方水土都稳不住，我们吃再多的苦，也是会被一票否决的啊！"大家听了，脸上都显出沉重来。讨论的时候，大家一致认为眼下全乡在信访上最容易出纰漏的有两个重点人物——一个是黄冬菊，另一个就是覃大头。彭大铭分析说："覃大头和黄冬菊还是有区别的，覃大头是为富不仁而且理亏在先，不敢太放肆，而黄冬菊毕竟是弱势群体，一定要妥善处理好。"

他这么一说，大家的话题都集中到黄冬菊身上了。可说来说去，三十万始终是个迈不过去的坎。有人就提议，真不行大家都自认倒霉，集资凑出三十万来给她。彭大铭一听，立马摇头。一提到集资，他的心里就堵得慌。刚到乡里来的时候，他就遇到过一次集资，一个五保老人被烧伤了，没钱治病，乡里只好发动干部捐款集资。后来他发现，捐款集资几乎成了乡里解决突发性难题的一个常用手段了，就觉得不太妥当，因为乡里干部的工资普遍较低，这样做无异于鹭鸶腿上劈精肉，所以在他当了书记后，就不再集资了。

看“钱路”不通，又有人想到了“情路”，建议能不能分散一下她上访的精力，比方说给她找个男人。田万亩立即反对，说：“拉倒吧，就黄冬菊这影响力，找个男人也会被她传染一起上访的。”

金银花一本正经地说：“这个女人这些年跑野了，眼眶高着哩，除非彭书记这样的男人才能镇得住她。”

大家就瞅着彭大铭笑。

田万亩说：“说老实话，黄冬菊长得还真不赖，没生过崽的身段就是不一样。我要不是怕老婆上访，就去和她纤绳上荡悠悠喽。”

彭大铭打断他们，说：“让你们谈正事，你们老是跑题，说着说着就不着调。”

但一回到正题上，大家又都没了主张。彭大铭只好宣布散会。

## 4

“六一”儿童节快到的时候，彭大铭按照惯例要到学校去看望孩子们，今年他重点要看的是乡中心小学的附属幼儿园。

彭大铭一行到幼儿园的时候，孩子们正在院子里玩耍，看见他们进来，全都围了上来。一个小胖墩指着彭大铭下巴上的一颗黑痣说：“叔叔，你把墨水滴在脸上啦？”幼儿园园长慌忙过来想把小胖墩拉开。彭大铭摆摆手制止了她，然后蹲下来笑着对小胖墩说：“这是叔叔小的时候妈妈怕我走丢了，给我做的记号呢。”他抓起孩子的小手在自己的那颗痣上点了点。这时候，他忽然想起儿子亮亮来，这小子在市里上幼儿园，同样调皮可爱，现在跟着于诗曼也不知道咋样了。看着彭大铭一副舐犊情深的样子，一旁的随行人员和园长都会心地笑了。

和孩子们逗了一会儿乐，彭大铭就将带来的礼物送给了他们。临走的时候，他顺路去看了一下教室。在一间教室的窗户前，彭大铭突然愣住了，他看见黄冬菊正专心地和一个虎头虎脑的孩子玩皮球。那孩子一只腿好像不太灵便，每次踢球的时候都踢不成直线。黄冬菊不厌其烦地把皮球捡回来放在他的脚下，然后站在一旁温柔地看着他费力地做动作。园长赶紧过来解释："黄冬菊经常过来看孩子，不让她看就找事。"陪同的中心小学校长叹口气说："这黄大仙可是得罪不起啊，不让她进校门，说不定她哪天上访时就顺带把我们给告了。"彭大铭没接他们的话茬儿，而是问起了那个孩子的情况。园长的表情马上就悲戚起来，说："这孩子叫牛牛，命苦啊，父亲生病去世了，母亲也改嫁跟人走了，留下他跟着爷爷奶奶过，问题是这孩子一只腿还有残疾……"彭大铭又问起黄冬菊和孩子的关系。园长说："一点儿关系也没有，但黄冬菊和这孩子好像很有缘分，牛牛还一口一声喊她黄妈妈呢。"彭大铭心中忽然感慨起来，和孩子在一起的黄冬菊和平时真是判若两人啊！

参观结束的时候，中心小学的校长突然上前对彭大铭说："彭书记，我想向您汇报一下校车的事，现在学校的几辆车子都旧了，特别是幼儿园的那辆车还经常坏在路上。"彭大铭听了，心情立马沉重起来。校车本来应该由政府购买，交给学校使用的，但乡政府确实拿不出钱来买新车。彭大铭为此很过意不去，只好将自己坐的帕萨特换成了一辆旧桑塔纳，坐上去心里才稍微踏实一些。但今天当校长再次提到校车时，他的心一下子又揪了起来。他深思片刻对大家许诺，一定想办法尽快解决校车的问题。听到彭乡长的表态，小学校长、幼儿园园长和几个老师都奋力地鼓起掌来。彭大铭感觉他们的手掌就像是正好拍打在自己的酸筋上，让他心尖一颤一颤地酸痛起来。

在回乡政府的路上，彭大铭想到一个奇怪的问题，为什么自己这些年老是在不停地许诺呢？每次许完诺，就有一只无形的手揪住了他的心，直到诺言兑现。而紧接着，下一个许诺又不知何时会从他的嘴里蹦出来。

回到办公室以后，彭大铭的目光下意识地落到书橱里儿子的照片上。想到儿子，彭大铭的心中一阵酸楚，他想要是真和于诗曼离了婚，会给儿子带来什么负面影响呢？

第二天是周六，彭大铭在乡里处理完一些事后就往市里赶。路上，他给于诗曼发了一条信息：诗曼，我今天回家了，晚上你带儿子过来，我们再谈谈好吗？不一会儿，于诗曼的信息就回过来了：过来可以，没什么好谈的，你准备好签字笔吧。冰冷的字眼让彭大铭的心中泛出一阵寒意。

晚上，于诗曼带着儿子回来了。彭大铭先将亮亮哄到卧室看电视，然后又从橱柜拿出一瓶刚买的雀巢咖啡，准备给于诗曼冲一杯。于诗曼却说："别忙活了，我要喝现磨的咖啡，你有吗？"说完，就从包里取出《离婚协议书》扔在茶几上。

彭大铭瞥了一眼协议书，诚恳地说："诗曼，你再冷静地考虑一下，好吗？我现在好歹也有个一官半职了，你咋就这么不待见我呢？"

"彭大铭，你那也叫官？掉在芝麻堆里恐怕也显不出来吧？我看你在乡下的泥巴里拱来拱去的，除了拱出一身的土腥味，其余一事无成。"

"我怎么就一事无成了？我还管着三万多人呢。"

"你还好意思说，听说你连一个上访的农村妇女都摆不平，我看你至多也只能管管你自己。”

彭大铭没想到于诗曼会拿黄冬菊说事，就像被人点了穴道一样，全身绵软得快要塌了，但嘴还硬着，说：“三万多人出一个黄冬菊算什么，全市那么多干部家属，不也出了你这样一个奇女子吗？”

“姓彭的，你不要挖苦我，反正我不想跟着你在土里拱，更不想做你的压寨夫人。”

“你这样猴急着要和我离婚，是不是有大款在等着你呀？”

“这你就别操心了。”于诗曼摆出一副很有距离感的样子。

于诗曼的这副模样刺痛了彭大铭，他突然恼羞成怒地说：“于诗曼，你知道世界上最恶心的是什么吗？那就是用浪漫伪装的庸俗，有些人就是一只被巧克力包裹的苍蝇。”

于诗曼平静地说：“彭大铭，我希望我们能好聚好散，你就高抬贵手放走我这只苍蝇吧。”

“那你把儿子留给我。”彭大铭再次使出杀手锏。

“我还是那句话，由亮亮自己来选择，我今天带他来就是这个意思。”于诗曼说完，就喊儿子出来。

亮亮出来后，于诗曼就给他出了一道选择题：是跟着爸爸过以前的日子，还是跟着妈妈去过开心的日子。彭大铭当即反对，认为她的问题带有明显的误导。他弯下腰问亮亮：“爸爸妈妈要是分开的话，你是愿意跟爸爸留在家里呢，还是愿意跟着妈妈出去呢？”儿子看看他，又看看妈妈，没有马上表态。这时候，彭大铭心里开始紧张起来，他知道这小子现在整天跟着姥姥过，而姥姥最近经常给他灌输的腐朽思想就是：宁死当官的父亲，不死讨饭的母亲。这很可能会影响儿子的选择。

亮亮原地转了一个圈，突然抓住他的衣角，说：“老爸，你要能帮我打败刘小毛，我就跟着你。”

彭大铭激动地弯腰搂住儿子，充满自信地说：“老爸不仅能帮你打败刘小毛，还能帮你打败所有小毛。”尽管他不知道刘小毛是谁，也不知道他和儿子有什么过节，但此时他内心十分感谢这个叫刘小毛的小子。

儿子的目光里流露出对他的敬佩。

于诗曼显然是对这个结局感到非常意外，一把拽过儿子，对彭大铭说：“亮亮必须跟着我，你不签字我们就法院见。”

彭大铭说：“于诗曼，整天带着个孩子，多影响你的浪漫啊，还是把这种俗务交给我吧。”

“彭大铭，你休想拆散我们母子。”于诗曼说完，拉着儿子就走。

随着防盗门发出一声无情的闷响，屋里只剩下了彭大铭一个人。他走到阳台上，看着灯火阑珊的街景，突然打了一个寒战，他实在想不通，自己好歹也算是执掌一方的官员，怎么就连个女人都掌控不了呢？他也曾经想过妥协，调回市里，但他又太不甘心，虽然他在铜锣乡取得了一点儿成绩，但与自己理想的目标还相差甚远……

## 5

进入七月份，旱情重了起来。太阳就像是一个精力旺盛的暴君，整天瞪着血红的眼睛不怀好意地打量着世间万物。棉花正处于花铃期，也正需要水分，一些蕾铃已经开始脱落了。

彭大铭将乡里干部做了分工，要求大家分片包儿，尽全力帮助农户抗旱保棉，他自己也跑上跑下协调取水问题。

田万亩包的是黄冬菊家所在的那片农户。这天下午，他亲自指挥着由拖拉机改装的运水车往黄冬菊家的地里浇水。黄冬菊看他满头大汗的样子，终于有些过意不去了，烧了一锅绿豆汤送过来给他们喝。田万亩正美滋滋地喝着，身后突然传来一个女人的断喝：“田万亩，咱自家的地也干得冒烟儿呢，你倒好，跑到别人家来献殷勤了！”田万亩一看，老婆迎春正气势汹汹地朝他走来。

田万亩就像真做了亏心事，赶忙堆起笑脸迎上去将老婆哄到一旁。

“姓田的，你和黄大仙是不是有一腿？”

“她就是七仙女我也不敢和她有一腿啊，你想，万一她翻脸不认人上访把我告了，那还了得？”

“那你干吗帮她浇地？”

“我这是按照彭书记的要求，想把她的心焐热啊！”

“彭书记会出这样的馊主意？她的心要是让你焐热了，我的心还不得拔凉呀。你是不是觉得黄大仙没下过崽的屁股蛋子比老娘的圆滑呀！”

黄冬菊走过来正好听到了，故意扯着嗓子喊：“迎春啊，你男人现在和我在一起的时间，可比跟你长多喽。”

迎春骂道：“黄大仙，你个骚货，整天上访，就是想让男人围着你转，我呸！”

黄冬菊并不恼，说：“要不你也跟着我一道去上访？”

三个人正在纠缠不清，刚好被到这里检查抗旱情况的彭大铭撞上。彭大铭走到迎春面前，先是做了一番解释，最后诚恳地说：“嫂子，我知道你身体不好，你家的地我去帮你浇吧。”迎春一听，脸刷地就红了。

晚上回到宿舍，彭大铭感到非常疲惫。桌上放着毛笔和宣纸，但他很长时间没动过笔了，那支狼毫僵硬地卧在那里，笔头因为干枯，正龇牙咧嘴地冲着他。彭大铭看看这支笔，想起这还是于诗曼到湖州出差特意给他买的，不禁苦笑了一下。他衣服也没脱，倒在床上就不想动弹了。闭上眼睛，满脑子都是干涸的棉田和簌簌脱落的蕾铃，那蕾铃就像是一个个秤砣坠得他心痛。他已经二十多天没回家了，过度的劳累让他暂时忘记了两个女人对他的夹击。

手机响了好长时间，他才掏了出来，接通后传来的竟是儿子的声音，儿子开口就说："爸爸，我马上就要上小学了，我要上实验小学。"彭大铭听了才觉得自己这个做父亲的失职了，赶紧说："老爸马上去给你想办法。"儿子说了声谢谢就把电话给挂了，弄得彭大铭一肚子掏心窝的话被憋了回去。沮丧了一会儿，他眼前突然闪出一丝亮光来。亮亮这个电话肯定是于诗曼让他打的，于诗曼既然让儿子打电话给他，说明他在这个家里还有不可替代的作用。这样一推测，他就由此及彼地想到要抓住儿子上学的事，扩大其效应，进而试探一下于诗曼心里的那块坚冰是否有融化的可能。

彭大铭第二天下午赶回了市里，径直来到实验小学。校长屠翔是他的中学同学，听他说明来意后，很爽快地就答应了，只向他提出一个要求——求他一幅字。彭大铭满口答应，觉得还是不过意，就要请人家吃饭。屠校长说："算了吧，现在对吃喝抓得紧，别把前程吃掉喽。"

彭大铭说："我私人请你小吃小喝还不行？"

两个人来到马路斜对面的一家豆捞店，在大厅里找个角落坐了下来。彭大铭正准备点菜，忽然看到覃大头进来了，不一会儿，于诗曼居然也走了进来，两人一前一后进了旁边的一个小包厢。于诗曼进包厢的时候，还下意识地回头张望了一下，就像特务进入接头地点。彭大铭彻底懵了，抓着菜单却报不出一个菜名来，他把菜单交给屠翔，坐在椅子上发起愣来。屠翔看他表情僵在那里，揶揄道："怎么啦，心疼了？你这从小就抠的毛病还没改掉呀？"彭大铭说："你放开点就是了。"说完起身就往那个包厢走去。

到了包厢门口，彭大铭停下脚步做了一次深呼吸，然后一头撞了进去。于诗曼看到他很是吃惊，说：“你怎么来了？”

彭大铭说：“我怎么不能来，这儿又不是覃老板的私人会所。”

覃大头说：“彭大书记也学会跟踪啦，既然来了，就一块儿喝杯酒吧。”

彭大铭不理他，继续对于诗曼说：“姓于的，你还真会打提前量啊，不过我们好像还没离婚吧？”

于诗曼镇定下来，说：“你觉得我们离不离婚还有什么区别吗？”

彭大铭说：“你不是很清高吗？就是离了婚你也不能跟覃大头这样的土豪呀！”

“土豪怎么啦，我看你除了字写得好一点儿，其他方面还不如我哟。旁的不说，你能给诗曼她想要的生活吗？”覃大头说完，就开始拨弄他左手腕上的沉香木手串。

彭大铭头上青筋爆裂，吼道：“覃大头，你他妈乘人之危！”

“话说到这份上，我就不绕弯子了，彭大铭，你和诗曼早就名存实亡了，好聚好散吧。”覃大头话里有话地说，“我早就说过，你让别人难受，自己到头来也会难堪的哟。”

覃大头的这句话对彭大铭刺激很大，他就像是一个中了暗箭的武林高手，力不从心地站在那儿，他真想把覃大头当成乡政府对面的那棵老杨树痛打一顿，但手脚却怎么也不听使唤了。

这天晚上，彭大铭喝多了，是被屠翔扶回家的。一开门，他就冲到卫生间趴在马桶上吐了起来。这个晚上对他来说太糟糕了，糟糕得让他猝不及防。而就在几个小时前，他还充满了扭转生活走向的希冀。他原本是想吃完饭后，把亮亮上学的好消息告诉于诗曼，看看能不能以此为契机，打捞起夫妻俩即将沉没的情感之舟，然而没想到一眨眼的工夫，于诗曼已经弃舟登岸，和别人比翼双飞了。而这个“别人”竟然还是他十分厌恶的覃大头。一种深深的挫败感就像无数的藤条将彭大铭的身体箍得铁紧，让他感觉喘不过气来。

当天夜里，彭大铭做了一个梦，他梦见了于诗曼和覃大头的婚礼。覃大头得意洋洋地搂着于诗曼，就像当年他搂着于诗曼一样。于诗曼笑得很灿烂。她旁边的伴娘也在笑，面孔很熟悉，仔细一看，竟然是黄冬菊。这三个人的奇特组合让他感到很别扭，也很压抑，就像是三道催命符挂在那里，让他不寒而栗。这时候，亮亮沿着红地毯欢快地跑过来，嘴里亲热地喊着“爸爸、爸爸”，他想答应，可嘴怎么也发不出声音。而一旁的覃大头答应得蹦脆，亮亮一下就扑进了覃大头的怀抱……彭大铭醒来后，对梦里的情景耿耿于怀，好像覃大头、于诗曼和黄冬菊真的沆瀣一气在谋害他，好像亮亮真的认贼作父了。他在心里发出一声吼：来吧，你们就一起放马过来吧，我不会放过你们的。突然又想，最不能放过的就是覃大头了。

## 6

彭大铭正在办公室里接电话，楼下院子里突然传来一阵嘈杂声。他的心突然就被扯了一下。这些年来，他对这种嘈杂声保持着高度敏感，他知道又有人来上访了。

放下电话，他赶紧站到窗前往下看。只见李老歪就像个受伤的战俘，头上裹着纱布，在那儿闹着。田万亩在一旁苦口婆心地劝着。他赶紧打通了田万亩的电话，问是怎么回事。田万亩支支吾吾说了半天，他才明白其中原委。

原来，为了及时掌握黄冬菊的动向，田万亩擅自想出一计，他把任务交给了李老歪，让李老歪平时留意一下黄冬菊的行踪，只要发现她有出远门的迹象，就随时向他报告。为了调动李老歪的积极性，他答应每天给李老歪十块钱。李老歪很负责，每天都要去黄冬菊门前屋后转上几圈，有时还上门去搭讪。这天下午，他看到黄冬菊家的大门紧闭，就起了疑心，怕她又去上访。他走到门前推了一下，却发现门没关牢，堂屋里也没人，只听见后面的厨房里传来哗啦哗啦的水声，他冒冒失失地走了过去，伸头一看，原来黄冬菊正在厨房里洗澡。李老歪看着看着就看上了瘾，最后也就被黄冬菊给发现了。他赶紧掉头就跑，身后则传来黄冬菊愤怒的叫骂声。李老歪惊魂未定地跑回家不久，穿着睡衣的黄冬菊就找上门来，举起一根木棍冲他劈头盖脸地打了起来……受伤的李老歪到村卫生所进行了简单的处理后，就来找田万亩要损失费了。

看李老歪一副不肯罢休的样子，彭大铭只好亲自出面了。看到他走过来，李老歪人来疯一样喊了起来："彭书记，我这也算是因公负伤啊！"

田万亩说："你偷看女人洗澡，被人家打了，还想赖政府呀？"

李老歪向彭大铭申诉："我又不是故意去偷看的，我是按照田乡长的要求去打探情报的，你们可不能过河拆桥呀！"

彭大铭说："老李，我看你的伤也不重，还是先回去吧，等我们把情况搞清楚了再说。"

"我不回去，你们不给钱，我就去上访，跟黄大仙学。"

彭大铭一听"上访"两字就来火，拔高声音说："李老歪，你不要动不动就要挟人，不信你上一个试试。"

"你凶啥？难不成你还想用无影脚踢我？踢吧，踢吧，有本事把我当树踢好啦。"李老歪说着就往彭大铭身边贴。

就在这时，大院门口传来一阵咋咋呼呼的声音，紧接着，黄冬菊闯了进来。一眼看到李老歪后，就咆哮着冲上去动起手来。彭大铭和田万亩赶紧把她拉开。李老歪瞅个空子，赶紧溜走了。

李老歪一走，黄冬菊就把枪口对准了彭大铭："彭书记，你们做得也太不地道了吧，竟然让一个老色鬼来监视我，我明天就到县里找宋书记评理去。"

田万亩说："你误会了，我只是让李老歪注意一下你平时有啥困难，好及时帮帮你。"

黄冬菊说："别蒙我了，前段日子我还差点儿被你们感动了呢，没想到你们跟我玩阴的，那我也就不客气了。"

彭大铭说："这事我有责任，可你要到宋书记那儿一反映，我大不了被免职，换个新书记来，情况不熟悉，你的事恐怕又要耽误一段时间了。"

黄冬菊说："那好，我可以暂时再忍一忍，不过我可提醒你们，还剩下十二天的时间，到时候你们说话不算数，我只好老账新账一起算了。"

黄冬菊说话的时候，她的手机响了，但她拿在手上并没有接，而是把手机伸到彭大铭眼前。手机屏幕上一闪一闪地出现了彭大铭和黄冬菊的那张合影。黄冬菊得意地说："彭书记，只要一来电，你的光辉形象就会闪现，它经常提醒我，你说的话还没有兑现呢。"

好不容易打发走了黄冬菊，彭大铭步子沉重地走进了办公室。田万亩跟了进来，愁眉苦脸地说："今天真是出鬼了，黑白无常都到齐了。"

彭大铭抱怨道："老田啊，我让你关注黄冬菊，你倒好，差点儿又培养出一个上访户来。"

田万亩懊恼地说："我这也是慌不择路，病急乱投医啊！"

彭大铭很想发一通火，但一看田万亩那张苦瓜脸，就有些不忍。说老实话，作为一个乡镇干部，田万亩在处理此类问题上，确实是手段有限，有时候用上一些"土法子"也是迫不得已。他缓和了语气，和田万亩商量起黄冬菊的最后通牒。还有十二天，从哪儿弄三十万给她呢？

正在绞尽脑汁，彭大铭的手机又响了，一看是于诗曼的电话，他犹豫了一下才接通。于诗曼让他回去一趟。彭大铭说："你不会是回心转意了吧？"于诗曼也不接话茬儿，说："你回来就知道了。"放下电话，彭大铭浮想联翩起来，直到此刻他才确切地感到，自己对于诗曼还没有死心。

彭大铭下午赶到市里后，就问于诗曼在哪里见面。于诗曼说就在歌剧院对面的那家叫"江南往事"的酒吧。彭大铭赶了过去，一下车就看到歌剧院门口的巨幅广告牌，上面是于诗曼穿着晚礼服的大照片，旁边是一行字：于诗曼浪漫钢琴演奏会倾情巨献！彭大铭进了酒吧，看到于诗曼和覃大头正在那里等他，立马就感觉有一股火苗在胸腔里乱窜。

此刻，他看到于诗曼正悠然地品尝着一杯红粉佳人，而覃大头面前放的是一杯玛格丽特。见到他，于诗曼就问他想喝点儿什么。他冷冷地说："来一杯血腥玛丽。"

"血腥玛丽？彭大铭，你还是这么不含蓄啊。"

"你倒是含蓄，这么大的照片都挂上街了。"

覃大头接着话茬儿说："你也看到了，我准备为诗曼举办一场个人演奏会。"

彭大铭说："你们办演奏会叫我来干吗？"

覃大头说："我也不瞒你了，我准备在演奏会结束的时候，当众向诗曼求婚。在这之前，希望你和诗曼尽快有个了结。当然了，有什么条件，你也可以提嘛。"

彭大铭想了一下，朝于诗曼和覃大头伸出五个指头晃了晃，说："给我五十万，我立马就签字。"

覃大头说:“你想敲诈呀!”

彭大铭说:“你不要给我扣帽子,我只是想找于诗曼要一些补偿,至于这笔钱是不是你帮她出,我不管,这根本就不存在敲诈的问题。”

于诗曼说:“彭大铭,你不要无理取闹。”

“既然你这样说,那我们就慢慢耗着吧。”彭大铭说完,起身就要往外走。

覃大头赶紧说:“诗曼,我们就先答应他再说吧,不就是五十万嘛,有的人吃多了,不一定能吐得出来哦。”

彭大铭对于诗曼说:“还是人家覃总有格局,难怪你看上他了。”

一周后的一个下午,彭大铭按照和覃大头及于诗曼的约定,从乡里直接赶到了“江南往事”酒吧。他刚刚找个座位坐下来,就看到覃大头拎着个黑箱子进来了。覃大头看见他后径直走了过来,豪气十足地把箱子往桌上一放,说:“彭大铭,好好数一数吧,你可能这辈子都没见过这么多钱。”

彭大铭打开箱子扫了一眼,问:“于诗曼咋没来?”

“她说她不想看到这个铜臭的场面。”

“啧啧,那她和你结了婚岂不是要天天泡在这种场面里了?”

“废话少说,签字吧。”覃大头掏出了那份《离婚协议书》。

协议规定,亮亮归于诗曼,房子归彭大铭,而夫妻的共同财产二一添作五。彭大铭努力摆出一副潇洒的样子在协议上签下了自己的名字。很长时间没因为私事签过名了,上次签名,应该还是和于诗曼搞购房按揭贷款的时候。那天手续办妥后,于诗曼搂着他走在大街上,脸上充满了对未来的憧憬。

彭大铭拎着黑皮箱走出酒吧后,下意识地回头看了看,感觉自己就像是一个刚刚得逞的绑匪。那一刻,他的心理稍稍有些平衡,他知道，让覃大头出点儿血，恐怕是自己唯一可以报复他的手段了，尽管这个手段有点儿上不了台面。

但当他再次看到酒吧对面广告牌上于诗曼的照片时，心头还是颤了一下，说老实话，于诗曼还是那样的风姿绰约，但再过几天，这个美丽而浪漫的女人将和自己彻底走向陌路。彭大铭的耳边又回响起那曲《秋日私语》，那是于诗曼柔软的指尖划出的天籁。一种淡淡的忧伤滑过他的心间。

刚刚把皮箱送回家里，于诗曼的电话就追了过来："彭大铭，我们还是快刀斩乱麻吧，我马上到民政局婚姻登记处等你。"彭大铭只好挂了电话赶紧出门。

在登记处门口，于诗曼见了他冷冷地说："彭大铭，本来我还觉得有点儿对不住你，但我现在一点儿没有这种感觉了。"

"看来你是心疼覃大头那五十万块钱喽？"

"我说你一个舍不得吃舍不得穿的人要那么多钱干吗？"

"我让他出点儿血是想考验一下他对你的感情，如果他连这点儿钱都不肯出，说明他根本就不在乎你。"

"谢谢你的好意，以后我就不用你管了，你还是管好你自己吧。"

离婚手续办得异常顺利，办离婚证的那个老女人像个草率的医生，离婚证往他们面前一扔就急忙喊"下一个"了。

说起来真的很奇怪，拿到离婚证后，于诗曼倒变得温和起来了，出了门，竟主动提出要用车送彭大铭。彭大铭有些虚弱地说："我们还是各奔东西吧。"

于诗曼把头伸出车窗说："我的演奏会你能来吗？"

彭大铭尽量保持平静的语气，说："有空我一定来捧场。"

看着于诗曼的银色沃尔沃消失在车流中，彭大铭感觉自己就像一袋被丢弃在路边的垃圾。本来他对和于诗曼的分手还是有心理准备的，但自从覃大头出现后，他的心理就无法平衡了。覃大头在另一个战场击垮了他，这个劣质土豪的情场得意是以他的形单影只为代价的。

彭大铭漫无目的地在街上走着，不知不觉天色就暗了下来，他就近找了一家小酒馆，一个人喝起闷酒来。酒喝多了，他就开始想儿子，掏出手机就给亮亮的姥姥家打电话。还好，电话正是儿子接的。彭大铭说："儿子，马上就要开学了，难道你不要老爸帮你收拾那个刘小毛了？"儿子说："爸爸，刘小毛要到师范附小去上学了，我不想和他打架了。"通完电话，彭大铭再一次感到深深的失落。

打开家门，毫无人气的屋子里隐隐透出一股陌生的气息，彭大铭打开灯，发现客厅墙上于诗曼的那张大照片不见了，只剩下一个大大的相框留下的印迹。彭大铭的意识也仿佛被抹去一样，眼前变得模糊起来，他打了一个酒嗝，突然胡乱地唱了起来："我能想到最残酷的事，就是和你一起慢慢变老……"

澡也懒得洗了，彭大铭把衣服一脱，就往床上一躺。这时候，他发现卧室顶灯的四个灯泡只有一个是亮的，而且也是奄奄一息的样子。彭大铭突然无厘头地嚎叫一声，心里骂了一句："奶奶个腿，这日子咋就过得这么暗无天日呢？"

## 7

彭大铭的窝囊事并没有到此结束。没隔几天，县纪委的孙书记就把他找去了。原来，覃大头居然把他给告了。

孙书记开门见山地说："大铭啊，我一直认为你是一个严谨的人，这件事你可得说清楚呀。"

"孙书记，钱我确实拿了，但我是向于诗曼要的，一没威胁，二没要挟，怎么能说是敲诈呢？”

“这种实名举报我们还是要过问的嘛，何况人家还提供了一些视频资料呢。”

彭大铭仿佛听到全身的血液向脑门奔涌的声音，情绪差点儿失控，他大声说：“孙书记，你们想咋查就咋查吧，但我奇怪的是，像覃大头这样祸害乡民的渣子咋就没人查呢？”

“大铭你别激动嘛，我也向宋书记汇报了，我们并没有把这事儿当案件来查，只不过找你来核实一下情况嘛。你还是回去冷静地考虑一下，给组织上写一份说明吧。”

彭大铭回到乡政府后，脸上的霜还没有化开。田万亩知道他是被县纪委喊去的，猜出了一些眉目，悄悄踅进他的办公室，小心地问道：“彭书记，纪委喊你去是为那五十万的事吧？”

彭大铭点点头，气愤地说：“妈的，覃大头这条疯狗竟然乱咬人。”

“彭书记啊，我不知道也不想知道这钱的来历，但我知道它的去处呀，真不行，我去向县纪委汇报实际情况。”

彭大铭摇摇头说：“不到万不得已还是别说。”

“眉毛都快烧光了，还不叫万不得已啊！这回我可不能听你的了。”

第二天早上，田万亩就匆匆赶到县纪委找到了孙书记。孙书记通过他拖拖拉拉的描述，才多少知道了一些事情的原委。

就在前几天的一个晚上，彭大铭把田万亩叫到自己的宿舍，关上门后，从床底下拖出一个皮箱来。皮箱打开后，田万亩惊呆了，指着成捆的钞票说：“你哪儿来这么多钱啊？”

“这是覃大头捐的。”

“姓覃的吃人不吐骨头，怎么会捐这么多钱？”

“你就别问那么多了，反正现在我们有钱来解决问题了。”

接下来两人就开始商量这钱的分配。彭大铭的意思是，给中心小学二十万块钱，让学校尽快添置一辆新校车，剩下的全部给黄冬菊，这样两大隐患基本上就能消除了。田万亩兴奋地点着头，说：“这狗日的覃大头还真帮了大忙喽。”彭大铭反复叮嘱田万亩，和任何人都不能说出这钱的来历。

第二天上午，彭大铭带着田万亩来到中心小学，当着校长和园长的面把二十万块钱拿了出来。彭大铭说：“就要开学了，你们赶紧给幼儿园换一辆新车吧。”校长和园长都感动得不知道说什么好，像上次一样一个劲地鼓着掌，这一次的掌声让彭大铭的心里舒服了许多。

接着，他们又来到黄冬菊家。黄冬菊正在家里摆弄那只看上去已经有些破损的风筝。牛牛坐在一旁，一只手抱着一个脏兮兮的皮球，另一只手抓着个苹果啃着。听到声响，黄冬菊只是抬眼扫了他们一下，喃喃地说：“你们又是来磨嘴皮的吧？看来这风筝非放到天上去不可了。”

田万亩说：“放啥放？现在到处都是雾霾，就连玉皇大帝也看不见你的风筝。”

“那你们就等着瞧吧。”黄冬菊继续欣赏着她的风筝。

田万亩十分豪迈地把一个布手提袋往黄冬菊面前一丢，说：“黄冬菊，这就是你要的钱，这可是彭书记通过私人关系求人弄来的，你赶快点点吧。”

黄冬菊用手扒拉了一下手提袋，眼睛里顿时放出异样的光芒，对彭大铭说：“这钱真是给我的？”

彭大铭笑着点点头，说：“就是给你的，我没有违约吧？”

黄冬菊把风筝往地上一扔，然后在上面连跺了三脚，说：“彭书记，你真是活菩萨啊，从今往后我保证不闹了。对了，我还要帮你们看好那个李老歪，不让他再去找你们闹了。”

彭大铭说：“你拿了这钱就安生过日子吧，不过千万别说出去，再遇到一个像你这样的，我就是砸锅卖铁也弄不来钱了。”

田万亩特意补了一句：“你要是说了出去，真就是把彭书记给坑了，到时候，全乡的人都学着你去放风筝那还得了啊！”

黄冬菊用力点点头，然后抱起了牛牛，兴奋地说：“牛牛，黄妈妈有钱喽，等有空到县城给你买个新皮球。”牛牛的脸上露出了怯生生的笑容。

在回来的路上，田万亩心有不甘地说：“三十万啊，真是便宜了那个婆娘。”

彭大铭感叹地说：“比起黄冬菊失去的，这些钱也不算啥，她也怪不容易，连个做母亲的机会都没了。”

田万亩长叹一声，说：“彭书记，你真是菩萨心肠啊！”

孙书记听完田万亩的讲述后唏嘘不已。当天下午，又把彭大铭找去了。一见面他就说：“大铭，你的良苦用心我十分理解，不过，你的做法欠妥啊。”

彭大铭拍着胸口说：“孙书记，我真的没有逼覃大头拿钱啊，他这是报复性诬陷呀！”

孙书记想了一会儿，说：“你这事儿要想有个了结，要么人家不再告你，要么你能找到证人，证明你没逼人家拿钱。”

彭大铭听孙书记这样一说，连夜赶到了市里。四处打听后，他在一家饭店门口堵住了覃大头。覃大头看见他，嘲讽地说：“彭大书记，你不会是来还我钱的吧？”

“覃大头，你别跟我玩阴的，你必须到县纪委去给我说清楚。”

“说清楚什么？说清楚你是怎样敲诈的吗？告诉你，我覃某人的钱可是药水煮过的。”

几句话不对劲两人就闹翻了脸。彭大铭气得七窍生烟，真想冲上去一个后旋腿踢到覃大头的罗汉肚上。

覃大头这里没办法，彭大铭就去找于诗曼，他给她发了条信息：我在和平路“两岸咖啡”等你，有一件和你密切相关的大事要当面告诉你。于诗曼很快回信：你现在倒大方起来了，不过还是别破费了，有话就在电话里说吧。彭大铭又发信息：必须当面说，不来别后悔！

于诗曼最终还是来到了“两岸咖啡”，她在一个昏暗的角落里见到了彭大铭。她显然是已经听到了相关信息，说：“彭大铭，听说你遇到麻烦了，你不会是想找我帮忙吧？我可没那能耐。”

“别说了，都是你那覃大头害的。”彭大铭把覃大头告他敲诈的事说了一遍。

“你活该，你要那么多钱干吗？还想找个大姑娘呀？你把钱还他不就得啦。”

“怎么还？我把钱全部都散出去了。”彭大铭只好把钱的去处说了出来。

“彭大铭，我说你大脑进水了呀，你当自己是劫富济贫的大侠呢！”

“别扯那没用的了，你现在要设法劝阻覃大头对我的攻击，真不行你就得给我作证。”

“我凭什么要帮你？”

“你要不帮我，我可能就要倒霉，我倒霉了亮亮就会跟着倒霉，你看着办吧。”

“你这不是耍无赖吗？”

“我说的是大实话，覃大头的阴谋要是得逞了，亮亮就成罪犯的儿子喽，你让他在同学们面前怎么抬得起头？”

于诗曼没再作声，脸上的表情变得复杂。

彭大铭知道她已经默认了他的说法，又补了一句："诗曼，我提醒你哟，覃大头的身边从来就不缺年轻漂亮的女人，他喜欢拈花惹草也是人尽皆知，他娶你不会是为了报复我吧？"

于诗曼的目光飘忽了一下，又迅速收住了，说："彭大铭，我的路我自己走，不用你操心。"

于诗曼虽然勉强答应了帮忙，但几天过去了，却没什么消息反馈回来。彭大铭急了，又去市里找她。于诗曼在自己的办公室里，一脸憔悴地接待了他。一见面，她就有气无力地说："彭大铭，我上辈子可能欠你的，为了你的破事儿，覃大头跟我都翻脸了，你满意了吧！"说着就从包里拿出一张纸来。

彭大铭一看，是于诗曼为他写的证明材料，这说明她没有说服覃大头，也说明覃大头是想和他死磕啊。

于诗曼说："反正你现在可以把心放在肚子里了，我已经把材料复印给了有关部门。"

彭大铭苦笑了一下说："谢谢啦，到底还是一日夫妻百日恩啊。"

于诗曼绷着脸说："用不着和我套近乎，下次别来烦我就行了。"

事后彭大铭才知道，当于诗曼劝覃大头高抬贵手时，覃大头说事到如今他自己也做不了主了，不把彭大铭告倒，彭大铭就会反过来告他诬陷的。于诗曼看劝不了他，就只好给彭大铭写了份证明材料，证明他并没有敲诈覃大头。材料送出去不久，覃大头就得到了消息，气急败坏地找到于诗曼的单位，当着很多同事的面就向于诗曼发起难来："于诗曼，老子真是瞎了眼，原来你到现在还护着那个姓彭的。"

"我不就是说了几句实话嘛。"于诗曼劝他，"老覃，得饶人处且饶人，何必把人逼到绝境呢。"

覃大头一跳老高，说："饶了他？姓彭的饶过我吗？老子在铜锣乡的投资被他弄得血本无归呀。你这么帮他，不会是和他合起伙来骗老子钱吧？"

于诗曼的脸一下子就红了起来，说："覃大头，你不要以为有几个臭钱就可以随便埋汰人。"

两人争吵的结果是不欢而散，原定近期举行的演奏会和求婚仪式也取消了。

事情到了这一步，彭大铭心中反倒有些内疚了，他想找机会安慰一下于诗曼，可约了她几次，她却不肯和他见面，只好作罢。

## 8

父亲打来电话，说地里的冬瓜已经长大了，让彭大铭摘些带到城里去吃。彭大铭说："爹，我忙着呢，你就送给左邻右舍吃吧。"父亲讷讷地说："该送的都送了，再不摘就要烂在地里喽。"彭大铭知道父亲的用意，其实就是想看看他。他这才意识到已经好一阵子没去看望父亲了，就决定回一趟老家。

彭大铭的母亲死得早，父亲一直住在乡下，由两个姐姐轮流照顾着。父亲是一位老民办教师，年轻时也算是一个热闹人，但这几年却活得越来越沉闷了。前几年，他还和乡里的那帮老同事们来来往往，喝喝茶，摆摆龙门阵。但自从有一次，这些人为了待遇问题开始上访时，情况就发生了变化。老民办教师们邀请彭父加入到他们上访的行列中，可是被他拒绝了。原因是他自己儿子也是个乡镇领导，他得从儿子的角度考虑问题。老彭的拒绝被他的老同事们认为是一种典型的滑头做派，于是纷纷不再和他来往了。老彭从此孤独起来。

孤独的父亲成天只想着两个人——儿子和孙子。对于孙子，那只是一种纯粹的想念；而对于儿子，除了想念，还有一种莫名的担忧。只要一段时间听不到彭大铭的消息，父亲就会变得心烦意乱起来，催着他的两个姐姐去打探他的情况。有时候，彭大铭会接到父亲莫名其妙的电话，电话一接通，父亲就说："大铭啊，你看爹老糊涂了，打你姐电话，一发昏又打给你了，你忙吧，我挂了。"彭大铭知道，父亲并没有拨错电话，只是想听到他的声音，但又怕他嫌烦。有一段时间，彭大铭想把父亲接到城里住些时间，但父亲只在他家待了半天就走了。父亲进门的时候，于诗曼嫌老人脚臭，没有给他穿拖鞋，而是给他的鞋套上了鞋套。看着父亲穿着绿色的鞋套站在地板上，一副手足无措的样子，彭大铭于心不忍，当场就和于诗曼吵了起来。父亲就像个闯祸的孩子，不停地在那里自责。这场景深深地刺痛了彭大铭的心。

彭大铭那天下午一进村子，就远远地看到父亲正在路口等他。走到近处，他发现父亲看上去突然老了许多，勾着腰在那里毫无节制地咳着，见到彭大铭才有所收敛。

进了屋子，彭大铭看到堂屋的墙角处横七竖八地卧着几个大冬瓜，看上去每个都有二三十斤重。父亲指着那些冬瓜说："知道你要回来，我把冬瓜先摘了。"

彭大铭便夸奖道："爹，你种瓜的手艺是越来越高喽。"

父亲感慨地说："大铭啊，这世上最好侍弄的就数冬瓜了，而最难侍弄的就是人了，爹对付的是冬瓜，你对付的可是各色各样的人啊。"

彭大铭知道父亲话里的含义，说："爹，你就放心吧，我知道怎么为人处世。"

"大铭啊，咱老彭家就指着你这朵花开喽，你可千万别有啥闪失哟！”

“我能有啥闪失？”

“就怕飞来横祸啊！我怕像你这样没背景的人经不住风浪啊！”

晚上吃饭的时候，父亲问起了儿媳和孙子的情况。彭大铭赶紧说：“都好着呢，得空我带他们回来看你。”说完，就把手机里于诗曼和亮亮的照片翻出来给他看。父亲浑浊的眼睛里终于露出一丝光亮来。

父亲接着又问起了他在乡里的工作情况。他还是说“好着呢”。

父亲在饭桌上虽然问的都是些家常话，却让彭大铭感到有些紧张。他没有勇气向父亲说实话，他怕父亲为自己担心。他忽然产生了一种巨大的愧疚感，自己看上去人五人六的，没想到家里家外搞得一片狼藉。

当天晚上，彭大铭陪父亲住了一宿。父亲断断续续的闷咳声，让原本心里就有事的他很难入眠，好不容易在后半夜睡着了，却做了一个离奇的噩梦。他梦见自己独自走在风雨交加的旷野里，四处都找不到躲避风雨的地方，就在这时，身后突然有个苍老的声音在喊他，他一回头，发现那座“太平亭”就在不远处。他疾步跑了过去，但是亭子里已经挤满了人，于诗曼、黄冬菊、李老歪、覃大头……还有父亲也在。他想跨进亭子里，可怎么也迈不动腿。父亲伸出手来想拽他，可怎么也够不着他。而覃大头等人的目光却是那样的漠然。这时候，一个惊雷在他头顶上方炸响了，他吓得赶紧转身跑开了，但雷电却一直在追击着他。他索性停住脚步仰天大笑起来，他想以一种癫狂来驱除恐惧，哈哈哈哈……他手舞足蹈着，感觉自己就像个法力无边的高僧……醒来后，他从头凉到了脚，在这个世界上，除了父亲是真的关爱自己，还有谁呢？而自己最对不住的恰恰就是父亲。他知道，对父亲最好的孝顺就是自己光鲜地活在这个世上，让老人家引以为豪，但现在家庭已经没了，前途也给人逼到绝境了，连起码的脸面也要被人撕破了。不知不觉中，他的眼里盈满了泪水……

早晨临走的时候，父亲送他出门。他突然想起了梦里父亲伸向他的那只手，就走过去一把握住了父亲的手。父亲的手粗糙而温暖，彭大铭心头泛起一阵酸楚，这么多年来，他握过无数人的手，可恰恰就没正儿八经地握过父亲的手，那可是一双牵着自己长大的手啊！

## 9

老天就像个悲喜无常的老人。到了九月，正当棉花吐絮的时候，却下起了阵阵阴雨，地里的棉花已经有不少败叶了，一些棉铃也开始发黑腐烂。不少棉农都在和老天抢时间，见缝插针地收采棉花。

彭大铭的心揪了起来，那些棉农一年到头就指望这点儿棉花收成了。一天晌午，他在路过一处棉田时，看见一个老头儿正弯着腰在采棉花。走近一看，却发现老人右边的那只衣袖是空的，原来是个残疾人。他赶紧下到棉田里，帮老人采起棉花来。老人的空衣袖在风中随意摆动着，就像鞭子一样抽打着他。

当天下午，彭大铭召集各村负责人召开会议，布置帮助困难家庭抢收棉花的事宜。

会议正开着，分管教育的党委委员老殷慌慌张张闯进会场，向彭大铭报告了一个噩耗：刚刚在放学的路上，幼儿园的校车侧翻了……

出事地点是一个下坡路段，可能是因为雨天路滑，加上车况不好，车子一下子就翻了下去。彭大铭赶过去的时候，只见那辆破校车躺在棉田里，周围有不少人正手忙脚乱地在实施救援，撕心裂肺的叫声划破了阴沉的天空。彭大铭赶紧冲进人群组织抢救。校长见了他，神情恍惚地说："彭书记，再过两天，新校车就要来了，真的，只要两天啊！"

这场车祸共造成十五名幼儿不同程度地受伤，其中伤势最重的就是那个叫牛牛的孩子，他一直处于昏迷状态。孩子们被紧急送到县医院救治。彭大铭也跟了过去，当他听说医院缺少血浆时，赶紧跑到采血点去献血。献完四百毫升血后，原本就疲劳紧张的他感到一阵眩晕，额头上虚汗直冒，但他还是坚持让护士继续抽血，好像只有抽得越多他的心里才会好受点儿。护士不解地看着他，说："再抽你就要虚脱了。"就在这时，一个医生过来说，牛牛抢救无效停止了呼吸。彭大铭只感觉眼前一黑，昏厥过去了。

彭大铭醒来的时候，发现自己躺在病床上，身旁站着好几个乡机关的干部，他皱起眉头说："我还没死呢，你们都围着我干吗？还不快去看看孩子们！"金银花嗫嚅着告诉他，除了牛牛，其他孩子的情况都已经稳定了。彭大铭立马就想起牛牛那张稚嫩的小脸，一双纯净的大眼睛扑闪出他多舛的童年。

正在伤心地想着，病房的门忽然开了，黄冬菊面无表情地走了进来。田万亩紧张地迎了上去，彭大铭的心里也是咯噔一声。

这么多年来，只要乡里出现一些非正常的场面，几乎都少不了黄冬菊的影子，她的出现并不只是看热闹这么简单，她主要就是为了收集上访资料，使她的上访更具有杀伤力。

一见到她，田万亩张口就说："黄冬菊，你来干啥？你的事我们可都兑现了，你就别来添乱了。"

黄冬菊没吱声，继续僵着身子往前走，直到彭大铭病床前才停下来。看着黄冬菊那张惨白的脸，彭大铭感到自己的心跳在迅速加快。

黄冬菊愣了一会儿，突然以一种沙哑而陌生的声音说："彭书记，你知道吗？明天就是牛牛七周岁生日啊，本来我今天是要接他回家住的，可是我忙昏了头忘得一干二净。我要是接了他，他就不会死的呀，我该死，该死啊……"

泪水顺着黄冬菊的脸颊扑簌簌地往下流着。彭大铭的眼里也噙满了泪水。

黄冬菊流着眼泪默默地从随身带来的一个大包里往外拿钱，一捆又一捆，整整三十万，齐刷刷地码在病床旁的床头柜上。码完后，她喃喃地说："彭书记，牛牛走了，那么多孩子受伤了，这些钱你们还是拿回去派点儿正经用场吧。"

泪水终于没能够在彭大铭的眼眶中停住，泉水般地涌了出来。

## 10

半个月后，县委批准了彭大铭辞去职务的报告。彭大铭得到消息的那天上午，独自去了一趟乡里的公墓。当他走到牛牛的墓前时，发现墓碑下放着一个生日蛋糕，旁边还有一个崭新的皮球。彭大铭对着墓碑深深地鞠了一躬，抬起眼，他发现墓碑上照片里牛牛正冲着他怯生生地笑着。

回到宿舍，他便开始整理东西。看到桌上的那支毛笔还是那副龇牙咧嘴的样子，他心生愧意，于是在一个水杯里倒上一些温水，然后把毛笔泡在了里面。这时候，田万亩走了进来，哭丧着脸说："彭书记，你不走不行吗？"

彭大铭笑笑，说："这几年我真的是没干出啥成绩，还出了这么大的事，你们跟着我也受委屈了，我有愧呀！”

“那你今后有啥打算呢?”

“先回家练练字，等待组织上安排吧。”

田万亩继续追问下去，彭大铭不再作答，从床底下摸出一瓶落满灰尘的墨汁来，走到桌前拿毛笔在瓶中蘸了蘸，然后在一张宣纸上写下了王维《送别》的最后两句：但去莫复问，白云无尽时。田万亩一看，连声说好字。但彭大铭却似乎不太满意，因为他感觉自己再也写不出那种洒脱的飞白了。

田万亩忽然想起什么，说：“彭书记，你还是给‘太平亭’题个字吧，乡亲们可等了好长时间了。”

彭大铭摇摇头说：“还是留给后来人写吧。”

彭大铭是第二天一早离开铜锣乡的，一路上，他看见早起的棉农们正在摘着棉花，在怒放着白絮的棉田里，有个清脆的女声在唱：

郎跟幺妹采棉花
一采采到田旮旯
郎把幺妹模样夸
妹把郎哥手儿抓
明天纺棉做嫁妆
顶起盖头进郎家
……

彭大铭正听得入神，手机在口袋里震动起来，掏出来一看，是于诗曼的来电。

# 孔雀开屏

## 1

田苦荞往路牙上一站，眼光就被吸进马路对面那扇高大的门洞里。路灯稀松的光芒冷漠地照在她的脸上，凸现着她那份凝重的表情。在两年来的很多个夜晚，她常常站在这里以同样的心情等待着。

和她同样等待的还有不少人，他们也在等着接自己下晚自习的孩子。都说进了县一中就等于一只脚跨进了大学的门，田苦荞也和其他家长想的一样，想使把劲帮儿子把另一只脚挪进大学的门槛里。尽管她也不明白具体该怎么使劲，使的劲到底管不管用，但她还是要使劲，她想，自己的一句话、一个笑容，甚至是一个眼神都有可能是使劲的一种表现，都有可能在冥冥中助儿子一臂之力。这样一想，她就觉得自己的等待是无比的有意义了。

掏出老式的诺基亚手机看了一下时间，还有二十分钟才放学，田苦荞晃动了一下脑袋，稍微松弛了一些，她侧过身走了两步来到旁边的路灯杆边上，凑上去看上面贴的小广告。这是一则寻人启事，一个女人在寻找她离家出走患有精神病的丈夫。启事上有那个男人呆滞的照片，文字说明强调他出走时上身穿一件棉袄，下身穿一件花裤衩。田苦荞的心中略过一阵悲悯，紧接着很自然地就想到了自己的命运。

田苦荞也曾四处寻找过自己的丈夫，不过她的丈夫来喜不是精神错乱出走的，而是欠下一屁股债逃走的，至今还不知下落。来喜走了以后，家里的重担就落在她一个人肩上了。除了要替丈夫还债，还要伺候家里的老老小小。公公患有肺癌，田苦荞伺候他一直到他离开人世。公公死后，本来就患哮喘的婆婆又中了风，半身不遂躺在家里。田苦荞还是不离左右，除了伺候她吃喝拉撒，一有空就架着她村前村后移着步子。半年下来，婆婆终于可以拄着拐杖独自行走了。

愁苦的日子并没有让田苦荞的脸阴暗下来，因为始终有一盏明晃晃的灯照着她，这盏灯就是儿子腊宝。腊宝自小学习成绩就很好，是她将来扬眉吐气唯一的本钱了。

田苦荞的遭遇得到了古桥村人的一致同情，而她的付出也得到了大家的一致认可。很快，这种认可就上升到更高层面。大前年，她被县妇联评为全县“十大好女人”。在县里举办的颁奖晚会上，田苦荞披着绶带站在台上，沉浸在被众人关注的那份惶恐和兴奋中。在主持人介绍完获奖者的情况后，她感觉自己还是很幸运的，因为其他九个女人都是死了丈夫的寡妇，自己的丈夫虽然跑了，但毕竟还没死。当主持人问她今后有什么想法时，她的回答非常类似于某个伟人落难时说过的话——等呗。她在等着丈夫回来，等着儿子考上大学。

当然，对于第一个“等”她是无可奈何的，而对于第二个“等”她却是主动积极的。在儿子考上县一中后，她和小姑子商量好婆婆的照料事宜后，就来到县城陪读了。当然，她经常在周末还要赶回去帮婆婆洗洗涮涮。

随着一阵冗长的铃声，学校的电动门徐徐打开了，接下来就像巨兽嘴里吐出大量的黏液一样，学生们争先恐后地涌出来，迅速弥散到街上。田苦荞现在已经练就了一副火眼金睛，她总是能在人流中很快发现儿子腊宝。但今天她却失望了，等人走完了，她也没见到儿子的影子。又等了十多分钟，还是不见人影，就去问门口的保安。保安告诉她，学校下晚自习后值班老师都要清场的，这时候，肯定不会再有学生在里面了。她想，也许自己看花了眼没能发现儿子，儿子很可能已经回到出租屋了，于是急急往回走。事实上，田苦荞每天晚上在学校门口的等待并没有什么实质的意义，因为即便儿子看见了她，也不会跟她一道走的，有时候甚至会很反感地冲她发飙。进入高三后，儿子郑重提醒她不要再去学校门口接他了，但她还是不由自主地来，只不过每次她看见儿子后不再招呼了，而是紧紧地跟在他后面往回走。只要能看见儿子的影子她的心里就会踏实一些，她经常在路上目测着儿子和她的距离，想象着自己在用一根无形的绳子拴着儿子。田苦荞虽然是个乡下女人，但却有着丰富的想象力。她当年也参加过高考，虽然没能考上，但成绩离分数线差得并不是很多。当年的录取比例要是像现在这样，她的命运早就改变了。田苦荞现在已经不再花心思想象自身命运的走向了，她的想象力都集中到儿子身上了。

田苦荞回到锦绣小区的出租屋后，却发现儿子根本就没回来，于是赶紧又折返出去。她沿着一楼那排低矮的窗户走着，眼睛不时地朝透出灯光的屋里瞥着，她想儿子会不会是忘了带钥匙而在别人的出租屋里等她。这些有着低矮窗户的屋子其实就是城里人的储藏室，因为经济实惠，加上离一中较近，就成了乡下陪读人家租屋时的首选。

正边走边看着，旁边走过来一个哼着小曲的女人，看见她立马收住曲调，说，干吗呢，偷看西洋景呀？田苦荞扭头一看，原来是同乡兰玉。兰玉手里拿着个小钱包，步子显得很轻盈，一看就是刚刚离开麻将桌的。兰玉也是来陪读的，儿子小亮和腊宝还是同班同学。见了兰玉，田苦荞说，我正好想去找你家小亮呢，想问问他可知道腊宝去哪了？兰玉说，苦荞啊，腊宝都这么大了，你还从早到晚箍着他干啥？你瞧我，由着小亮去，他不也好好的？兰玉的话勾起了她的心思，说来也怪，小亮进一中时的成绩还不如腊宝，但两年下来，成绩却蹿升到班上的前几名，而腊宝则垫了后。更让田苦荞百思不得其解的是，自己几乎把整个心思都放在儿子身上了，而兰玉除了做做饭就是自己寻开心，逛街、打牌、跳广场舞一样不落，可没想到儿子小亮却越来越争气。真是有福之人不用忙，无福之人跑断肠啊！田苦荞觉得自己就像个起早贪黑在田里侍弄的农夫，到头来却看到长势喜人的庄稼是出自那些懒汉的田里，心里就有了一种沉重的挫败感。

田苦荞跟着兰玉进了她的出租屋，看见小亮正趴在小桌子上看书，就问，小亮，你可看见腊宝了？小亮抬头看了她一眼，眼睛又继续盯在了书上，然后很平静地告诉她，腊宝晚上没去学校上晚自习。田苦荞心里一紧，忽然想到前几天儿子用自己的手机和别人聊电脑游戏的事，就失魂落魄地往外走。

田苦荞蹬着自行车挨着网吧找儿子，最后终于在一家叫霹雳世界的网吧里找到了腊宝。腊宝正在玩一种叫“战机世界”的游戏，发现母亲来了并没有过分紧张，而是坚持把自己战机里的炮弹打完才站起来，有点像电影里地下党发报员在敌人闯进来后坚持把电报发完一样。田苦荞阴沉着脸看着儿子，刚要开口说话，腊宝却扭头走了。

母子俩前后脚回到了出租屋已是凌晨时分，田苦荞开始数落起儿子来，说着说着就哭了起来，她讲话的声音和哭声都很轻，因为她是个很要面子的人，怕邻居听见了会笑话。但儿子的声音却不低，妈，我不想念书了，反正上了大学也不一定能找到工作。

田苦荞瞪大眼睛说，你想干吗？

我想出去打工，让我们家尽快从黑暗中走出来。

我们家咋就黑暗了？

腊宝指着自己的床说，你看看，连床单都是打着补丁的，这日子还有啥光亮？

腊宝，妈这辈子就指望你这朵花开了，好好念书，还有大半年就高考了，上了大学就啥都有了。

妈呀，你就别和我提高考了，我真的不想念书，你就饶了我吧！

田苦荞心里一空，任由身子往下坠，直到快要跌倒在地上的时候才用手撑住了床沿。这是儿子第一次明确而坚决地向她表示出厌学思想。在这之前，她一直以为儿子只是一时贪玩走神，而现在看来，这孩子是中蛊了，十几年的书都念下来了，而且还念得不错，怎么说不想念就不想念了？田苦荞感觉有一口浊气堵在胸口，努力地叹了一下，这口气便向上游移起来，嗓子眼里冒出一股淡淡的腥味，她抹了抹胸口，突然无所顾忌地拔高嗓门说，费腊宝，你给我听着……田苦荞平时喊儿子从来都不带姓，乍一把姓带出来，腊宝还是有些吃惊。而接下来的话就更让他发呆了，只见她咽了口唾沫说，你要不念书我就死给你看！腊宝迟疑了一下，垂下了头。

田苦荞选择"死给儿子看"的方式是绝食。每天，她把饭菜给儿子烧好后，自己却不吃一口。她觉得自己唯一能迫使儿子就范的筹码也只有自己的生命了。熬到第三天，儿子实在看不下去了，劝她吃一点。她躺在床上虚弱地摇摇头。儿子终于屈服了，答应她继续念书，并表示要迎头赶上。

儿子上学后，田苦荞下了一大碗面条，风卷残云地吸到了肚子里。

## 2

田苦荞一下中巴车，眼睛就眯成了一条缝。瓦蓝的天空上秋阳孤悬，在它君临一切的光芒里，大片快要成熟的稻子散发出一种幽幽醇香。田苦荞在她熟悉的风景和味道里行走，感觉还是比较踏实的。她沿着村道走到进村的那座古桥上，便扶着条石栏杆歇了下来。

六年前，也是在这样的季节里，也是在这座桥上，她追上了仓皇出逃的来喜，一把拽住了他的衣袖。来喜惨兮兮地哀求她，一定要把儿子带好，还说等儿子考上大学后他一定会回来的。说完，拨开她的手拔腿就跑。田苦荞看着丈夫像一条受伤的狗一样在路上一蹿一蹿的，欲哭无泪。

当年，她这个人见人爱的乡村美女嫁给自己的高中同学来喜，引发了很多人长时间的叹息，有人认为不是鲜花插在牛粪上了，而是牛粪直接糊住了鲜花，他们弄不清她为啥要嫁给一个其貌不扬而且家境贫寒的男人。而田苦荞的理由很简单，来喜能说会道，她喜欢听他说话，他的话总是使她对生活充满了希冀。她的父母为之扼腕，并多次警告她，说话是不能当饭吃的。她不假思索地说，那我大不了就不吃饭了。就这样，乡村少女田苦荞带着某种浪漫的色彩嫁给了她的如意郎君。平心而论，能说会道的来喜也想尽快让她娇美的妻子过上好日子，只可惜他急功近利地选择了赌博。来喜赌运不佳，常赌常输，只好到处借债，直至人们都不再相信他的伶牙俐齿了。

来喜走了以后，债主们就隔三差五地上门讨债。田苦荞算了一下，来喜总共欠了他们十多万元债，虽然对她来说是个天文数字，但她还是决定要想办法还给人家。她几乎变卖了家里所有能卖的东西，加上自己养牲口、做临工挣来的钱，偿还了一部分债务，但还是有些债务一时难以还上。

村里卖卤菜的丁油头天天盯着她要债。丁油头也是一个赌鬼，老婆劝不住他，一气之下回了娘家就再也不回来了。丁油头便破罐子破摔，整天喝酒赌钱。有一次喝完酒后上费家讨债，看见田苦荞一人在家，乘着酒兴一把抱住她，充斥着卤猪头肉味道的嘴就拱了过来。丁油头让她陪他睡一觉，就把来喜欠他的债给勾销了。田苦荞拼命挣脱他的束缚，顺手给了他一个大嘴巴。丁油头捂着油乎乎的脸说，你那玩意是金子做的呀，弄一下子就抵两千多块还不划算啊？一提到金子，她忽然想起什么，从自己的脖子上扯下那根细细链子，往丁油头手里一塞。丁油头仔细端详了一下，链子上系着一枚金坠子——一只拖着漂亮长尾巴的金孔雀。这是来喜在一次赢钱后给她买的，他在给她戴上脖子的时候，说了一句很动听的话，小荞，你就是一只漂亮的孔雀，飞到我这穷窝里了，让你受累了。田苦荞很喜欢这枚坠子，每次低头看到它的存在，她心里就会生出一团暖意来。但现在，为了还丁油头的狗肉账，她不得不忍痛割爱了。丁油头看着窝在手心里的那枚坠子，显得有些局促不安，说，荞妹子，你这是何必呢？田苦荞说，我俩算是两不找了，滚吧！说完，拿起扫帚就打了过去。丁油头十分狼狈地逃走了。

其实，在丈夫出走后，她也想过男女之间的事。有一段时间，她时常在夜里醒来，感觉浑身燥热，胸腔里就像烧着一团炭火，胸脯鼓胀得像是要炸裂。而这时候，她想的最多的是来喜和自己在床上肆意癫狂的情形，一直想到大汗淋漓。村里偶尔传出某个留守妇女出轨的事，立马就成了人们热议的话题。田苦荞则很少参与他们的议论，她怕参与了这种议论，自己的心里会不知不觉蔓生出一些杂草来。她必须遏制住由健康的身体引发出来的不健康的念头，她可是个上了电视的“好女人”，更重要的是，她要集中精力把儿子培养成人。田苦荞有时候想，自己其实同样也在赌博，来喜输的是金钱，她输的是婚姻。来喜一走，她的婚姻也就名存实亡了。但她愿赌服输，独自默默地承受着这一结局带来的压力，并企图通过儿子这最后一张牌来赢取自己未来的生活。

田苦荞正站在桥上凭栏出神，附近传来一声咳嗽声，侧身一看，原来是村长老满走了过来，于是赶紧打了个招呼。老满说，苦荞回来啦，你婆婆正盼着你呢，唉，老小两头都要顾，不容易啊！

田苦荞笑笑说，这就是我的命呗，谁让我名字里有个“苦”字呢。

又寒暄了几句，刚要离去，老满又想起什么，说，对了苦荞，市报社的记者一直想采访你呢。

别、别、别呀，我有啥好采访的。田苦荞不停地对他摆着手，好像老满就是那个记者。

老满郑重地说，苦荞，这可不单是你一个人的事啊，这可关系到全村人的脸面呀。你就把你平日里做的向记者说出来就行了，比方说你是怎么伺候公婆的、怎么培养儿子的、怎么帮男人还债的，当然了，至于来喜怎么欠的债就别细说了……

老满就像个给刚入门的女演员说戏的导演，说得淋漓尽致，可见其用心良苦。前些年，古桥村的名声不大好，什么上访的拦堵国道、讨饭的加入黑道、赌钱的玩起门道，等等，虽然只是个别现象，但经过人家口口相传，弄得全村尽墨。现在他终于发现了田苦荞这面鲜艳的旗帜，是不会轻易放过的，他要让这面旗帜在古桥村的上空飘扬起来，发挥一俊遮百丑的作用。

好说歹说，田苦荞答应在儿子考上大学后再接受采访。老满想了一下说，这样也好，到那时，你就算是功德圆满了。村里一定会想方设法资助腊宝，让他顺风顺水地上完大学。

田苦荞接连说出一串的“谢”字，好像只有这样才能表达出对村长的心意。

进了自家的院子，小姑子正在那里洗衣服，看见她马上站起身来说，嫂子，你可回来了，这老娘可越来越难伺候了。正说着，屋里传来婆婆含混的声音，是小荞回来啦？田苦荞赶紧走进屋里，昏暗中看见躺在藤椅上的婆婆正努力地要坐起来，慌忙上去扶起了她。婆婆抖抖索索地抓住她的手说，小荞啊，我可见着你了，你可不能丢下我不管噢。田苦荞说，妈，再过一阵子，腊宝就要高考了，到时候我回来天天陪着你。婆婆满意地咂吧着嘴，就像是吃了什么好东西，接下来她就问起孙子的事来。田苦荞告诉她，腊宝一切都好，学习好，身体好，品行更好。婆婆笑了，继续咂吧着嘴，可过了没一会，她又问起了同样的问题。田苦荞只好把腊宝的事再复述一遍。如此三番，她都不厌其烦地回答着。一旁的小姑子无奈地说，嫂子啊，只有你不嫌烦了，真是难得的好人啊，唉，我哥是欠了福啊！

晚上，田苦荞正在家里喂婆婆吃饭，村妇女主任秋霞来了，说村后的彩珠又在骂婆婆了，怎么也劝不歇，想让田苦荞去劝劝。彩珠这两年在丈夫出去打工后，就逐渐蜕变成一个恶媳了，稍不顺心就拿婆婆当下饭的小菜，有时候竟然还将婆婆赶出家门。田苦荞虽然这几年在家的日子不多，但对彩珠的做派还是有所耳闻的。当她得知秋霞的来意后，有些为难地说，我这笨嘴拙舌的，人家能听我的？再说，我也不是村里的干部呀。秋霞说，这样吧，你只要往那儿一站，我们来说就是喽。

两人来到彩珠家门口的时候，看见她的婆婆正坐在一块石头上抹眼泪，旁边是一个散落的包袱，一旁有不少人围在那里七嘴八舌。秋霞拽着田苦荞走进屋里，对余怒未消的彩珠说，彩珠，你看谁来了，同样是做人儿媳，你和苦荞咋就天差地别呢。接下来就开始列举田苦荞含辛茹苦、尊老爱幼的事迹。

彩珠说，人家可是观音转世，我哪学得来呦。

你这样对你婆婆，就不怕你男人回来找你麻烦？

他敢？老娘正空着锅子没豆子炒，正等着他回来算账呢。

田苦荞插话说，彩珠妹子，我知道你的苦啊，男人这一走，原先两人抬的担子就变成你一肩挑了，发点火也是正常的。可你想想我呀，你男人每年至少还能回来一趟，至少还能给你带回万儿八千的，而我呢，我那个冤家还不知道是死是活哩。刚开始，看他留下的那一大摊子烂事，我连死的心都有了，可后来想想，人不能光顾自个啊……田苦荞说着不由自主地就进入了角色，眼泪扑簌簌就下来了。

彩珠的眼皮终于耷拉下来了。秋霞让人把她婆婆搀进屋里，田苦荞赶紧张罗着给她冲上了一杯糖水。

离开彩珠家后，秋霞说，苦荞啊，你可真成了我们村的一块宝了，往哪儿一放就放祥光呀。

田苦荞跟在她后面没吱声。

第二天上午，田苦荞来到后山的云安寺，给儿子许愿。听说文殊菩萨是管智慧的，她就在他的龛前多跪了一点时间，嘴里念叨着想让儿子考上一个好一点的大学，最好是军校，因为军校出来有工作，而且花费小。

田苦荞下山后刚走进村口，就看见丁油头的卤菜摊已经摆了出来，他正在案板上给人家剁着猪头肉。田苦荞低着头想绕过他，丁油头却向她喊道，荞妹子，回来咋也不说一声？她没搭理他，继续往前走。丁油头把刀朝案板上一放就追了上来，对她说，苦荞，你那坠子还在我这呢，你就不想要回去了？田苦荞说，你保管好了，等我儿子上完大学挣到钱后，一定会帮我赎回来的。

## 3

兰玉的出租屋里亮着灯，自来水在哗哗地淌着，里面却空无一人。田苦荞经过的时候发现了，赶紧掏出手机拨号码，拨通后，兰玉的手机却在屋里叫了起来。她就想，兰玉肯定是跳广场舞去了，就匆匆向城河广场赶去。一路上，她就在想一个问题，同样是女人，同样是陪读母亲，这兰玉咋就那么想得开呢？

兰玉和田苦荞是一个乡的，丈夫是个木匠，两人在乡下的日子过得还算平和。但自从兰玉到县城陪读后，情况就发生了变化，她迷上了城里女人的生活，很少回家了，偶尔回去一次，也是为了向木匠要钱。木匠有时候忍不住会到城里来一趟，但兰玉却没什么好脸色给他。有一次，夫妻俩在出租屋里吵得很凶，田苦荞听见了只好过去相劝。兰玉看见她来了就说，苦荞你来评评理，这个落水鬼大白天就要和我干那龌龊事，我不答应，他还想霸王硬上弓。木匠在一旁委屈地说，谁让你几个月都不回家一趟呀，这还叫夫妻吗？兰玉说，夫妻咋啦？你睁开你的狗眼，我又不是你作凳上的木板，你想刨就刨？夫妻俩的话题让田苦荞无从插言，田苦荞大而化之地说了几句就走了。回去一想，她竟然有些同情木匠了，一个火蹦蹦的男人竟然长时间不能和老婆温存，还不得憋出毛病来呀？进而她又想起了来喜，这死鬼在外面会不会和别的女人胡搞呢？应该是不会的，哪个女人会看上一个欠一屁股债的穷鬼呢？田苦荞那天晚上想了很多乱七八糟的事，最后想到的是自己的事。来喜要是一直不回来，自己会一辈子守活寡吗？当这个问题闪电般出现在她脑海里时，她吓了一跳，赶紧把目光投向桌上那张她和儿子的相片上，于是闪电熄灭了，脑海才重新归于平静。

田苦荞后来才隐隐约约知道，兰玉不让丈夫近身的一个重要原因是她有了一个相好的，那个男人就是小区门口做房屋中介的，经常和她一起跳广场舞。这些年，在田苦荞所熟知的那个陪读圈里，像兰玉这样感情大转移的女人不乏其人，有的在孩子考上大学后，再也不回乡下的家了。在田苦荞看来，这就叫“喝了城里水变成城里鬼”，城里很可爱，城里又很可怕。

田苦荞一路想着就来到了广场。广场很大，好几拨人在跳舞。她在一群跳健身舞的女人中寻找着，没有看见兰玉的影子，正想走，音乐变成了激昂的《山里红》，女人们开始张扬地扭动着屁股。田苦荞开始从这些屁股中猜测着它们主人的身份，她认为城里女人的屁股会扭出一种风骚来，而乡下女人的屁股扭的是实诚，实诚得就像是在展示她们旺盛的生育能力，当然也有例外，兰玉的屁股肯定是扭出城里女人的味道了。但无论是什么样的屁股，此刻都对她产生了诱惑，她的身子也跟着节奏不由自主地颤动起来。对于跳舞她并不陌生，上小学的时候，她就在学校的文艺队里跳过舞，谈恋爱的时候，她和来喜也去过镇上的小舞厅，尽管结婚后就再也没跳过舞了，但毕竟还是有些基础的。就在她准备放纵舞姿的时候，突然想到自己来的目的，赶紧收住身子，决定去另一个舞区去找兰玉。

兰玉在那儿跳广场交谊舞，舞姿热烈奔放，舞伴正是那个搞中介的黄老板。黄老板矮短三粗，但舞姿却很娴熟，一看就是个老手。好不容易等他们一曲跳完，田苦荞上前告诉兰玉，她家自来水没关。兰玉竟然毫不在乎地说，既然没关，就让它淌会吧。荞姐，你也来跳一曲吧。说完，就把田苦荞拽到人群中，交给一个戴眼镜的男人。

这时候，一曲《我的幸福我做主》响了起来，眼镜带着田苦荞跳起了中三。刚开始，田苦荞的步子有些凌乱，后来就渐渐流畅了。这时候，她开始打量起面前的男人来，觉得有些面熟，但一时又想不起来，直到一曲终了，她才想起男人是小区对面开诊所的医生。接下来，兰玉还想跳，田苦荞想到那哗哗的流水，一把拦住了她，说，兰玉啊，那水淌的就是钱呀，女人得学会过日子哟。兰玉只好不太情愿地收住了步子。在回来的路上，兰玉说，荞姐，原来你会跳舞呀，我看你和藤医生配合得不错嘛。田苦荞若有所思地说，会不会跳我不好说，但我可没那份闲心去跳。兰玉停住脚步打量着她，嘴里发出赞叹，啧啧，你这好身段，不跳舞可惜喽。

回去洗澡的时候，田苦荞站在澡盆里低头看着自己的身体，感觉确实还是有形有状的，心中不免有些得意。当天夜里，她做了一个梦，梦见自己在一个金色的大厅里舞步飞扬，一个俊朗的男人如影随形，空中飘着花瓣，四处发出赞叹，整个世界为了她而存在……这是田苦荞三十七年来做的最为奢侈的梦，醒来后，她在梦中的兴奋很快被羞赧所替代。

两天后的一个晚上，她正在屋里绣十字绣，兰玉过来喊她去跳舞，她推辞了半天还是没拗过去。临走的时候，她换了一件稍微像样的衣服。兰玉趁她不注意，从坤包里掏出一瓶香水朝她身上喷了一下，一股略显暧昧的香味顿时弥漫开来。田苦荞用鼻子嗅了嗅，感觉自信了不少。

那天晚上，和田苦荞跳的最多的还是藤医生。藤医生文质彬彬，很有点绅士风度，每次邀请她的时候，都把左手背在后面，然后弯腰向她伸出右手。田苦荞和他也是越跳越默契，最后居然走起花步来，她感觉就像在梦里一样轻盈。

田苦荞后来又去跳过两次，在和藤医生的交流中她得知，他几年前死了老婆，为了打发时间，就迷上了跳舞。藤医生的这种情况引起了她的警觉，很快她从兰玉的口中证实了自己的感觉。兰玉来告诉她，藤医生看上她了。见她吃惊的样子，就说，藤医生这么好的条件上哪去找？你总不能为一个不顾家的赌鬼守一辈子活寡吧。我要是你，早就上法院起诉和他离婚然后嫁给藤医生了。

田苦荞从此不再去跳舞了。在来喜生死不明的情况下，尤其是在儿子还不知能不能考上大学的情况下，她不想节外生枝惹出什么事来。

兰玉还是隔三差五来喊她跳舞，她总是绞尽脑汁地找出各种强有力的理由加以拒绝。直到有一天，兰玉自顾不暇。

那天早上，正在门口洗衣服，田苦荞看见几个女人气势汹汹地闯进对面兰玉的屋里，紧接着就传来一阵乒乒乓乓的摔打声，屋里的电饭锅、微波炉等物件被悉数扔了出来。一个胖女人拽着兰玉的头发把她拖出门来，大声叫骂着，大家快来看看，一个乡下陪读的女人，现在陪到城里男人的床上了，也不撒泡尿照照，你再涂脂抹粉，裤裆里的那点泥巴还能洗干净？胖女人不但嘴毒，手也不软，连骂带扇很快就把兰玉整得面目全非。幸亏田苦荞把小区的保安找来了。兰玉在这场力量悬殊的纷争中，虽然被弄得蓬头垢面，污血横流，但她始终没吭一声，像个遭遇凄惨的女鬼一样，眼睛透过凌乱的头发发出仇恨的幽光。

直到田苦荞将她扶进屋里后，她才号啕起来。

田苦荞安顿好兰玉后回到了自己的屋里，发现手机正在桌子上响着。这手机还是小姑子送给她的，主要是怕婆婆有什么突发情况便于联系。平时很少有电话打进来，现在一响，她就慌乱起来。接通后传来一个男人的声音，对方自报家门后她才知道是藤医生打来的。藤医生问她这段时间为啥没去跳舞，还问她今晚有没有空。田苦荞含糊其辞地说了个拒绝的理由就把电话给挂了。但时间不长，藤医生的电话又打来了。她看着手机的屏幕一闪一闪的，就像抓着块烧红的烙铁，一咬牙，把手机关了。

## 4

田苦荞在菜市里转悠着，最后在一家鱼摊子旁边停了下来，她决定中午给儿子做一条鱼吃。几个大玻璃鱼缸里游着各种各样的鱼，看得她眼花缭乱。在到底是买鳜鱼还是鲫鱼的问题上她出现了犹豫，鳜鱼的价格高出鲫鱼快三倍了，平时她根本都不敢问津，但明天儿子要参加模拟考试了，她想给他补一补。考虑了半天，她决定还是买鳜鱼。她开始还起价来，鱼贩子不高兴了，说，你就买一条鱼还往死里砍价，我这生意还咋做？田苦荞说，买卖心不同，一条鱼也是生意呀，等将来我儿子出息了，我让他天天把你的摊子包了，省得你天天瘟腥烂气地站在这里了。鱼贩子被她缠得没办法，给她称了一条一斤半的鱼，让了她五块钱。她还是有些不甘心，非要人家搭把小葱给她不可。鱼贩子无奈地扔了把葱给她，调侃地说，下次你来买鱼，只要言语一声，我烧好了给你送过去。

田苦荞回去把鱼拾弄好以后，却发现小葱忘了拿，又返回菜市去讨。拿着小葱正往回走，发现对面一家超市的门口搭了一个小舞台，不少人正围在那里看热闹。走过去一看，原来是一个啤酒厂家在搞促销活动。舞台上站着十来个男人，他们在比试喝啤酒，每个人的脚下都有一堆空酒瓶。喝着喝着就不断有人败下阵来，到最后只剩下一个瘦高个子还在喝。主持人宣布瘦高个获得冠军，奖品是一台笔记本电脑。田苦荞看了好生羡慕。这时候主持人说，今天太遗憾了，到目前为止还没有女选手报名，希望台下的美女们上台来畅饮美酒，来吧，还有一台电脑等着你们来拿呢。在他的鼓动下，几个女的走上台去。田苦荞头脑一热，也上了台。她以前在过年过节的时候也喝过酒，不过自从来喜跑了以后，就再也没沾过酒了，也不知道能不能喝了。心里正七上八下的，比赛就开始了。田苦荞硬着头皮接连灌下了四瓶啤酒，感觉台下的人影开始模糊起来。这时候，台上只剩下她和另一个瘦女人了，台下看热闹的人发出一阵阵欢呼声。瘦女人在欢呼声的怂恿下喝起了第五瓶酒，还显得比较从容。田苦荞乜了她一眼，心想这么瘦的人咋就那么能喝呢？难不成那电脑就是她的了？她从喝第一口酒开始，就决心要把电脑抱回家了，她要把它作为礼物送给大学生费腊宝呢。现在她遇到对手了，但她不怕，心想就是把人的肚子当酒桶，自己也比她大一号呀。这样想着，田苦荞也接过了第五瓶啤酒。喝到快见底的时候，意想不到的事发生了，只听“砰”的一声后，她的嘴里喷射出一个巨大的泡沫球，酒瓶被一股强烈的气流冲了出去，直接落到台下的水泥地上，即刻肝脑涂地。田苦荞整个脸被啤酒沫子覆盖了，身体缓缓地往下倒去，主持人赶紧扶住了她。

田苦荞获得了二等奖——一台学习机。主办单位要送她去医院解酒，她谢绝了，抱着学习机踉踉跄跄地往回走。虽然心里翻江倒海地难受，但她还是蛮高兴的，这台机子或许真能在学习上帮上儿子的忙呢。一进屋子，她就倒在床上爬不起来了。

中午腊宝放学回来，发现屋里冰锅冷灶，母亲酒气熏天地躺在床上，就抱怨起来，妈，你咋喝那么多酒？饭也不做了？田苦荞有气无力地说，妈牙痛，想用酒漱漱口，一不小心把酒喝到肚里了。你自个泡方便面吃吧，妈晚上给你做糖醋鳜鱼。

腊宝泡面的时候，田苦荞心里有些不忍心，或许是为了让儿子高兴，她挣扎着坐了起来，指着条桌上的那台学习机说，腊宝，你看妈给你买啥了，最新款式的学习机，听说很管用呐。她不敢说是喝酒喝来的，这样儿子会看不起她的。腊宝走过去，拿起学习机看了一眼，然后很随便地扔在了桌上，说，妈，都什么年代了，我们班上的同学几乎都有电脑了，你还买这破玩意。

田苦荞像是被什么东西噎了一下，心里一颤，泪水差点就下来了。

到了县城后，田苦荞的生活来源主要是靠她做钟点工。由于要腾出时间来为儿子服务，她不能去接更多的活，这样生活就显得窘迫起来。像大多数陪读妇女一样，她选择了省吃俭用，不放过任何为自己的日子添油加醋的机会。但她很快发现，她们这些陪读妇女的活法经常会犯城里人的规矩。比如，为了节省液化气罐里的气，她们总喜欢一大早就起煤炉，恣意飘荡的烟雾难免会侵扰楼上的住户，人家就会从窗户里伸出睡意残留的脸来呵斥她们；为了节省水费，她们会到护城河里去洗衣服和拖把，这时候总有人在岸上指责她们，甚至把石块投进她们身旁的水里，溅起的水花溅湿她们的衣服；她们还会在门前的花池里见缝插针地种上一些蔬菜，小区的物业总是在那些菜长势旺盛的时候将它们彻底铲除。

最让田苦荞感到屈辱的是去年夏天发生的一件事。她听说护城河里能摸到螺蛳，就在一个晚上来到河边，她卷起裤腿下了水，不一会果真摸到了不少螺蛳，带来的蛇皮袋很快就装到了一半。她乐坏了，心想除了能给儿子做几次螺蛳炒韭菜，剩下的还能拿到菜市里去卖呢。就在她准备收手的时候，两束强烈的光线交叉照到她身上，几个神兵天降的汉子围住了她，其中一个穿制服的义正辞严地警告她，护城河的螺蛳是为了净化水质专门放养的，她的做法属于偷盗行为，是这个文明县城里绝不允许出现的事。她正要申辩，就见有个女人扛着一台机器对着她，她突然意识到这是拍电视用的，吓得魂不附体。这要是上了电视，她这个“好女人”可就变成“坏女人”了，而最关键的是要是传到学校里，儿子在同学面前怎么抬头呀。想到这里，田苦荞做了一个惊人的举动，她突然拎起那袋螺蛳扑向水中，在水里，她把螺蛳悉数倒出，然后奋力朝对岸游去。游着游着，她渐渐感觉体力不支，慢慢沉了下去……等她被救起来的时候，已经意识模糊了。几个人把她送到附近的医院抢救了半天，她才缓过神来。她醒来后第一句话就是，你们要让我上电视，还不如让我去死。说着就恸哭起来。一旁的女记者很温和地安慰她，说已经帮她协调好了，不上电视了，但下次再也不能干这种影响城市形象的事了。田苦荞停住哭声，委屈地说，我哪知道城里的规矩那么多呀。

田苦荞现在想来，像自己这样的陪读妇女之所以老是坏城里的规矩，除了从农村带来的习惯难以改变外，很大程度上是因为穷。如果有了钱，还能天天早上烟熏火燎地起煤炉吗？还会走那么远下河洗衣服吗？还会黑灯瞎火去摸螺蛳吗？还会为了一台电脑喝得五迷三道吗？

田苦荞决心要力所能及地多挣些钱，让儿子在这个关键的时期过得滋润一些。但想来想去，自己除了会做家务就没啥别的本事了。有一天，她路过一家工艺品商店，发现里面挂着不少十字绣产品，一看价格居然很是可观。她跑回家中，找出自己绣的两件东西——一件是《年年有鱼》，另一件是《双鹊报喜》，然后又来到店里，把东西递给了老板。老板一看就说绣功不错。田苦荞问他收不收，老板就随口开了个价。很快，两件东西一千二百块钱成交了。田苦荞拿到钱后，赶紧离开了工艺品商店，她生怕老板突然反悔追出来要把钱要回去。回到屋里，她关起门来把钱数了两遍，然后揣到自己的枕头芯子里。

田苦荞为自己意外地发现了一条生财之道而兴奋，从此只要得空就埋头绣着。

连续的熬夜让她四肢无力、头昏脑涨，眼前老是漂浮着那些密密匝匝、形形色色的小“十”字。有一天，她居然发现自己看东西的时候总是有黑影，就准备找藤医生去问个究竟。自从上次关机拒绝了他的邀请后，她还没有去过他的诊所。想到平时她和儿子有个头痛脑热的，藤医生对他们很照顾，田苦荞感觉有些不过意，就带上一幅她刚绣好的《花开富贵》去了诊所。

藤医生正在聚精会神地看着一张化验单，他的旁边坐着一个脸色蜡黄的男人。看完单子，藤医生叹了口气说，老张啊，你不能老在我这小诊所里耽搁了，赶紧到大医院去看看吧，不然恐怕就要肝腹水喽。老张神情恍惚地说，藤医生，我哪儿都不去了，你就死马当作活马医吧。藤医生发出一阵更加沉重的叹息声，有些无奈地拿出一张空白处方。正要开处方，发现田苦荞站在一旁，赶紧先招呼了一声。

老张一走，田苦荞就好奇地问起他的情况。藤医生告诉她，老张的独生子几年前在一场车祸中死去了，他的老婆经受不住打击，精神出现了问题，老张就天天借酒消愁，一下子就把肝喝坏了。老张本来是想通过这种方式消耗掉自己浸含伤痛的生命，但后来一看老婆疯疯癫癫的样子，心就软了，就拖着病体去县医院检查了一下，结果发现自己已经是肝硬化了。而当他听说这种病的麻烦程度时，又心灰意冷起来，只想在藤医生的诊所开些药来勉强维持着。

老张的故事让田苦荞身上泛出一阵寒意来，她感慨地想，天下的父母都是为儿女们活着的，儿女们要是活走了样，父母的日子也会跟着走样的，儿女们要是突然没了，父母的日子也算是走到了尽头。她在唏嘘中忘记了自己的来意，直到藤医生问她，她才说出自己的症状。藤医生检查了一下她的眼睛，并问了她一些情况，说，苦荞啊，你的眼睛里尽是血丝，不能太劳累啦，你那家里上上下下可都全指着你呢。田苦荞感觉心里有一股暖意在扩散，鼻子跟着就有些发酸了。

藤医生给她开了处方，并让徒弟给她取了药。她掏出钱包来要付钱，藤医生却止住了她，说，算了，不就几瓶药嘛，这么见外？田苦荞拗不过他，就把放在一旁的十字绣拿了出来，说，送给你的。藤医生展开一看，惊讶说，为了这些十字绣，你都熬出病来了，我怎么能白要你的呢？说着就要从抽屉里拿钱。田苦荞急了，说，藤医生，我的确是缺钱，可你也不能这么小瞧我啊，我田苦荞眼睛是盯着钱，但脑壳还不至于伸进钱眼里吧。藤医生笑笑，收下了十字绣。

从诊所里出来，田苦荞看着街上来来往往的人，突然便得出了两个结论：一是城里也还有比自己苦痛的人，像老张；二是城里也还有不少好人，像藤医生。这样想着，她觉得自己和城里的距离似乎又拉近了一点，对城里给她带来的不便甚至是伤害就包容了不少。

## 5

高考渐渐临近了，田苦荞开始数着日子过。挂在墙上的日历被她一张张掀起，然后被一个铁夹子夹住。她从来不撕日历，认为那样会把自己的日子撕碎了。结婚以来，她将每年用过的日历都完好地保存下来了。那些日历上有时候记着只有她自己才能看得懂的文字和符号，上面藏着她的酸甜苦辣。在来喜出走后，她在日历上记的最多的是还债的情况。一笔一笔的数字，一笔一笔的心事。

高考倒计时一个月的那天，田苦荞开始在日历上用铅笔写下“腊宝加油”几个字，然后在后面打上一个惊叹号，过去一天就多加一个惊叹号。看着那些越来越多的惊叹号，田苦荞觉得自己就像是个推牌九的赌徒，在推着一副惊心动魄的牌，这副牌将决定着她今后生活的起落。她那一次到赌场去找来喜，看见来喜正屏着呼吸在推牌，额头上滚着汗珠，太阳穴上青筋暴露，当牌点推出来后，腊宝的脸部痉挛了一下，发出一声沉闷的干嚎，随即轰然倒了下去。这是她所知道的来喜最后一次上赌场了，也正是这次血本无归导致了来喜离家出走。田苦荞现在终于体会到一个赌徒的心理了。因为她现在就是一个赌徒，而且赌得比来喜大多了。

在这个非常时刻，田苦荞就像一头敏感的母狼呵护着自己的幼崽，任何风吹草动都会被她判断成一种对幼崽成长的侵袭而加以防范。三楼住着一位空巢老人，最喜欢一大早就唱京戏，唱来唱去就是《失街亭》里的唱段，拉开嗓子就是“我在城楼观山景，耳听得城外乱纷纷”。田苦荞以前还比较喜欢听京剧，但现在一听老头开唱就烦躁，腊宝正在积极备战，老头却在唱《失街亭》，这不是晦气巴拉吗？田苦荞上门和老头交涉，老头通情达理地当即就终止了唱腔，但没想到第二天又依然如故了。田苦荞侧面打听了一下，原来老头有些健忘。没办法，她只好每天一早给儿子做好早饭后，就去找老头聊天，尽量拖延老头开唱的时间，好让儿子避过风头。连续去了几天，被兰玉看到了，就说，荞姐，你莫不是看上那老头了？听说他在城里有两套房子呐。田苦荞没好气地说，亏你想得出来，我可不想被人家暴打一顿。兰玉知道田苦荞在奚落她，就贴着苦荞的耳朵轻声说，暴打又怎样？我和老黄是打不散的鸳鸯，我们现在不跳广场舞了，跳地下舞了。嘿嘿——看着兰玉一脸得意的样子，田苦荞觉得匪夷所思。眼看就要高考了，兰玉的心思竟然还没收到儿子身上来。

刚刚排解了唱戏声的侵扰，另一种声音又接踵而来。每当夜深人静的时候，小区里就会传来此起彼伏的婴儿般的哭声，听得人心里直发毛，这是一群发情的猫在嚎叫。田苦荞夜里起来驱赶过几次，但没什么效果。她经过深入调研，发现是一群公猫围着一只黑色母猫在叫。当然，母猫也在叫，它的叫声表现出它在选择交配对象上的迟疑。她认为母猫是问题的焦点，母猫要是被转移了，公猫的叫声也就会转移。田苦荞找到母猫的主人——小区门口开洗头房的老板娘，请她管好自己的猫，不要再影响广大考生的休息了。老板娘手一摊，说，我也没办法，这破猫一年叫到头，弄得那些公猫天天围着我家转，烦死人了。

那你咋不把它弄走？

养熟了的猫咋弄得走呀？

你把它卖给我吧。

你买它干吗？

放心吧，我不会吃了它的，就是想花钱买个清净。

田苦荞最终在洗头房的门口和老板娘做成了这笔交易——以两百元的价格买下了那只叫“一枝花”的猫。老板娘在拿到钱后一再强调，猫是恋家的，要是再跑回来可别怪她。田苦荞在抱着“一枝花”准备走的时候瞄了一眼洗头房，里面暗幽幽的，散发出一种骚哄哄的味道，就断定这肯定不是什么好场子，难怪这猫也骚得不轻，原来是跟坏学坏。

回到出租屋后，田苦荞在如何处理这只猫的问题上犯了难，就去找兰玉商量。兰玉建议把猫送到乡下去。她有些犹豫，认为城里的猫不一定能适应乡下的生活。兰玉说，难道你还想把它当大仙供着？你把它弄下去就是送爱下乡，就兴乡下的女人进城来服侍城里的男人，就不能让城里的猫为乡下的公猫服务一次？

田苦荞也没有其他好办法，只好托村里在县城跑运输的老乡把猫带回去了。“一枝花”一走，小区里果然清净了许多，公猫们或许都到别的地方寻欢去了。

高考前一周，学校不再安排集中晚自习了，学生们都在家里复习应考。田苦荞怕影响儿子复习，每天晚上吃过饭，就来到小区传达室，一边和看门的老头搭讪，一边绣着十字绣。最近她在赶制一幅《孔雀开屏》，她想在儿子正式进入大学时把它作为礼物送给他。但儿子对此好像不以为然，说他不太喜欢开屏的孔雀，整天被人围着赞美，太累了。田苦荞认为儿子只是青春期的一种逆反，等他再长大一点，会理解她的用意的，同时也会珍惜这份礼物的。

田苦荞一针一针绣着，孔雀的头部、颈部以及身体的部分已经栩栩如生地展现出来了，接下来就要开始绣羽毛了。这时候，她忽然想起那枚坠子来，下意识地摸了摸胸口上方，空空的，于是心里也虚空起来了，有些后悔把它抵了债。嫁给来喜后，除了这件东西，她没有得到过别的什么值钱一点的东西了，这也是她在村里的女人们面前唯一能拿得出手的物件了，因此，即使是大冬天，她也要把它挂在毛衣外面，就连晚上睡觉也舍不得摘下来。在床上，来喜的手总是从把玩这枚坠子开始，慢慢就不老实起来，滑向她柔软的胸脯和光滑的身躯。此时的来喜似乎已经脱离了赌徒的庸俗，他会一边抚摸一边赞叹，小荞，你真是我的金孔雀啊！千万别飞了呀。类似于这样的话，总是能将田苦荞融化成一汪春水。

田苦荞一走神，绣针扎在了指头上，迅速冒出一个殷红的血珠来。

高考终于如期而至，县城变得安静起来，没有了汽车的鸣叫声，没有了一惊一乍的爆竹声，但这种安静里却透着躁动，仿佛能听到人们慌乱的心跳声。因为这短短的两天，将可能决定许多家庭未来若干年的喜怒哀乐。

6月7号早晨天刚亮，趁儿子还没起床，田苦荞将她在云安寺里为儿子求的护身符悄悄放进他裤子后面的口袋里。吃完早饭，她坚持要送儿子去考试。一路上，她仿佛是去送儿子上战场，心里七上八下的。到了学校门口，她反复叮嘱儿子不要提前离开考场。腊宝心不在焉地看着她，嘴里吹起了口哨。

田苦荞回屋心不在焉地做了一会事，感觉有些心烦意乱，就端着一茶缸绿豆汤又来到学校门口。考试结束的铃声响起不久，儿子就随着人群涌出了校门。田苦荞迎上去，盯着儿子的脸看了一下，她不好直接问他考得怎么样，就想从儿子的表情上看出一些迹象来。当年来喜从赌场出来后，她从他的脸上一眼就能看出他的输赢来。但儿子此刻的脸上却没什么表情，她只好放弃了揣摩，将茶缸递了过去。儿子接过来咕嘟咕嘟一气就喝完了。她从儿子的这个举动里感到了一丝的安慰。

考完试第二天，腊宝向母亲要五百元钱，说是想和同学出去放松几天。田苦荞没有多问，就把钱给了他，还嘱咐他一定要把护身符带在身上。

腊宝一走，田苦荞本来是想回到村里去的，但考虑了一下，还是决定要等高考成绩发布后再说。她每天守在出租屋里绣着十字绣，不时地还翻着那本志愿填写指南，惴惴地等待着那个揪心时刻的到来。

## 6

腊宝一走好多天都没回来，田苦荞问了他的好几个同学，都不知道他上哪去了，心中隐隐就有了一种不祥的感觉。

高考成绩发布的那天，田苦荞一早就起来拨电话查儿子的考分。当她哆哆嗦嗦地输入准考证号码后，电话里很快一一报出了腊宝的单科成绩和总分。她一听就傻了，总分 312 分。再拨一遍电话，仍然是 312 分。她感觉眼前一黑，就像是被一卷大幕突然罩住了一样。

也不知过了多久，门外传来兰玉的笑声，不一会她径直推门进来，喜形于色地告诉田苦荞，小亮考了 628 分。当她问起腊宝的成绩时，田苦荞发出一声长叹后就没再吱声，眼睛呆滞地停留在挂在墙上的日历上面。兰玉走后，她突然想起什么，走到日历跟前往后翻了几页，腊宝留下的几行字赫然在目：妈，这次我没有考好，让您失望了，我走了，去寻找属于我自己的生活，您也别找我了，等我在外面站稳了脚跟，我会回来看您的。儿腊宝留言。田苦荞低下头来双手捂住了脸，撕心而压抑地哭了起来，泪水伴着哭声从指掌间渗落出来。就在这时，手机响了，显示的是小姑子的号码，接通后才听出是婆婆的声音，婆婆今天的声音出人意料地清晰起来，出口就问孙子考得咋样。田苦荞愣了一下，鬼使神差地说一句还好。婆婆笑了，笑到最后就开始咳了起来。她赶紧说了几句安慰的话，就把电话给挂了。过了一会，同样的号码又打了过来，这回是小姑子的声音，嫂子，妈可高兴啦，自己一个人走着到村里显摆去了。你可真是我们家的大功臣啊，我们费家祖祖辈辈就没出过一个念书人。田苦荞支支吾吾地应付着，直到挂了电话也不知道自己说了些啥。

田苦荞感觉到自己已经身处绝境了，如果将腊宝的事如实相告，婆婆和家人肯定是受不了的，自己在乡亲们眼里也会一下子从白娘子变成一条令人讨厌的白蛇；如果撒谎的话，这种弥天大谎又怎能圆得了呢？即使能圆得了谎，自己今后的日子又怎么过呢？

田苦荞一连两天没有睡好，到了第三天，她突然发起了高烧。模糊中她看见一个邮差送来一封信，拆开一看原来是一张录取通知书，还是军事院校的，上面还印着一面鲜艳的军旗，就喊腊宝来看，等腊宝把头凑上来的时候，通知书上的字突然就隐退了，成了一张白纸。腊宝气呼呼地扭头出了门，她在后面拼命地叫喊着。喊了半天，腊宝好像又回来了，她抓住他的手说，儿啊，妈刚才确实看见了字呀，上面真真切切地写着你的名字呢。

一只手摸了摸她的额头，然后传来一个浑厚的男声，苦荞，我不是腊宝，我是老藤呀，你烧得厉害着呢。田苦荞努力地眨了眨眼睛，隐隐约约认出床前的藤医生来，于是嘤嘤哭了起来，边哭边说起腊宝的事来。她也不知道自己为何要对这个男人倾诉。藤医生不容分说将她背到自己的诊所里，给她量了一下体温，40 度。于是赶紧又是打退烧针，又是挂水。

第二天，她的烧是退了下来，但四肢无力，脑袋沉得就像是压了磨盘，睡在病床上看着输液管里滴着的药水，感觉就像自己的血在一滴滴往下落。挂完水，她就想爬起来，但手却得不上劲，藤医生看见了赶紧扶着她坐了起来。看着藤医生关切的眼神，田苦荞真的想把头靠到他肩上大哭一场。但她还是忍住了，上齿紧紧地咬住了下唇。藤医生提醒她，如果怀疑腊宝的成绩有误，可以申请核查分数。这句话让她燃起了一丝希望的火花，是啊，腊宝再差劲也不能就考这点分吧，比小亮差了三百多分呀。

当天下午，田苦荞来到县教育局的查分处，排了好长时间队才轮到她，当她把查分申请表递上去后，就闭上眼睛双手合十不停地对天拜着。等了好一会儿，结果也没出来，她就在走廊上来回走着，心突突地跳，就像是一个初诊为绝症的病人在等待复查的结果。终于，工作人员出来递给她一张查分单，复查结果无情地显示出仍然是 312 分。

出了县教育局的大门已经是傍晚了，田苦荞就想找个地方痛哭一场。街上到处是人，她拐进路边的文化广场。广场上到处是放风筝的人，她突然想到，丈夫和儿子就像是她手里两只断了线的风筝，都不知飘到哪里去了。一只老鹰风筝在天空盘旋，惟妙惟肖，她又想，自己要是一只鹰就好了，就会不停地飞在空中，看看这父子俩到底藏在哪儿了。

田苦荞穿过广场继续走了一会儿，来到了护城河边，河边的小路上、树林里以及水中的亭台里到处是人，散步的、遛狗的、聊天的、唱戏的。而田苦荞只想痛哭，但她又不能当着那么多人的面哭，只好走开了。田苦荞一路走着，开始对这座县城厌烦起来，这地方咋就那么憋屈呢，憋屈得居然找不到一个独自痛哭的地方！若是在农村，随便找个旮旯就能无所顾忌地哭起来，哭得昏天黑天也没人来打扰你。

田苦荞最终找到一个看上去还算比较理想的场所，这是一大片已经被拆得七零八落的老城区。她深一脚浅一脚地走过去，进到一栋墙壁已经毁损的旧楼房里，坐在一只破旧的沙发上就放肆地哭了起来。夜色像墨一般泼了过来，裹挟着这片聊斋般的地方。田苦荞的哭声显得凄厉而尖锐，就像一头失去家园的母狼在绝望地嗥叫。不一会，周围也传来了哭声，开始时零星而轻细，到后来就此起彼伏地放开了，和田苦荞的哭声交响起来。田苦荞后来才知道，是她的哭声勾起了周围拆迁户们的心事。

这个夜晚的哭声迅速引起了有关人员的重视，因为第二天市县领导就要来这里检查拆迁现场，一旦这种悲伤的情绪扩散，后果不堪设想。几个工作人员很快找到了哭声的始作俑者田苦荞，而她正哭得收不了场，根本无视他们的存在。一个资深的拆迁干部劝她说，哭啥呀，协议都签过了，何必呢，拆旧家搬新家，拆小家为大家嘛。田苦荞边哭边说，我儿子跑了，我就是想找个地方哭一下，这也犯了王法？你们城里人咋就不让人安生呢。

几个人听了她的话，大眼瞪小眼地看着她。

田苦荞回到出租屋后，没有再哭了，她的眼睛痴痴地盯着桌上的那张照片。这是她送儿子到一中来念书时，两人在校园里的状元亭前拍的。儿子笑得是那样豪迈，而她的脸上也充满了一个成功母亲的喜悦。这三年到底发生了什么呢？儿子咋就变了个人呢？她实在搞不懂了，就像她搞不懂丈夫一样。来喜看上去是爱惜她的，但咋就那么好赌呢？咋离家后也没个音信呢？田苦荞突然产生一种被彻底抛弃的感觉。思前想后，她觉得当务之急是要把儿子找回来，真不行让他再复读一年。

田苦荞想去报警，又怕太唐突了，就找藤医生商量。藤医生提醒她，腊宝已经是成年人了，况且是主动出走的，派出所是不会管的。田苦荞就决定自个出去找，她相信腊宝身上只带了五百块钱，是走不远的。藤医生看她执意要去找，就答应开车陪她去市里找找。

改天，藤医生开着私家车带着她来到市区。两个人一家一家网吧找，一处一处工地问，早出晚归连续找了三天，连腊宝的一点消息也没查到。第三天晚上回到县城时已经很迟了，两人还没吃饭，田苦荞有些不过意，坚持要请藤医生在大排档上吃饭。她简单地点了几个菜，还给藤医生要了一瓶闷倒驴。藤医生也不推辞，一个人就喝开了。藤医生喝酒的时候，田苦荞突然想到一个问题，藤医生为啥对自己一个乡下女人这么好呢？

这个问题的答案在藤医生喝完小半瓶酒后便有了一些眉目。听着田苦荞不停地倒着苦水，藤医生本来想结合自身的遭遇劝劝她，结果因为酒精的作用，把自己平时讳莫如深的秘密说了出来。

藤医生的老婆是县精神病院的院长，人长得很漂亮，在外面待人接物也还说得过去，但不知从什么时候开始，她一回到家里就莫名其妙发脾气，好像什么都碍她的事。藤医生尽量忍着，他认为一个长期和精神病人打交道的人难免会出现这种情况。直到她出事后，藤医生才颠覆了自己的结论。那是好几年前的一个秋天，他的老婆和县卫生局长一道出差，两人在回来的路上遇到车祸，车毁人亡。小车是卫生局的，车内除了司机就是局长和他老婆了。这件事发生后，县里有过一段议论，但最终还是按因公死亡处理的。只有藤医生知道事情的真相。他在处理老婆的遗物时，从她的手机里看到了她和局长许多张亲密照。从此，他便带着这个灾难性的秘密痛苦地活在这个世上。老婆死后两年多，不少朋友张罗着要给他续弦，他也见过几个条件还不错的女人，但最终因为不知道她们的底细而放弃了。因为老婆留给他的阴影太强烈了。而别人看他一直独身，都以为他对死去的妻子一往情深呢。藤医生后来在自己的诊所里认识了田苦荞，并通过兰玉等人知道了她的为人，这才对她动了念头——他想找个好女人做妻子。

田苦荞对藤医生的遭遇深表同情，对他的想法在内心也表示理解，有一瞬间她几乎就接受了他的想法，甚至要脱口而出说出一些助长他想法的话来，但话到嘴边她突然打住了，然后夹了一筷子肉末茄子放进了嘴里，堵住了自己的话头。她想，如果儿子是按设想考上了大学，自己倒真的可以考虑接受藤医生的想法，快四十的人了，总得为自己活一回吧，至于好女人还是坏女人就让别人嚼舌头去吧，她做梦都想掀掉身上的那块磨石了。但她现在还不能这样做，儿子现在下落不明，她怎么能想自己的事呢？再说她一旦真和这个男人有了什么事，在家里的人及村里的人面前怎么说得清呢？大家都会认为她这三年是打着陪读的幌子陪了城里的男人，结果是找了男人丢了孩子。那样的话，自己还不被口水淹死？

一只蚊子牢固地叮在藤医生的脸上，田苦荞想伸手帮他赶走，但手伸了一半又缩回来了，她怕这一动作会沾上亲昵的嫌疑，于是以茶代酒敬起了他来。藤医生一仰脖子把杯中的酒喝掉了，但那只蚊子并没有因为他脑袋的晃动而飞走，此刻它的体型已经增加了一倍，多出来的那部分显然是藤医生的血。看着藤医生用手挠脸的样子，田苦荞心里一阵愧疚。

## 7

大学录取陆续开始了，街上饭店门前的滚动电子屏不断炫耀着谢师宴消息。田苦荞依然守在出租屋里等着儿子的消息，她希望奇迹能够出现，儿子会突然出现在她面前。这段时间，小姑子不断打来电话，询问腊宝的录取情况，还一再追问她和腊宝为何不回家。她都以种种理由搪塞过去了。

兰玉来向她告别，小亮考上了复旦大学，她也决定不再回乡下住了，老黄在一个小区里悄悄给她租了一套房子，下一步，她将和老黄谋划着先各自离婚。田苦荞忽然对她暗生羡慕，兰玉只用了三年时间就完成了儿子和自己的命运转换，而自己却仍然是一副鸡飞蛋打的倒霉相。

过了两天，房东来了，问她什么时候走，说房子就要租给别人了。在县城，这样的出租屋几乎是每三年换一次主人，每年高考结束后，新一轮陪读大潮就会迫不及待地涌入县城。田苦荞知道自己总归是要走了，她终于接受了儿子一时半会不会回来的事实。在决定离开之前，她去向滕医生告别，这是她在县城唯一需要告别的人，况且她还有求于他，她需要他来帮自己完成一个秘密。田苦荞在去诊所的路上想，自己过去在乡下是从来没啥秘密的，到了城里秘密咋就多了起来呢？比方说，她对藤医生的想法就不能说出来，她喝酒拿奖品的事就不能让腊宝知道，而眼下最大的秘密就是腊宝高考失利后出走的事，最起码是暂时绝对不能让家里的人和村里的人知道的，一旦泄露，其他暂且不论，婆婆的老命很可能就没了，自己也会因此背上更重的磨石。

藤医生听说她要回乡下，就想挽留她，提出她可以在自己的诊所里帮帮忙。田苦荞坚持要走，再不回去小姑子、婆婆以及全村人都要起疑心了。临别的时候，她向藤医生提出了要他帮忙的事。藤医生同情地看着她，凝重地点了点头。田苦荞的心里突然掀过一阵浪潮，这浪潮里包含着感激、眷恋，还有几分淡淡的伤感，她感觉自己亏欠了眼前的这个男人，必要的时候，她一定会报答他的，哪怕用自己的身体。

田苦荞开始整理出租屋里的东西了，她想扔掉一些不必要的东西，她认为扔得越多，自己对这三年的记忆就会淡化一些。在清理那只大木箱的时候，她发现了那副还没有绣完的《孔雀开屏》，孔雀的屏只开了一半，另一半是一片空白，显得很滑稽。她抓在手里看了一会儿，然后把它丢在了垃圾里。

田苦荞离开锦绣小区的那个早上，那个空巢老人仍然在有板有眼地唱着：我在城楼观山景，耳听得城外乱纷纷……这唱腔把她送出去老远。

田苦荞一回到家里就被缠上了，这是她意料之中的事。院子里来了不少来看热闹的人，婆婆见了她就问腊宝怎么没回来。她按照事先想好的，说腊宝本来是要回来的，但在外面玩昏了头，到录取通知书下来好多天才赶回来，结果他所上的二炮工程大学就发火了，让他立即赶去报到。婆婆显得有些失落，而小姑子脸上藏着狐疑，这时候，旁边有人插话说，哎哟，听讲二炮可是搞导弹的啊，神秘着哩。这话无形中帮了她的忙，她赶紧掏出手机给小姑子看腊宝的信息：妈，我在学校挺好的，就是管理比较严，这次我走得很仓促，请你代我向奶奶以及全家人问好，我放寒假争取回来看他们。儿腊宝留言。小姑子接过手机，把信息的内容一字一句念给婆婆听，婆婆脸上凝固的皱褶才荡漾开了，说，好啊，这可好了，我死了总算能闭上眼睛了。

晚上吃饭的时候，小姑子特意炖了一只老母鸡，一端上来就撕下一条鸡腿放在嫂子碗里。田苦荞想推辞，小姑子用筷子按住她碗里的鸡腿说，嫂子，这几年你辛苦喽，补补吧。婆婆也在一旁温情地看着她。她咬了一口鸡腿，感觉木渣渣的，吃不出味道来。正吃着，小姑子从一旁的包里取出一个红包来，说，嫂子，我也没啥钱，这两千块钱补贴腊宝上学用吧。田苦荞站了起来，十分坚决地把红包塞回小姑子的包里。小姑子的脸沉了下来，说，嫌少呀，眼下我就能拿出那么多了，你先收下吧，等我把菜油卖了手头就宽裕些了。正推来扯去的，婆婆不知从哪拿出一个手帕包子来，颤颤巍巍地交给了她，她打开一看竟然是一叠面额不同的钱。田苦荞怔了一下，真想把真相一股脑说出来。但她看到婆婆那一脸皱巴巴的笑，迅速就扼杀了这个念头。真相对婆婆来说太残酷了，而对自己来说也是无法自圆其说的，三年陪读，不说能把儿子陪进大学，也不至于把人陪不见了吧。

吃完饭，村里又陆陆续续来了一些人，这次来大家手里都没空着，都带来了喜钱，一般二十到五十不等，家里宽裕一点的也会拿出一张百元大钞来。腊宝是村里第一个名牌大学生，村里人也都跟着沾了喜气。但田苦荞看着那些钱就像是看到一张张催命符，差一点就崩溃了。

村长老满也来了，手里捏着一个信封，一进门就对她说，苦荞，这是村里帮你向上面争取的助学资金呢。唉，你总算是熬出头喽。她勉强笑了一下，含糊其辞地说了几句客气话，不经意中抬了一下眼，正好和村长目光对视了一下，于是慌忙就避开了，生怕村长从她的眼神里看出什么破绽来。好在村长并没有追问腊宝上学的一些细节，她稍稍喘了口气，但村长接下来说的话又让她心惊肉跳。村长告诉她，过几天市报记者就要来采访她了，让她做好思想准备。这回她不再含糊其辞了，斩钉截铁地表示出了反对。村长语重心长地说，苦荞啊，我早就跟你说过，这可不是你个人的事哦，我们古桥村就靠你长脸嘞。马上全乡要选出一个村来搞美好乡村试点，给钱给项目，各个村都在争呢，你可是我们村的形象代言啊。田苦荞听了，大脑一片迷糊。

老满走了，田苦荞越想越不对劲，就准备再去找他表明一下自己的想法。刚出门就碰到了丁油头，丁油头说，荞妹子，我正好去你家呢。

田苦荞心里正恼着，冷生生地说，你来干吗？

大侄子考上大学了，我总得表示一下吧。

不需要，你走吧。

那你咋收别人的礼呢？

我只收人礼，不收鬼礼。

你真是门缝里看人，我过去一时鬼迷心窍得罪了你，现在已经重新做人了。告诉你吧，你弟妹回来了，我要是不变成人，她能回来吗？对了，你弟妹还想向你取经哩，明年她也要去县城陪女儿读书喽。

丁油头说完就从口袋里掏出一个小纸包塞给田苦荞，趁她还没完全反应过来拔腿就跑。她打开纸包，借着月光看了一下，原来是那枚孔雀坠，那根断了的细链子已经接上了。田苦荞用手握着那枚坠子，心里百感交集。她曾经想过以各种方式重新得到这枚坠子，其中最希望的方式是上了大学的儿子帮她去赎回来，但就是没想到丁油头会主动送还她。看来连丁油头这样的人都被她田苦荞感动了，当然感动丁油头的那个田苦荞是个假货，是个骗子。这样想着，她就漫无目的地向村外走去，来到一片杨树林旁，她看见月光被树的枝桠划碎了洒在地上，突然就放声大哭起来。

几天后，市报的记者真的来到了村里，老满和村妇女主任秋霞陪着他上了田苦荞家的门。田苦荞的嘴上起了一嘴的燎泡，说话声音也是极其沙哑，嗓子就像是被胶水黏住了。记者坐下来后就开始向她提问，但她却一副迷茫的样子，半天才从嘴里蹦出几个字来还让人家似懂非懂。秋霞急了，就帮她做起翻译来，当然，她的翻译充满了自己的想当然。比如，她在说到田苦荞劝说恶媳彩珠的事情时，就夸张地说田苦荞往那一站，彩珠立马羞愧得要死，然后痛哭流涕地表示要从此做个好媳妇了。就好像在说《西游记》里下凡的妖怪见了主人立即就变回原形的故事。当记者问到腊宝的性格时，田苦荞恍惚地说，腊宝爱跑，就是老爱跑呀。秋霞接过来就说，知道了，腊宝上的是二炮，你就别挂在嘴上说啦。老满在秋霞的启发下，干脆越俎代庖地替田苦荞讲述起成长经历来。虽然在整个采访过程中，田苦荞并没有说多少话，但因为老满和秋霞的强烈介入，她的事迹还是大放光芒了。对此，记者非常满意。

但就在采访结束后，却发生了一件意想不到的事。老满他们刚从屋里走到院子里，田苦荞就从后面追了出来，对着记者扑通一声跪了下来，说，大记者，求求你了，我不想上报纸，千万别让我上报纸呀！三个人同时怔住了。秋霞赶紧扶起她来，说，苦荞，这是好事啊，别人都求之不得呢。老满也说，这争光露脸的事你咋就像是捉鬼上桃树呢？田苦荞喃喃地说，你们这是要毁了我啊！

听说记者回去后还是执意要发稿子，田苦荞如坐针毡，这要是真的登了报，腊宝的事还瞒得住呀？她必须想尽一切办法阻止记者的行为。冥思苦想了老半天，她只想到了藤医生，因为她在村里以外的地方也只有藤医生可信任了，也只有藤医生知道并帮她保全着她的秘密。她匆匆赶到县城，找到藤医生后，就把事情的原委说了一遍，她一再担心自己要是上了报纸，那个秘密就保不住了。藤医生听了她的诉说，立马想到自己的一个远房表侄就是市报社广告部的主任，赶紧给他打电话。表侄说，这样的稿子记者和报社一般都不愿放过，除非有特殊的理由。藤医生决定立即带着田苦荞去报社交涉，临走的时候，他在田苦荞的包里揣上了好几瓶药。田苦荞摸不着头脑，也不好多问，只是跟着他上了车。

来到报社后已经是中午 11 点多了，藤医生就让表侄请那个记者和几个编辑吃饭。表侄人很活泛，很快就把人请齐了。饭店就是报社边上的一个土菜馆，那个记者一进包间就认出了田苦荞，于是就开始劝她要放下包袱，勇敢地接受社会对她的致敬。田苦荞只是一个劲地哀求他别让自己登报。喝酒的时候，藤医生给每个人发了一包软中华。记者拿起烟感慨地说，唉，现在人家都在搞有偿新闻，你们倒好，搞起有偿遁形了。藤医生口气凝重地说，不瞒你说，我这表妹压力太大了，严重神经衰弱，整宿睡不着觉，就想图个清静啊，这一上报纸还不门庭若市呀，这不是把她放在火上烤吗？记者还想说些什么，藤医生没让他说出来，而是对着田苦荞说，苦荞，我给你开的药你还在吃吗？田苦荞点点头，很配合地从包里拿出几瓶药来。藤医生拿过其中的一瓶，凑到记者面前小声说，这可是镇定类药哦，副作用大着呢，但没办法呀。记者不吱声了，显然是动了恻隐之心。

田苦荞终于排除了一次重大险情，她对藤医生的感激之情再次增强了。

## 8

转眼就快够着春节了，村里在外面打工的男人就像鸡上笼一样陆陆续续往家走了。村里每天都会传出许多相逢的笑语，心急的女人就站在村外的古桥上等着自己的男人或孩子。

田苦荞心里空荡荡的，她明知丈夫和儿子几乎没有回家的可能性，但还是站在院子门口不时地瞟着村子通向外面的路上。婆婆这段时间又开始念叨孙子了，好在前几天藤医生到西安出差时特意以腊宝的身份寄来一些当地的土特产，里面还夹了一封信，说要到部队体验生活，就不回来过年了。小姑子还是有些不甘心，就照着上次嫂子手机上显示的号码给腊宝打电话，可怎么也打不通。田苦荞知道，那是藤医生特意开通的一个号码，专门以腊宝的名义发信息，发完后就关机。她劝小姑子，别打了，腊宝肯定是在哪个需要保密的地方呢。小姑子这才悻悻地放下手机。

这段时间，让田苦荞备受煎熬的是，只要一出门就有人问她腊宝回不回来过年。她含含糊糊地应承着，专拣没人的地方走。但热闹的场面偏偏围着她转。

腊月二十二，村里的本家要进行一年一度的晒宗，这本来和田苦荞这样的女眷没什么关系，但今年她却被破例邀请参加了。这是族长顺爷和村长老满共同商量的，旨在肯定她对家族和村里的贡献。前不久，古桥村刚刚被上面确定为示范村，顺爷和老满都认为田苦荞功不可没。田苦荞真的不想去，但碍于这种破天荒的面子，还是去了。

费家的祠堂不大，但晒宗的场面却热闹非凡。在顺爷的主持下，有人将宗谱从一个铁皮箱中取出，放在铺好的毡布上，然后在其上部横穿一根长竹竿，两端系上绳子挂在院子里的两棵大树上，犹如放露天电影的银幕。费家传世五百多年的宗谱便赫然再现了，它是用大幅黄绸布拼接而成的，上面列有费氏历代传衍的详情。接下来祭祖仪式就开始了，在焚香鸣炮后，在场所有的人按照辈分大小对着宗谱恭行三叩九拜大礼。

祭完祖就开始修谱，也就是把一年中家族里新添的男丁续到谱上去，还要续上谱上现有人员的突出事迹和贡献。田苦荞清楚地看到，在费腊宝的名字后面有人添上了这样一些字：费氏家族第一个考入重点大学的学生（2013 年，二炮工程大学）。她的心里咯噔一下，脸就像公鸡冠一样红了起来。

吃宗酒的时候，田苦荞就想趁乱溜掉，但却被顺爷喊住了。顺爷引着她来到众人面前，大声说，你们知道今天我为啥把苦荞这样一个外姓女子也请来晒宗吗？是因为她为费家人吃的苦男人也吃不来啊！有谁能把公婆真正当爹妈伺候？有谁能替男人还那么多债？有谁能培养出这么好的娃？这要是放在旧社会，早就列上牌坊了。男人们发出阵阵感叹，就连先前对田苦荞参加晒宗颇有微词的人也认可了顺爷的说法。

田苦荞被顺爷表扬得火烧火燎，真想找个地缝钻进去，而此时顺爷却让她给大家说几句。她憋了半天，说，我也没啥说的，我给我们费家祠堂捐三千块钱吧。话音刚落，周围响起经久不息的掌声。

自从参加了那次晒宗活动，田苦荞的罪过感就更加强烈了，她觉得实在是对不起大家，她必须寻找到一种赎罪的方式来安慰自己。想来想去，她认为最佳的方式还是捐钱，这或许是受她晒宗时捐款的启发。腊宝“上学”，她总共收到礼金是一万三千多块钱（含家人的钱和村里争取的助学金），除去买喜糖回人情和向祠堂里捐的，还剩下八千多。这些钱她一分也不想留。

就在家家户户忙碌着置办年货的时候，田苦荞却在置办着送人的东西。她给村里每个上学的孩子都买了一个新书包，给每个七十岁以上的老人都买了一件新棉袄，还给几个和自己同样困难的家庭送去了猪肉和糕点。八千多块钱就这样一下子花完了。

没了钱，她就去帮人家干活，帮人家劈柴、洗衣服、打年糕，凡是能插上手的活她都不放过。体力上超强度的压力减轻了她心理上的压力。小姑子开玩笑说，嫂子，你这么能干，我们村里有你一个女人就行了。她脱口而出，再多一个像我这样的那还得了啊！

大年三十一早，小姑子过来请婆婆和她去家里吃年夜饭。田苦荞婉言谢绝了，她觉得虽然丈夫和儿子都不在家里，但她还是要把这个门框子撑起来。结婚这么多年来，她还从未中断过做年夜饭。小姑子走了以后，她就开始忙活起来，先是把屋里整理清爽，接着就开始贴门联、挂灯笼、摆放瓜子果碟。四个零食碟盘中，有一个还特意放上了“腊宝”寄来的西安特产水晶饼，她要让上门的亲朋好友感受到腊宝的信息。忙完这一切，日头就已经有些偏西了，她又赶紧做起菜来。菜上了桌子后，她就把婆婆扶到了桌前。婆婆一坐下来，就抓起筷子颤颤巍巍去夹菜，田苦荞像哄孩子一样，说，妈，还没放炮仗呢，听话，稍微等一下再吃嘛。说着就去院门口放炮仗。以往这种事都是丈夫或儿子去做的，她特别怕那种声响，但她今年特意买来很大的冲天炮，她想把这个缺少男人的家弄出点气氛来。冲天炮点燃后立即就暴躁地炸响，一声接着一声，一时间把田苦荞心里积压的心事炸得七零八落。但等最后一响炸完后，心事就像一群刚刚被赶走的苍蝇一样，又迅速聚拢而来。一种巨大的孤独混着火药味裹挟着她。

吃饭的时候，婆婆混混沌沌地问来喜和腊宝为啥还不来吃年夜饭。田苦荞告诉她，父子俩早就吃好玩去了，就剩下她没吃了。婆婆笑了，说，这对活宝哟，真是白脚猫，就是喜欢跑，吃年夜饭了还去人家串门。说完就心安理得吃了起来。这些日子，婆婆越来越糊涂了，哮喘的毛病也加重了。带她去看了医生，也抓了药，可她死活也不肯吃。

田苦荞一点胃口都没有，只是看着婆婆吃。屋里非常安静，只剩下婆婆吃菜时嘴里发出的吧嗒声，这时候"喵"的一声，一只猫优哉游哉地走了进来。田苦荞一眼就认出是"一枝花"，虽然她回到村里后已经不止一次看到它了，此刻心里还是咯噔一下。说起这只猫来话就长了。"一枝花"被送到村里后，落户在了秋霞家。当时田苦荞想，这猫只要能在村里呆上十多天就行了，高考完了，它爱咋跑就咋跑。没想到"一枝花"却在村里扎下根来，和村里的猫们结下了深厚的友谊，一副乐不思蜀的样子。村里人就有些想不通，乡下的人都挤破头往城里跑，而城里的猫咋就赖在乡下不想走了呢？

现在，这只赖在乡下的猫居然在年三十的晚上来到了自家，都说猫来穷，这可不是什么好兆头。但田苦荞转念一想又释然了，猫不来，家里还不是照样穷，猫来了，家里还能增加一点生机呢。她用筷子夹了婆婆吃剩的鸡腿放在地上，猫跑过去弓着腰舔了起来。田苦荞发现它身上的毛比在城里乌亮多了，就断定它现在的日子过得很滋润，进而就想，这人畜相同，换个环境也未必是坏事。

吃完年夜饭，小姑子一家来串门，田苦荞正准备给他们沏茶，放在桌上的手机响了起来，拿过来一看是一个陌生的号码，就觉得有些奇怪，等到接通后，她就像突然被人点了穴一样，冻在了那里。电话那头传来一个熟悉的声音，妈，我是腊宝呀，我在广东呢，给你拜年啦……

田苦荞愣了一会，慌忙捂住手机进了里屋，再小声对儿子说，你咋不回家呢，你要急死妈呀！

妈，我今年打工的钱还没要到呢，既没钱回家，也没脸回家啊。

你告诉我地址，妈这就去找你。

妈，你就别为我担心了，我要是不混出个模样，是不会见你的。

腊宝把电话挂了，田苦荞再打过去，他已经关机了。田苦荞沮丧地出了里屋，发现小姑子一家人都狐疑地看着自己，于是便强行振作了一下，解释说，不好意思，又是来向来喜讨债的，这大年三十的，见笑了。

一年中的最后一夜，田苦荞是在胡思乱想中度过的，她的心里五味杂陈。终于有了儿子的消息了，但这个消息却让她有些揪心，一个连工钱都拿不到的人，举目无亲地飘在外头，这个年咋过啊！可话又说回来了，腊宝要是真的回家过年了，自己的那个谎还能圆得起来吗？真要是露了馅，乡亲们就别看春晚了，就看自己的洋相吧。

迎新年的炮竹声开始此起彼伏地响起来。田苦荞打开门走到院子里，然后点燃了三支香，对着老天拜了三拜。

大年接着小年很快就过去了，正月十五一过，打工的就要陆续回城了。而老天却偏在这时候下起了鹅毛大雪，一夜之间田野变成了无边无际的雪原，连村里通往外界的道路也淹没在这茫茫雪原当中了。早起赶路的人们在路上艰难地行走着，不时地回过头来看看自己的足迹是不是偏到一边去了。田苦荞扛着一把竹丝扫帚上了路，大围脖包住了她的头和脸，只露出一双带着心事的眼睛。她从村头的路口开始一直向前扫着，在漫卷的大雪里，她像个精灵在挥舞着扫帚。到了晌午时分，她扫到了古桥上面。这时候，她感觉双手虎口生痛，仔细一看，一双纱手套已经磨破了，血渗了出来，她用嘴吮了一下右手的虎口，然后又吐了出来，雪地上映出了点点鲜红。

路上的人脚下轻松起来，他们在走过她身旁的时候，纷纷打量起她来。但因为她包裹得很严实，很多人还是没看出她来。

田苦荞一扫就是三天，一直扫到了别的村的路界上，一直扫到风停雪霁。在扫雪的过程中她体味到一种隐约的快感，扫去那些掩盖道路的雪，她感到一阵阵轻松。

## 9

田苦荞的婆婆在倒春寒中病倒了，准确地说是老毛病陡然加重了，送到县医院的时候已经是人事不省了。村里人都说，这老婆子能活到现在也算是个奇迹了，要不是有等着孙子考上大学的念想恐怕早就死了。田苦荞没有放弃对婆婆生命的挽留，天天守在病床前。

第五天夜里，婆婆居然醒了，絮絮叨叨对她说了很多话，虽然口齿不清，但她还是听懂了。婆婆的话概括起来有三层意思：一是孙子的头上放出了霞光，她也死得安心了；二是费家尤其是挨炮子的来喜对不住苦荞；三是苦荞也别苦着自己，找个好男人嫁了吧。婆婆说完不久就咽气了，走的时候脸上的皱纹舒展，嘴角甚至挂着一丝不易察觉的笑。

田苦荞抱着婆婆的身体泪流成河，她哭出了思念，哭出了内疚，哭出了感谢。此刻，面对自己制造的那个弥天大谎，她不知道该做何评判。

婆婆去世后，田苦荞好像失去了一些保守那个秘密的动力，常常有一种想解密的冲动，她认为真相迟早会大白，早也是一刀晚也是一刀，不如趁早把脖子伸出来主动去挨那一刀。否则，面对别人的疑问，她越加胆战心惊。尤其是小姑子已经起了疑心，因为婆婆快不行的那几天，她老是催着嫂子想办法和侄儿联系，看看腊宝能不能回来看奶奶最后一眼，但田苦荞嘴上答应着，就是不付诸实际行动。

婆婆头七的那天中午，田苦荞终于说漏了嘴。那天下午，村子里出奇地宁静，守在空屋里的田苦荞能听得见自己的心跳声，就像是听到了一种诡异的脚步声，这声音让她倍感孤独，她鬼使神差地喝起酒来，把过年剩下的那大半坛米酒喝掉了。喝完酒，她就对着婆婆的遗像哭诉起来，把腊宝出走的真相断断续续地说了出来。这时候，老满恰好从乡里回来从门口路过，听到哭声就拐了进来，一看这架势就劝她说，苦荞，不要再难过了，你也是敬了孝心了，你婆婆在世上也没啥念想了，走得很安心啊。田苦荞用醉红了的眼睛看着他，没头没脑地说，满叔，腊宝根本就没在二炮，他躲起来啦，就像他爹一样，我也不知道他躲哪去了……呜呜……

幸亏老满中午也喝了不少酒，没听清她前半截话，只是接着她后半截话说，腊宝怎么会躲着你呢？你要理解他，他上的这个学堂很特殊嘛。听说搞原子弹的人半辈子都回不了一次家呢，他还算是好的喽。

田苦荞借着酒劲想来个竹筒倒豆子，老满手一挥打断了她，说，苦荞啊，叔今天过来顺便告诉你一声，今天乡长表扬我们古桥村啦，其实也等于是表扬你呐。

表扬我？田苦荞频率很高地晃了晃脑袋，怕自己听错了。

是啊。我们村搞上示范村后，有几个村不服气，在乡长跟前唧唧歪歪的，乡长就在今天的大会上说了，美好乡村建设不单是要搞好村容村貌，更要转变好村风民风，你们看看人家古桥村这两年风气就好起来了嘛，关键是人家抓住了田苦荞这样的典型，同志们啦，榜样的力量是无穷的呀，你们可以去古桥看看嘛……

老满认真复述着乡长的讲话，脸上格外地意气风发，而田苦荞酒也醒了不少，是吓醒的。

老满走后，田苦荞感到一阵后怕，村长刚才要是听清了她的话，传出去自己不就成了一个撒谎的反面典型了？如果真是那样的话，对自己来说倒不是最重要的，最重要的是村里要跟着受累了，那个什么示范村的帽子要是被摘了，自己不就成为全村的罪人了？

老满的话说了没几天，村里果然就开始来人了。来的人在了解了古桥村后进变先进的经验后，大都要顺带去看看“好女人”田苦荞，当然，免不了就要问到她是怎么把儿子培养起来的。田苦荞头都大了，她感觉自己好不容易打发了一个记者，现在又好像涌来了一群记者。面对大家的七嘴八舌，她起初想，要么闭口不言，要么把真相一吐为快，但她考虑再三，最终还是顺着大家想要的结果去说了。现在，关于腊宝的秘密已经超出了她的私事的范畴了，再怎么说，她不能拿村里的名声和利益开玩笑啊！

田苦荞心里就此打上了一个新的死结。

江南五月的油菜田里，金黄色的花潮已经退去，只剩下星星点点的油菜花在疲惫地开着。田苦荞看着这个场景，心里莫名其妙地慌了起来。今天早上她照镜子，发现眼角已经有了明显的鱼尾纹，年轻时的美貌已经开始走样了，就像那些撑在地里的菜花，尽管还有些色彩，但一场雨一打就没了。她突然想到婆婆临终时对她说的那句话——找个好男人嫁了吧。由此她就想到了藤医生。婆婆死后，藤医生还是时常用那个专用号码给她发信息，不过内容有了很大变化，发的最多的是：你还好吗？她回答的更简单：还好。内容虽然简单，但她的心情却很复杂。有多少个夜晚，她都梦见自己靠在藤医生的肩头倾诉着，藤医生总是善解人意地安慰着她。这样的场景让她在醒了以后依然久久回味。

几天后，田苦荞做出了一个重大决定——她打算离开古桥村。离开这里后，她就会把她的秘密带走了，这样就不至于因为秘密的泄露惊扰自己和别人的生活，同时她也想去寻找真正属于自己的生活了。她把离开的时间定为油菜籽收割以后。

田野里最后一朵油菜花消失了，青灰色的菜杆变成了褐黄色，菜籽荚也鼓实得快要绽开了。田苦荞天不亮就下地割菜籽，几天下来，地里的活就干完了，她就让小姑子的丈夫帮忙把菜籽送去榨油。

一切忙妥帖以后，她开始悄悄准备行李了。出走的日子是一个朗朗的晴天，天晴大家都在地里忙活，村子里不至于有更多人关注她的出走。一早起来，她把院子和屋里都打扫了一遍，用干毛巾把婆婆的遗像仔细擦了一遍。最后，她从枕头底下摸出那枚孔雀坠子，迟疑了一会儿，把它放入矮柜上的一个花瓶里。花瓶是她结婚时买的，本来是一对，另一只在一次来喜赌博夜归时被她赌气摔碎了。干完这一切，田苦荞背起包走出了屋子，在锁门之前，她又探头看了看幽暗而冷清的屋子。

随着那把有些生锈的挂锁咔哒锁上两个门环后，田苦荞就觉得自己再也没有回头路可走了。她的心里默念着，费来喜、费腊宝你们都跑吧，我也想通了，也走了，天王老子也没规定，你们能跑，我就得在家守着……

“喵——”“一枝花”不知什么时候趴在院子的矮墙上看着她，眼睛里似乎充满了疑问。田苦荞看着它念叨起来，“一枝花”啊，我走了，到你待过的城里去了，你想去吗，我带你走？“一枝花”无动于衷地看着她。

就在她即将走出院门的时候，眼前晃了一下，一个人突然出现在她面前。这是一个衣衫褴褛的驼背男人，胡子拉碴的脸上是一双浑浊的眼睛。她看了半天也没认出是谁，男人双手抱着肚子喘了会气，有气无力地说，小荞，是我呀！田苦荞愣了一下，终于认出眼前这个面目全非的男人就是丈夫来喜。

来喜进屋后，第一眼就看见了母亲的遗像，一下子就怔住了。田苦荞就把婆婆去世的情况原原本本地说了一遍。来喜身体一软，双腿重重地跪倒在母亲的遗像前，涕泗滂沱。田苦荞好不容易把来喜扶了起来，来喜又跪在了她的面前，说，小荞，我对不住妈啊，更对不住你啊，让你受苦了，我不是人啊，不是人……田苦荞蹲下来，抱住丈夫恸哭不已。

来喜在狼吞虎咽地吃完一钵子面条后，体力恢复了一些，开始断断续续地讲起他这几年的经历：当年出走后，他到处乱窜了一阵子，后来到了山西，结果被人骗进了黑砖窑，就像坐牢一样，一呆就是好几年，前几天才刚刚被解救出来的。来喜说到最后突然激动起来，说，小荞，我一出来就打听到了，儿子考上名牌大学了，这都是你的功劳啊，我老费家八辈祖宗都要感谢你呀，我就是爬也要爬回来给你磕个头啊……

看着丈夫那张已经有些变形的脸，田苦荞心里一阵痉挛，她不知道该不该马上说出那个天大的秘密。

# 蒯子生眼里的天空

## 1

蒯子生要回来的消息传开后，犁下人的脑壳里就像有无数只破茧而出的蝴蝶扑腾出来，那些纷乱的蝴蝶迅即就把昏沉的村巷给扇醒了。这些年大家都各忙各的，很少被什么共同的话题拢在一起了，但这次是个例外。稍稍遗憾的是，由于蒯子生和家乡联系较少，大家聚在一起谈论他的时候，记忆大都停留在他上大学之前的事上，至于他后来怎么出国留学、怎么成了北京的科学家，大家知之甚少。这样一来，我便忙了起来，大家都来找我打听他的事，理由是我和他从小是同学，现在又是乡里中学的教师，是为数不多的有可能和他保持联系的人。事实上，我和蒯子生也没什么联系，只是那一年他母亲去世，他在美国留学没能赶回来，是我帮着料理后事的，事后他给我写过一封信，寥寥数语中，有感谢的意思。

周末的晚上，我从镇上赶回村里看望父亲，没想到一进门就给人缠上了。第一个来的是顾得来。他现在办了一家沥青搅拌站，生意不错，算得上犁下村的首富了。顾得来一见我就笑出两排牙花，说："春阳啊，听说蒯教授就要回来了，我想请他吃个饭，你能帮我约一下吗？"

“你自个不能约他？”

“我哪有那面子哟，听说市里和县里的领导都排着队要请他吃饭呐。”

“你这大老板都没面子，我就更靠边站喽。”

我一边推辞，一边估摸着顾得来要请蒯子生的用意。这时候，父亲在一旁威严地咳嗽了一声，浑浊的眼睛里极其少有地闪出两道冷光，就像一把剪刀剪向了顾得来。他对顾得来一向印象不好，直到老迈还顽固地保持着这种印象。从小他就把顾得来当成反面典型教育我，让我远离这纰漏筒子。通常情况下，他在列举了顾得来的种种不齿行径后，就会提到先进典型蒯生子（后来他上大学后改名叫蒯子生）。提起他，父亲的脸上立马就有了云开日出的意味。我的少年时代在这两个截然不同的典型的撕扯下，一度变得非常分裂。我想学蒯子生，但太难了，因为他是个天才。天才蒯子生和我是一道入学的，但他很快就不断地跳起级来，等我上初二的时候，他已经上了高中。拿我们家乡的话说，蒯子生念书很松快，松快得就像是嗑瓜子。他留给大家最深的印象并不是埋头苦读，更多的是抬头发呆的样子。和这样的“先进”在一起，我感到压抑而自卑，我就像一棵长在大树下的小草，开始自暴自弃地放任枯荣。好在还有“落后”的顾得来在那等着我，让我在“比下有余”中聊以自慰。

好不容易打发走顾得来，又来了更多的人，都是来谈蒯子生的。我慢慢发现，这些人除了对蒯子生有些好奇，其实和顾得来一样，心里都还打着各自的小九九：有人想请蒯子生给自己刚生的娃起个名，有人想请他给村里的祠堂题个字，还有人甚至想请他帮着看看自家宅基地的风水……

就在我不胜其烦的时候，村长开乐来了，一看屋里挤了那么多人，他像驱赶稻田里的鹅鸭一样张开双臂挥了挥，将众人轰走了。

他自作主张地把大门给关上了，回头对我说："春阳啊，这些个鬼都是想把子生当唐僧肉哦，你别把他们那些狗屁倒灶的事当回事，我可有正事找你商量呐……"开乐说上面传来消息，犁下村要和相邻的犁上村合并成一个行政村，村名要改成"双犁村"。开乐越说越激动，用握紧的左拳狠狠地砸向肥厚的右掌，然后对"并村"的严重后果做了如下描述："春阳啊，这就相当于你在床上睡得好好的，你的冤家一头钻到你被筒里，还立马打上呼噜了，你受得了么？"

犁上村和我们犁下村似乎有一种祖传的怨气，犁上人仗着他们村子大，总想压我们一头，但我们村的人也不认怂，总是针尖对麦芒地和他们较着劲。最近几年，双方的肢体冲突少了，但嘴仗却打得火爆。而作为一村之长的开乐，唾沫星费的是最多的。有一次，开乐和犁上村的村长老赵在酒桌上杠上了，当时老赵正大肆吹嘘他们村里的那个研究沼气的土专家，吹得嘴丫子都起了沫。开乐就有些不高兴，说："不就是一个搞沼气的嘛，咱村的蒯子生还是搞大气的呢，大气你懂不？那可是要命的大事哦。"他的话得到了大家的附和，从而有效地压制住了老赵的火力，让老赵突然没了底气。开乐回到村里后，把"大气打败沼气"的事一说，全村人都欢欣鼓舞。

开乐和我商量的结果是，等蒯子生回来，要请他出面阻止并村的事。

在我们犁下村，过去每年都有"出菩萨"的习惯，就是农闲的时候，一群人抬着木制或泥塑的菩萨巡游，目的是祈求风调雨顺。后来上面抓得紧，不让出菩萨，村民们白天不敢出，就改成晚上偷着出了。而依我看，蒯子生也成了犁下人心中的一尊菩萨了，这尊菩萨却是任何时候都能搬出来的。比方说，我们在向陌生人介绍自己的时候，总会顺口说上一句"犁下的，和蒯生子同村呢"。

当天晚上，我睡在父亲的屋里，听着院子里那棵老红杨年迈的枝丫在风中嘎吱作响，突然就想起多年前蒯子生爬到树上的样子：他总是喜欢靠在它粗壮的枝干上对天发呆。我在想，蒯子生从一个农村孩子成长为故乡的“菩萨”，和这种“对天发呆”有没有某种必然的联系呢？他上大学时选择大气科学专业和这种“爱好”有关吗？想了许久，没有想出确切的答案来，但我有一点是可以肯定的——我本人是沾了这尊“菩萨”的光。

当年，蒯子生轻松一跃便跃出了“农门”，留给了我一个靓丽的身影，这身影对我多多少少有些激励。由于我算是他为数不多的朋友之一，他临走的时候，就把他在高中用过的课本和复习资料都丢给了我。我就一边感受着他的气息，一边学习起来。有时候，我也会学着他的样子，爬到那棵老红杨上对天发呆。透过枝丫和树叶看上去，天空变得支离破碎，总是让我莫名地心慌。于是便想，蒯子生眼里的天空是个什么样子呢？他那么痴迷于天空，难道他把变幻着的云彩看成了七仙女，把空中飞着的大雁看成了一盘菜？我读不懂蒯子生眼里的天空，但不管怎么说，我能够考上省城的师范学院，多少还得要感谢蒯子生。毕业后，我回到母校沉木中学当起了教书匠，生活算是有了着落。

## 2

迎接蒯子生的到来成了犁下村的一件大事。蒯子生在村里已经没有什么直系亲属了，他这次回来是给父母扫墓的。开乐考虑得很周到，不但安排人将蒯家的老屋拾掇干净，甚至还将蒯子生父母坟头的草都拔干净了。

清明前一天的下午，村口的井台旁挤满了人，我也站在那儿和大家一道等候着阔别多年的蒯子生。那条村道在阳光下白生生地伸展着，在经过一片树林时甩出一个弧度，就像是一段弯曲的尾巴隐匿起来。多少年前，我也是站在这里，看着蒯子生在一片同样热烈的气氛中消失在那截“尾巴”里。

那是一个秋天的晌午，我正在家承受着父亲的“枪林弹雨”。父亲发火的原因，是因为我在初三毕业后的这个暑假根本就没摸过一次书本。父亲恨铁不成钢地瞪着我，说你看看人家生子，一个没爹的孩子，还那么成器。我差点脱口回了一句不孝的话：没爹说不定还好些呢。但我忍住了，装着一副洗耳恭听的样子，其实心里是在默念着数字，我希望在我数到五百的时候，父亲会消停下来，因为孙悟空被如来佛压在五指山下是五百年，所以我莫名其妙地认为“五百”是我所能承受的最大的数字了。就在我默数到四百多点的时候，屋外突然传来一阵清脆的鞭炮声，接下来，锣鼓声也开始喧闹起来。父亲愣了一下，立马结束了他的训诫，跑了出去。我缓过神来，也跟在他后面跑。等我们跑到村口的时候，戴着大红花的蒯子生正被大家簇拥着走向路边的一辆拖拉机。等他上了拖拉机，开拖拉机的开乐突然喊了一句，乡亲们，请全县的高考状元给我们说几句好不好？人群中立马爆发出热烈的掌声。但蒯子生憋出一头的汗，也没说出一句话来，最后只是朝大家深深地鞠了一躬。他的这副窘态多少让大家有些失望，但村里的一位老夫子当即引经据典给予了正面的解释，说狗不以善吠为良，人不以善言为贤，这孩子，干大事的呐。

拖拉机冒着黑烟亢奋地开走了，拐过那片树林就不见了。那天，包括我在内的很多犁下人都流下了热泪。后来我细细想了一下，才理解了这泪水的真正含义。说老实话，我们村子在四乡八里的名声不大好，人们都说我们犁下出懒汉。周边的村子流传着这样的话：太阳三竿，犁下无人。太阳都那么高了，犁下的人都到哪去了呢？原来是都在床上赖着哩。还有更歹毒的话：姑娘出嫁，不嫁犁下。不过，这些成见和歧视很快就会见鬼去了，因为犁下出了一个蒯子生。蒯子生就像被困的孤军中突然冒出来的一位盖世战将，他将带领着我们冲锋陷阵，一洗犁下的污名……

鞭炮声响了起来，我脑海里送别的记忆切换成迎接的场景。一辆黑色的商务车从“尾巴”处闪了出来，不一会就到了村口。车子停稳后，副驾驶上下来一个年轻人，他迅速拉开后面的车门，然后便欠着身子站在一旁。不一会，一颗略显荒芜的脑壳伸了出来。愣了一会，有人还是认出蒯子生来，很冲动地喊了一声“生子回来啦”，这声喊听起来很别扭，因为在犁下人的口音中，“生子”和“孙子”是一样的。但此刻已经没人去计较了，人群就像漩涡一样漩了过去。蒯子生看上去比以前瘦了一些，脑壳显得更大了，发际线退得毫无节制，一副卓尔不群的样子。他用一口京腔很麻溜地和大家打着招呼，让人很难联系起当年那个口讷的“蒯生子”。

晚餐是在蒯子生家老屋里吃的，饭菜都是村里安排人做的，我和开乐还有村里几个有些名望的长者作陪。我本来还想喊顾得来过来陪一下的，但蒯子生一听他现在做的营生，立马就反对，说自己是研究大气的，怎么能和一个搞大气污染的人坐在一起吃饭呢？我看他这么较真，只好作罢。

整个饭局几乎都是蒯子生一个人在说，好不容易等他接个电话，我在开乐的暗示下，准备提一下并村的话题。这时候，一群人闹哄哄地涌了进来，也不顾开乐的劝阻，就七嘴八舌地向蒯子生问这问那，问题集中在以下几个方面：老婆是哪儿的？孩子几岁了？在北京住多大的房子？这些年你到底干些啥？不知是出于什么原因，蒯子生对前面几个简单的问答没做任何解答，倒是回答了最后一个问题，说他现在专门研究厄尔尼诺。一个老妇女困惑地打断他：“生子，你说‘你惹我了’，我们都十几年没见面了，你这话咋说的。”我赶紧向她解释：“蒯教授说的是‘厄尔尼诺’，不是‘我惹你了’，厄尔尼诺是一种灾害性天气。”蒯子生可能是觉得我说得不够专业，便侃侃道来，从赤道暖流说到东南信风，最后说到海水变暖和大气温室效应对人类的影响。但大家却听得云里雾里，有人甚至打起了哈欠。蒯子生好像对大家的漠然很是不满，激动起来，声音也随之拔高：“地球都要毁灭啦，我们不能无动于衷啊！”他说着话，额头上的汗珠就渗了出来，头发上也开始冒汗气。我看着他那颗热气腾腾的“蒸笼头”，突然就想到了他刚才说的“全球气候变暖”。

当天晚上，蒯子生竟然留我在他家老屋里住，这让我有些受宠若惊。他靠在他母亲睡过的那张床上，主动和我聊了起来，而且一聊就是大半夜。看得出来，他已经好长时间没有和人这样聊过天了。在聊天中，我得知他当年从美国留学回国后就进了一个国家级的研究院，后来还担纲起某种灾害性天气的研究……在他谈起他的专业时，我感觉特别累，我的脑筋紧张地跟着他的话题转，就像在高速公路上跟车一样，生怕一不小心跟丢了，但他一口京腔里时不时蹦出来的英文单词，就像减速带一样把我的思维硌得一顿一顿的。好在他侃侃而谈的样子似乎并不在意我是否能听得进去。后来我干脆随他说去，脑海里开始搜索起当年那个叫“蒯生子”的男孩。蒯子生是蒯家唯一的男孩，他上面有三个姐姐，他出生后，父母对他并没有寄予什么厚望，唯一的心愿就是指望他将来早点结婚生子，传宗接代，这一点从他的名字就能看得出来。但他大学毕业后，却擅自将名字改成了“蒯子生”，而且还把父母“快生子”的心愿变成了“慢生子”的现实。他三十出头才结婚，儿子现在才七岁，而我和他一样大，儿子已经十三岁了……和记忆中的“蒯生子”一比，眼前的蒯子生越发显得陌生了。

但陌生归陌生，我还是没忘开乐交给我的任务，终于瞅准机会向他说出了并村的事。他听了以后，直起腰坐了起来，开始连珠炮似的向我发问：为什么要并村？是不是征求了民意？并村的负面清单是不是事先列出来了……我被他问得有些烦，说：“大教授，你问这么多干吗？这又不是你们搞科学实验，在当官的眼里，并个村就像是拼个车，太简单了。”他缄默了一会，自言自语起来：“怎么能这样，唉，怎么能这样呢？”

第二天早上，我陪蒯子生到山上给他父母上了坟。他上坟的方式很特别，没有烧纸钱，也没有磕头，而是在父母的坟前种上了一棵苦楝。在用锹给树苗培土的时候，他问我：“春阳，一棵楝树能结多少果子呢？”我愣了一下，说：“结再多的果子也没用，也不能当水果吃。”他说：“不能吃的果子才是纯粹的果子啊……”我不太懂他的意思，就想，做大学问的人，是不能以常人的标准来评判的。又想到他母亲生前经常对村里人说过的话：“生子是国家的人，你们没有塌天的事就不要惊动他哦。”心里就有一种说不清道不明的东西在蠕动。

下了山往村里走的时候，就见开乐领着几个人迎了过来，老远就喜滋滋地打招呼。原来，那几个人都是县里和乡里的头头脑脑，听说蒯子生回来了，都来拜访。当天中午，他就被接到县城去了。

后来几天，他的行程就被上面安排得满满当当，我也没再见到他的影子。他什么时候回的北京，我也不知道。

但不管怎么说，蒯子生这次回来，也算是菩萨显了一回灵，在他走后，并村的事便不了了之。

村里人都把功劳记在了蒯子生的头上，都琢磨着要为他做点什么。就在这时，开乐想到一个主意，村里通往外面的那座石桥已经年久失修了，他想造一座新桥，取名“状元桥”，桥名想请蒯子生题写。大家一听，都说他不愧为村长，这个主意出得好。顾得来知道了，自告奋勇要出资造桥。我也只好自觉承担起请蒯子生题字的差事，不过我在打电话向他讨字的时候，隐去了顾得来造桥的功劳。

半年后，这座小桥就造好了，桥拱上面蒯子生题的“状元桥”几个红字非常醒目。从此，犁下人就开始喜欢站在这座桥上照相了，不仅是上学的要去照，连做生意的，甚至是打工的也要去照（可能是行行出状元的道理）。

在我们犁下人看来，蒯子生不仅成了自己的面子，还成了一道护身符。

## 3

尽管犁下人大都具有丰富的想象力，但还是无法想象出蒯子生在北京的真实生活状态。在他们眼里，他比那些做大官的挣大钱的神秘多了，做官的眼睛盯的是位子，挣钱的眼睛盯的是票子，而他眼里盯的却是天空。这种神秘感造就了犁下人对蒯子生的神圣感。而我的一次北京之行，却在无意中窥破了他被云遮雾绕的真身。

我之所以去北京，是因为我父亲病了。父亲脑子里长了一个瘤子，省城医院的医生建议去北京的大医院做手术。放寒假的时候，我带父亲去了北京。临行前，我想打个电话给蒯子生，因为上次他回来，我无意中听说他老婆就是个医生。父亲阻止了我，他说人家那么忙，就别添乱了。到了北京，找了一家小旅社住下来后，就开始找医院，但连续跑了几家医院都没能挂上专家号。第二天晚上吃完饭，我还是给蒯子生打电话了。打了好长时间他都没接，只好发了一条信息给他，把我们来北京的事说了，但他还是没回，我心就有些凉了。到了晚上八点多，他突然打来电话，问我们住在哪儿？我就把旅社的地址告诉了他，他说他马上就到。我的心骤然又暖了起来，人家这样一个大忙人竟然能屈尊来看我们。

九点多，我在旅社门口等到了蒯子生。他穿着一件咖啡色的羽绒服，样子显得很普通。见了我，他很抱歉地说：“春阳，真不好意思，晚上在钓鱼台有个应酬，脱不开身哦。”我一听“钓鱼台”，肃然起敬，赶紧说：“那是那是，不好意思的应该是我哟。”寒暄了一番后，他就要去见我父亲。我说他已经睡了，他想了一会，指着街对面那片霓虹闪烁的店面，说：“那我们找个地方坐坐吧。”说完，也没等我答应，就往马路对面走。我跟在他后面，突然看到他垂在背后的羽绒服帽口有一些异物挂在那儿，仔细一看竟然是粘着一些面条。我没好意思提醒他，但对他说的刚刚在钓鱼台的应酬产生了一丝怀疑。

进了一家羊肉馆，里面的温度很高，他就把羽绒服脱了下来，就在这时，他也发现了帽子里的面条，睃了我一眼，赶紧拿起衣服去了卫生间。回来的时候，他把羽绒服挂在椅背上，我看见帽子里的面条已经没有了。羊肉火锅上来后，他要了一瓶百年牛栏山，可就在快要开吃的时候，他把服务员喊了过来，指着桌上的筷子说：“你们的筷子消过毒吗？”看服务员有些支支吾吾，又说：“你们这样，往小里说是不负责任，往大里说，是草菅人命啊。”服务员一听，赶紧把桌上的筷子换成了一次性筷子。蒯子生更不高兴了，拿起一双一次性筷子，说：“这是森林啊，全国人要是都用这样的筷子，一年下来，大兴安岭就没啦……灾害性天气就是这样形成的呀……”说到老本行，他的话就有些收不住了。我赶紧把服务员打发走，又把原先的筷子换回来，用开水烫了一遍，才使他有所平息。喝酒的时候，他竟然很主动，这让我有些意外，因为那次回村他几乎滴酒不沾。等到我们把一瓶酒喝得差不多时，他说的话就更加让我意外了，他说：“春阳啊，你知道人生最大的不幸是什么吗？”

“你说是啥？”我被他突然一问，有些懵。

“那就是——你懂得本质，却没有人懂你。当年的哥白尼和布鲁诺就是这样……我也和他们一样啊……罗马鲜花广场的烈焰正等着我呢……”

“蒯教授，你能说得具体一点吗？”

“就拿治理北京雾霾来说吧，我早就说过要西平太行，北破燕山，让空气流通起来，不然极涡就会迟滞呀……可没人听得进去哟。”

“那动作也太大了吧。”

“你也这么认为？”蒯子生有些不满，“难道万里长城、三峡大坝动作小了吗？照你这么说，就没了精卫填海的梦想了，就没了敢叫日月换新天的壮举了……”

他的思维很跳跃，我有些跟不上他的节奏，只好点点头，没敢和他抬杠。我知道他从小就喜欢抬杠，上四年级的时候，他和语文老师抬过一次杠，差点把那位女老师气背过去了。那天，老师在课堂上说起了蚂蚁的勤劳，并让大家围绕蚂蚁的勤劳发言。同学们纷纷举手要求发言，只有他没有举手，坐在那儿发呆。在几个同学讲完后，老师点名让他发言。他站起来憋了半天，竟然和老师唱起了对台戏，他说绝大多数蚂蚁其实是很懒的，之所以大家都觉得它们勤劳，是因为它们的数量太多，即使只有十分之一的蚂蚁在干活，也会看到一派繁忙的景象。他这一说，同学们也开始议论起来，原本安静的课堂乱成了一锅粥，老师就有些下不了台了。下课铃还没响，老师就拔腿而走，但他却追出了教室，还想继续和老师探讨……这么多年过去了，他这一根筋的脾气倒是没怎么变。

那天晚上，蒯子生喝多了，没有回家，而是随我去旅社开了一间房住了下来。我怕他出事，只好陪着他。他去卫生间吐了好几次，每次吐回来，说话就显得愈加亢奋。从他那些半醉半醒的话里，我开始意识到，他的日子过得并不顺心，和犁下人所想象的样子大相径庭。

这些年，蒯子生在单位的人缘一直不太好。起初他并没太在意，因为他是院长一手从美国挖回来的，院长对他还是比较赏识和包容的。而正是这种来自一把手的温暖让他忽视了周围人际关系的复杂性。直到后来院长突然病逝了，他才对自己的处境有所认识，他发现自己在不知不觉中就成了一只离群的孤雁，看着远去的雁阵，他只能发出几声孤鸣。而问题是，在意识到自己的孤独后，他并没有下力气去追赶雁阵，而是在自我的空间里自顾盘旋着，这就使孤独变成了孤立。

蒯子生在说到自己的遭遇时愤愤不平，他站在那儿不停地划拉着双手，就像个作法的巫师，"春阳，我告诉你，他们想孤立我，太可笑了，一个追求独立的人怕被孤立吗?"我只好劝他："没那么严重吧？大教授，你得学会融入哟。"他瞪了我一眼，说："我是决不会妥协的，让他们都放马过来吧!"他走到窗前推开了窗户，就像是打开城门准备去迎战围城重兵的孤军将领。北京寒夜的街头冷冷清清，惨白的灯光如同照着一个刚刚谢幕的舞台，没有来来往往的人，也没有堵在路上的车，偶然有一辆小车驶过，就像是一只受了惊吓的老鼠仓皇而去。这一切，给人一种很不真实的感觉。蒯子生就是面对着这样的场景，一层层剥去他心中的茧。他向我吐露了许多烦心事，其中有一件事我认为是对他影响最大的。

他的一位女助手为了评职称，想在国家级的专业杂志上发表一篇论文，就找到了他。他没有多想，就答应和她共同写篇论文——即由他来提供观点和部分研究成果，女助手负责执笔，然后共同署名。论文写好后，他修改了一遍，就给了一家杂志。主编很快就打来电话，说只要对有关章节稍做修改，便可发表。但他却不答应，语气中一点商量的余地都没有。换了一家杂志，同样提出了修改的意见，可他还是不答应。这下女助手急了，求他变通一下，但他这次没给她面子，说一个标点符号都不改，我就不信杠不过他们。他这一抬杠，女助手就撂下杠子，带着他的观点和研究成果投奔了院里的另一位专家。结果这篇论文经过改头换面后，竟然在国外的一家权威杂志上发表了。他知道后，怒不可遏，要去告那位专家和女助手，但却苦于找不到证据(就连先前他投稿的那两家杂志也不愿给他作证)。有一次院里开总结大会，院领导还特意表扬了那位专家和女助手。他在下面坐不住了，突然发作起来，站起来大骂那位专家和女助手是小偷，窃取他的科研成果。大家一看，都过来劝他，但他骂得更欢了，骂着骂着收不住嘴，就把在场的人也都骂了。这下大家不乐意了，纷纷站起来指责他，场面闹得不可收拾。这事很快传得沸沸扬扬，到后来竟然传出是他和那位专家为女助手争风吃醋弄出的闹剧。他的老婆严雨寒知道后，果断提出和他离婚。两人本来就过得磕磕绊绊，现在严雨寒终于有了借口。他一听要离婚，就拉开架势和严雨寒理论起来，说离婚没什么大不了，但我必须证明我的清白。他花了好多天时间，反复向严雨寒说明他是怎么被人窃取劳动成果，又是怎么沦为桃色传闻的受害者的。严雨寒烦透了，把话挑明了说，我相信你被人耍了，也相信你不会有什么花花事，但我就是要和你离婚。他听了有些懵圈，说你不把话讲清楚，我是不会答应离婚的。婚虽然暂时没有离成，但家里就开始席卷起“厄尔尼诺”了。

他告诉我，昨天晚上，他来见我之前，根本就没去什么钓鱼台，而是在家里和老婆大吵一场。事情的起因和一截玉米棒有关。他下班回家，看到儿子正在那儿津津有味地啃着玉米棒，就十分严肃地指出，谁让你吃那玩意儿的？那是转基因食品，吃了会后患无穷的。儿子瞄了他一眼，没搭理他，自顾啃着。他较上了真，开始站在儿子跟前喋喋不休。这时候，老婆正好从厨房里端着一碗炸酱面出来，说蒯子生你发什么疯，你一个农村人，刚刚解决了温饱就挑食啦，什么转基因呀，我一个医生都不怕，你还怕？蒯子生立马就把怨气转向老婆，说严雨寒，你们医生就是没安好心，希望病人越多越好，可你也不能拿我儿子的健康开玩笑呀……在美国，孩子是不吃这种垃圾食品的，会造成人体基因突变，严重的还会影响今后的生育呢。严雨寒的话也变得更加刻薄了，说姓蒯的，我看你倒像是个转基因的怪胎，你赶紧去安定医院挂个号吧，就你这种灾害型人格，还想研究灾害性天气，笑话。蒯子生身上的血呼呼地涌向脑门，说既然你说我是疯子，我就疯给你看。说完，一把夺过儿子手里的玉米棒，狠狠地砸到墙上，结果刚巧砸到挂在那儿的一张全家福上。严雨寒也气极了，就把那碗炸酱面砸到他背上……

说起老婆，蒯子生余怒未消，说："有什么了不起，不就是个土生土长的北京人嘛，你看看现在的中南海里，有几个是老北京人？离就离，她还别以为我离开她就不得活了。"

蒯子生的倾诉一直持续到凌晨两点多，他后来中断倾诉是因为他不停地打喷嚏，这可能是他在窗口站久了受凉所致。我关上窗户，劝他上床睡觉。这次他听了我的，疲软地往床上一躺，不再言语。我本来还想提一下替父亲找医生的事，但听了他刚才倒的那番苦水，再看看他头上那几根不听摆布的头发，只好把到了嘴边的话咽了下去。

早上他醒来后，似乎有些失忆，竟然问我到北京来干吗的。我只好把父亲看病的事又说了一遍。他拍了一下脑门，说："哎呀，想起来了，你昨天发信息就告诉我了，唉，我从来就没喝过这么多酒哟，误事啊。"接下来，他好像又想起什么，说："春阳啊，我昨天没说什么错话吧?”我摇摇头,不知道他所谓的“错话”是指什么。

洗漱完了,我陪蒯子生去对面的房间看望父亲。父亲正靠在床上咳嗽,看见他来,赶紧把身子坐直了,说:“生子(父亲还习惯叫他过去的名字),你咋来了?我让春阳别惊动你,他就是不听哟。”

“叔啊,你到北京来怎么能不和我说一声呢,我小时候可是经常吃你捕的鱼哟。”

“你是干大事的,我们不能给你添麻烦啊。”

“现在帮你治病就是大事,春阳和我说了你的病,正好我老婆那个医院的脑科就是全国有名的。”

蒯子生主动说到了他老婆的那家医院,这让我替他捏着一把汗,就目前的情况看,他老婆会帮这个忙吗?这时候,父亲可能是因为激动,咳得更加厉害了,我赶紧过去给他轻轻地捶起背来。蒯子生看帮不上什么忙,就转身离开了房间。等我走出房间的时候,就见他背对着我在走廊里打电话,声音渐渐有些高,“……那好,只要你帮我把这个病人的事搞定,我答应你,一周内就在协议书上签字……我也想通了,人就像天上的气流,有些气流之间注定是相互排斥的,相遇后,只会是电闪雷鸣……”我站在那儿,进退无措。

当天下午,父亲就住进了严雨寒所在的那家医院。几天后,一位全国著名的脑外科专家为父亲做了手术,手术非常成功。

父亲住院期间,严雨寒来看过一次。她看上去温文尔雅,很难想象她会是一个把一碗面条砸向人的人。那天,我送她到走廊上的时候,不断说着一些感谢的话。她突然没头没脑地冒了一句:“你和你父亲真不简单,这么多年了,蒯子生可从来没求我办过事啊。”

带着强烈的好奇心,我在几天后的一个晚上,拜访了正在病区值班的严雨寒。我去的时候,她刚刚查完房,在医生值班室里看着一本医学杂志。见了我,并不觉得奇怪,说:“你是来和我说蒯子生的吧?”我愣了一下,就省了穿靴戴帽的过程,说起了蒯子生当年的聪颖和家乡人对他的评价。她打断我:“我知道你说的是实话,我也承认他是条龙,我曾经在想象中把他当成了白马王子,但我最终还是成了叶公……你知道我为什么会成为叶公吗?”看我摇头,她接着说:“那是因为那条龙太怪了,怪得连它自己都认不清自己,它张牙舞爪的样子,其实不过是一种挣扎的姿势,可他自己却偏偏觉得是在呼风唤雨……”说起蒯子生,她的情绪有些波动。

在严雨寒眼里,蒯子生就是个超级“杠王”,他抬起杠来无边无际,没完没了。在学术上,他总是不断地和同行们发生争论,对观点相左的人,他通过网络、杂志、会议等多种平台,对人家狂轰乱炸,但结果往往导致自己被围攻。如果这种在学术上的抬杠,严雨寒还可以理解的话,那他在家庭生活中的抬杠,却让她有些受不了了。对一家三口的吃喝拉撒,他都有自己的“主见”,而他的这些“主见”往往是家人难以接受的。他不喝牛奶,也不让家人喝,原因是除了怀疑牛奶的质量,还在于,他认为喝牛奶会助长奶牛养殖的泛滥,而更多的奶牛排泄物会影响大气环境。他要求家人在吃苹果的时候,一定要连着皮吃。老婆孩子要是不肯吃皮,他就会大谈苹果皮的妙处,直到他们把皮吃下去。严雨寒节假日就怕和他出门,因为他一出门就有可能“惹事”。见到有人站在马路牙子上抽烟,他会去劝阻,但往往因为言辞生硬,造成纷争。见到招牌上有错别字,他马上就要找人家去纠正。有一次,夫妻俩路过一家空调专卖店,蒯子生看见门口的宣传牌上写着“一朝拥有,终生无‘汗’”,他气呼呼地找到正在店里的女店主,指责她不该为了搞噱头而乱造词。女店主平时可能也是个狠角色,眼睛一瞪,说老娘高兴写错字,你管得着吗?他毫不相让,说你干脆把出汗的‘汗’改成汉子的‘汉’吧,我看你这样的女人就该是终生无‘汉’哦。女店主气得要扇他,多亏严雨寒上来好言相劝。

我知道蒯子生从小就喜欢认死理，但没想到他会发展到这种程度。听了严雨寒的叙述后，我有了想进一步了解蒯子生的想法，就问她蒯子生平时有什么业余爱好(有人认为业余爱好是最能体现一个人个性的)。她苦笑了一下，说:“他的业余爱好也是钻牛角尖，和别人，甚至是和自己过不去。”

自去年以来，蒯子生对“先有鸡还是先有蛋”这个古老的命题发生了浓厚的兴趣。他查阅了很多资料，还在网上和人探讨。有一天夜里，严雨寒正睡得迷迷糊糊，就听见书房里传来一阵欢叫声，她翻个身正准备继续睡去，蒯子生兴冲冲地跑了进来，说严雨寒，我终于弄明白啦，世界上是先有蛋才有鸡的，我的发现和世界权威的专家不谋而合呀……严雨寒闭着眼睛不想理他，但他却滔滔不绝地说着他的论证:首先，鸡是恐龙进化而成的，这已经是得到确认的事实了。那么接下来的问题就简单了，恐龙是通过什么进化成鸡的呢?当然是通过恐龙蛋。那就是说，在白垩纪时代稍后的某一天，终于有一只完成进化的恐龙蛋，孵出了一只真正意义上的鸡……所以说是有蛋才有鸡的。严雨寒实在困得架不住，闭着眼睛应付他，说好啦，既然有了结果，就上床睡觉吧。但蒯子生却站在那儿不动，突然变得心事重重地叹了一口气，说不幸的是，新的问题又来啦，你说，到底是先有恐龙呢，还是先有蛋呢?

听了这个故事，我觉得有些好笑，就问严雨寒，蒯子生现在的业余爱好是不是在研究“恐龙与蛋”的关系了。严雨寒说:“他现在研究什么都和我无关了，就在前天，我们已经离婚了。”

我一下子愣住了。

就在我准备向严雨寒告辞时，她突然想起什么，对我说:“不管怎么说，蒯子生对家乡还是很有感情的，他不止一次在我面前提起过家乡的人和事，在你们面前，他还是很要面子的，这就是他奇怪的地方。”

往回走的时候，我一直在回味着严雨寒说过的话，特别是那最后一番话，心情变得复杂起来……

父亲出院回到村里后，逢人就夸蒯子生的法道大。村民们煞是羡慕，都找我来验证父亲的话，希望从我嘴里得到关于蒯子生更神奇的故事，我心里不是滋味，一般不予回答，逼急了，就说上一句：“蒯子生也不容易啊！”

## 4

从北京回来后的相当一段长的时间里，我一直非常纠结，我怕村里人纷纷到北京去找蒯子生办事，让他招架不住；又怕村里人知道他在北京的现状，从而失望；还怕别的村里的人知道他的情况后，会幸灾乐祸……我守着这个秘密，就像是守着一个神秘的皇陵，希望它永远都不被发掘。

我想方设法阻止着家乡人和蒯子生的联系，我希望蒯子生是犁下村人，乃至是沉木乡人一个永远的美梦。这个梦就像是一个五彩的泡泡，只能远看，不可触摸，一旦触摸，就会破灭。所以一听说有人要到北京找他办事，我就会莫名其妙地紧张起来，跑去对人家说他如何如何重任在肩（说他的研究关乎着地球的寿命），如何如何日理万机（说他忙得恨不得三天才解一次大便）。不少人听了我的介绍后，便不好意思去找他了。但还是有些事出乎我意料。

县里要修一条连接几个偏远乡镇的公路，每个受益的乡镇都希望这条路在本乡镇境内的里程要长一些。方案出来后，沉木乡的上上下下都很失望，原来，这条路在跨过一条叫云溪的小河后，竟然朝相邻的清水乡境内拐去。沉木乡的领导很不服气，认为清水乡肯定是在上面找了人，就决定如法炮制，找人想办法把方案改过来。乡里在集思广益后，想到要找的人就是蒯子生。而这个任务，自然就落到了我的头上。

乡长把我叫到办公室，亲自给我泡了一杯安吉白茶，然后就和我聊了起来。我一听他要让我去找蒯子生，赶紧就把蒯子生重任在肩和日理万机的话又说了一遍，企图打消他的念头。但他却说："这样的人才有分量嘛，没事干的人，我们去找他也没用。"看我面露难色，一再推托，他又说："王老师，既然你不愿去，我自己去找蒯教授，你把他的联系方式告诉我吧。"我的头突然嗡的一声，心想，如果乡长要去北京找蒯子生的话，他的秘密很可能就会暴露的，于是只好勉强说了一句："乡长，还是让我去试试吧。"

接受任务后，我感到压力很大。以蒯子生目前的情况看，我是不忍心去打搅他的，何况就是他答应帮忙，也不一定管用。就在我焦头烂额的时候，二舅家的儿子到学校来找我，说是二舅马上要做六十大寿，让我去热闹热闹。我想到他家就住在清水乡的云溪岸边，就顺便问起了修路的事。表弟告诉我，拆迁就要开始了，村里人现在是七个和尚八样腔。我突然有了某种灵感，冒出一句说："拆迁迟一步，多个富裕户。"表弟说："哥，你是让我们当钉子户吧？"我未置可否地笑笑。几天后，在二舅的寿宴上，我因为多喝了几杯，就当着大舅二舅及几个表兄弟的面，进一步阐明了当钉子户的重大意义。二舅表扬我说："春阳不愧读的书多，就是有见识，听他的没错。"那天晚上酒劲下去后，我开始自责起来，我一个人民教师，怎么能唆使自家的亲戚做那种拖公家后腿的事呢。但转念一想，我又原谅了自己，我也是出于无奈呀，谁叫我头脑一热，领了乡长交办的任务呢。

由于大舅二舅及几个表兄弟拧成一股绳做起了钉子户，清水乡境内的拆迁无法进行下去。县里只好回避矛盾，临时修改道路建设方案，把那条路改向沉木乡境内。

乡长得到这个好消息后，专门请我吃了一餐饭。喝酒的时候，他说："王老师啊，这次多亏了蒯教授啊，当然了，也得感谢你呀，这样吧，蒯教授远在京城，你就替他多喝几杯吧。"于是，我便稀里糊涂地喝多了，颠三倒四地嚷着："多大事呀，也就是蒯教授一句话的事。"乡长也喝多了，一个劲地说："这年头，上面有人就是不一样哦。"在座的其他人也都喝得声情并茂，盲目地夸着蒯子生。我们大家都为了一个和这件事毫不相干的人喝得东倒西歪。

那天晚上我刚踏进家门，顾得来跟身就进来了，手里还拎着两瓶五粮液。我说："顾总，你这黄鼠狼给鸡拜年，也不看看是什么样的鸡，我这鸡可是得了禽流感的哦。"

"春阳啊，你现在可不是鸡喽，是凤凰哟，你让蒯子生打了个招呼，一条大路就修到咱门口啦。"

"你小子鼻子够灵啊，咋啦，想学蒯教授做好事呀，这样吧，我给你个机会，我们班上有个学生得了白血病，你给捐点钱呗。"

"既然你开了口，我照办，不过我今个来，也确实有事要找你帮忙。"

顾得来说的事也和那条路有关，他让我找蒯子生给县公路局打个招呼，让公路局向施工单位推荐一下他的沥青。我一听就摇头，说："这点小事还要惊动人家蒯教授？得来啊，等你哪天修长安街的时候，再去麻烦人家吧。"

顾得来嬉笑着说："你就别寒碜我了，我的意思是，蒯教授反正为路的事打过招呼了，再多说上一句呗，烧香看和尚，不就顺带一下嘛。"

“你说得倒轻巧，那你顺带让我也成为百万富翁，中吗？”我戗了他一句。

他并不生气，还想和我磨叽下去，幸亏我酒劲上来了，跑到水池旁，哇的一声吐了起来。

第二天上午，顾得来真的来学校送了一万块钱，说是捐给那个得白血病的孩子。我知道他这是在变着法子逼我去找蒯子生，感到左右为难。拖了一个星期，顾得来又来找我。我以为他是来催我去找蒯子生的，没想到他竟喜笑颜开地告诉我，说事情办妥了，公路局已经推荐了他的沥青，施工单位也同意用了。他还说要好好地感谢我和蒯子生。我一下子懵住了，也不知道怎么去接他的话茬。事后我分析，可能是因为顾得来找的人太多了，也不知道哪根线起了作用，就把功劳稀里糊涂地记在了我和蒯子生的头上了。

就在我为上述两件事被我蒙过去而庆幸的时候，麻烦事也来了，我大舅和二舅竟然联手来学校找我兴师问罪了。原来，他们因为当了钉子户，导致修路改道，村民们都责怪他们，他们自己的拆迁梦也泡了汤。大舅一见我就说：“春阳啊，我们都是听了你的话，当了钉子户呀，现在这钉子锈死了也没人问，不但错过了致富的机会，还把名声搞臭了，你也不能指呆子上当呀。”

二舅说：“春阳啊，你小时候得伤寒，还是我背你去医院抢救的，你就这样报答我呀。”

我解释说：“大舅二舅，我也不知道政府说改道就改道哟。”

大舅又说：“那你能不能找找人，让政府把路再改回去呢。”

我说：“这又不是我在黑板上写粉笔字，能擦了重来。”

二舅脾气暴一点，说：“那好，从今往后我们就没你这个外甥了。”

大舅和二舅气呼呼地走了，看着两位老人的背影，我心里真不是个滋味。本来这件事与我毫不相干，我竟然莫名其妙地搅了进去。我也不知道我到底是怎么想的。我更不知道远在北京的蒯子生如果知道了我在家乡因为他做的这些事，会怎么想。

## 5

日子就这样一天天过去，蒯子生又有几年没回家乡了。尽管还是有人想着找他帮忙，但对于大多数犁下村的人来说，他更像是挂在遥远天际的一轮圆月，圆满而清朗，象征意义已经远远大于实际的功利意义。

但这种美妙的距离感最终还是被蒯子生自己给消除了。夏天的一个晚上，我突然接到他的电话，他开口就向我打听沉木中学的情况。我告诉他，沉木中学现在已经没有高中部了，但教学质量在全县的初中还是数一数二的。我以为他只是随便问问，没想到他接下来说的话却让我吃惊不小，他说儿子祺祺暑假后就要上初中了，他想让他转到沉木中学来借读，还要住在我家。我脱口就说："子生，你疯啦，你让一个北京的孩子到乡下来念书？搞上山下乡呀？"他说："春阳啊，北京的雾霾实在是太可怕了，我总不能让儿子整天泡在超标的PM2.5里面吧……你不要再大惊小怪了，我就问你，这个忙你帮不帮？"我愣住了，好半天不知道怎么回答他。

暑假快结束的时候，蒯子生真的带着儿子回来了。那天我老婆正好到天津看儿子去了（儿子去年考上了天津的一所大学，暑假没回家），我一个人在家，就把他们父子暂时安顿在我家里住下了。晚上，我亲自下厨烧了几个菜款待他们。吃饭的时候，刚开始气氛还算好，但蒯子生看到祺祺老是盯着红烧肉吃，就不高兴了，不停地提醒他少吃荤多吃素，还把放在祺祺面前的红烧肉和另一侧的清炒菠菜掉了个个。祺祺不买账，赌气似的把筷子伸过来，继续夹红烧肉吃，一口一块，吃得满嘴滋油。蒯子生气急败坏地对我说："你看这孩子，就是跟我拧着来，中国教育的悲哀啊！"我很想笑，没想到祺祺竟然遗传了蒯子生喜欢抬杠的基因。

吃过晚饭，我陪蒯子生到学校里散步。沉木中学还在原来的地方，虽然当年的建筑已经很少有了，但大致的格局还没有变。我们沿着靠近操场一侧的河岸走着，不知不觉就走到了那座书贤亭旁边。一轮明月挂在书贤亭的飞檐上，显得别有情致。这座八角亭算是校园里最老的建筑了，我们小的时候就经常在里面玩耍。坐在亭子里，蒯子生想起了一件往事。说他有一次上晚自习，悄悄跑到亭子里看月亮，看着看着就睡着了，老师看他不在，就发动全班去找他，等找到他时，天已经快亮了……提起这事，他突然感慨起来，说："春阳啊，你说要是我现在睡在北京的哪个旮旯里，还会有人去找我吗？"

那天晚上，我们谈了很多，从他的口中，我终于知道他之所以送儿子来借读，除了为躲雾霾，还有其他的因素。

他离婚后，儿子本来是跟着严雨寒过的，但就在前年，严雨寒到德国进修去了，时间是两年，他就主动提出要照料儿子的学习和生活。严雨寒的父母身体都不大好，就答应了他的请求。可他在接管后不久，就发现了问题，和祺祺的老师较上了劲。最初的冲突是和一篇作文有关。蒯子生在检查儿子的作业时，发现他的作文本上有一篇作文叫《我家的囧事》。祺祺在作文里写道：我家的囧事都是我爸一手造成的，他是个研究天气的，可惜他没把北京的雾霾弄好，倒是把家里弄得风雨交加、乌烟瘴气……蒯子生一怒之下，拿着作文本去学校找到了语文老师，说你这是让学生写作文吗？分明是让他们写举报信嘛。现在他们就开始胡乱地举报家长了，将来他们就会胡乱地举报整个社会，这还了得？老师只好耐心向他解释，说出这样的题目，只是想观察一下孩子们在日常生活中的情商。他还是不能理解，说生活中有那么多喜事趣事你不让他们说，怎么偏让他们说囧事呢？像你这种心理阴暗的人，怎么配做人民教师呢？老师被他说恼了，说我看你更不配做家长。两人就这样你来我往地闹开了。后来还是校方出面调解，蒯子生才算放过了老师。但时间不长，祺祺的另一篇作文又让他差点崩溃。这篇作文的题目叫《三十年后》，祺祺在作文里写道：三十年后，我可能不在人间了，罪魁祸首就是我爸，是他长期的摧残造成的。唯一值得庆幸的是，他在我之前就先挂了……我死后的第一天，就来到了天堂，那里风景如画，鸟语花香，但就在我心花怒放的时候，却看到一个面目狰狞的老人朝我走来，天啊，这不是我爸吗？他怎么会在这里呢？他应该在地狱里呀……蒯子生肺都气炸了，随手用报纸卷起一根纸棍教训了一通儿子，然后满腔怒火地冲进了学校，这次他直接找到了校长，要求给祺祺调换班级，但校长却以没有先例为由拒绝了他。他就告到了区教育局，教育局的人在了解了情况后，认定老师出的作文题目并没有错。蒯子生说题目看上去是没什么问题，问题是学生在文章中暴露出来的阴暗心理，和学校的教育是密切相关的。教育局的人却说他把问题扯大了，并婉转地建议他要好好地进行自我反省。蒯子生一听，火冒三丈，说你们就是一群自欺欺人的病人，中国的教育就要毁在你们手里了。

蒯子生慷慨激昂地控诉了一番后，站起来紧紧握住了我的手，说："春阳啊，我把拯救祺祺的希望就寄托在家乡学校了，就寄托在你身上了。"他托孤一般的语气压得我有些喘不过气来。

蒯子生临走的前一天，又去父母的坟上看了看。第二天我送他去县城坐火车时，他告诉我，坟前的那棵楝树已经长得有两层楼那么高了。还说，他想把楝树果带到别的地方去种。

新学期开学后，祺祺真的出现在了沉木中学的校园里，这引起了很多目光的关注。我也听到不少议论，有人对蒯子生这样做很不理解，但更多的人则认为他既然这样做了，肯定是有他的理由的。校长倒是很高兴，祺祺的到来无意中让学校的地位有所提高，他逢人就说："蒯教授的儿子都从北京过来借读了，没想到沉中的魅力那么大哦。"

但祺祺的到来却给我带来了很大的压力。起初老婆不太同意他住在我家，因为她在乡政府做会计，平时工作也比较忙，怕照应不过来他。我就做她的工作，说儿子大学毕业后，说不定找工作的时候要麻烦人家蒯子生。她一听，才勉强答应下来了。生活安顿好了以后，就要开始操心他的学习了。这孩子其实很聪明，但就是没把心思放在学习上，成天不知道在想些什么，言行还有些怪怪的。老师讲课的时候，他总喜欢插嘴，让他站起来发言，他却一言不发。和同学们在一起玩得好好的，他会突然翻脸，动不动就用京腔骂一句"丫挺的"。他不喜欢生物老师，有一次测验考试，他看到卷子上有一道题：为什么同一窝猫中，有白猫、黑猫和花猫呢？他随手就在题目下写了一行字：为什么有人脸上白一块黑一块花一块呢（生物老师脸上有些白癜风），需回复这个问题才可以浏览答案。时间不长，就有老师、学生甚至是家长来找我投诉，我只好竭力地安抚他们，谁让我是祺祺的临时监护人呢。回到家里，我总是苦口婆心地和他讲道理，但这孩子却很难沟通。有一次，我为了激励他，说起他父亲当年如何的聪明，如何的懂事，如何的让大家引以为豪。事实上，这么多年来，我一直以蒯子生为典型津津乐道地激励着我的学生们，并取得了很好的效果。但这一次，我的话却被祺祺打断了，他说："你不要老提他的过去，他现在是什么样的人，我比你清楚。"

两个多月下来，祺祺的状况没有多少改变，我只好打电话给蒯子生。他在问了一下祺祺的具体情况后，竟然得出这样的结论，说祺祺比在北京好多了。我痛苦地说："大教授吔，你家的这个小祖宗我可是伺候不了啦。"他说："春阳，我过一阵子打算回老家住上一些日子，到时候还是我自己来照看祺祺吧。"

得知蒯子生要回老家来住，开乐赶紧安排人将蒯家老屋里里外外收拾干净。顾得来还自告奋勇掏钱给屋里添置了一些必备的生活用品。

时间不长，蒯子生真的回来了。他一来就把祺祺也接老屋里和他一起住了。好在村子就靠近镇上，离学校不远，祺祺上学还是比较方便的。

犁下村乃至整个沉木乡的人都对蒯子生的做法困惑不解，他先是把儿子弄到乡下来念书，现在自己也跟着来了，而在这之前，他和家乡的联系少之又少。很多人跑来问我，我也说不清楚，只是隐隐觉得有些担心。

## 6

不管怎么说，蒯子生的到来还是引起了方方面面的重视。听说他在村里住下了，乡亲们纷纷上门去看他，去的时候，手里都没有空着，给他带了不少吃的用的。村里还专门安排了一个勤快的妇女给他们父子俩烧烧洗洗。县里和乡里的头头脑脑知道后，也纷纷来拜访他，请他吃饭。没几天，他便在地方上拥有了多个头衔，尽管这些头衔大多是虚的，但也有一定的含金量，其中一个叫"全县发展决策咨询顾问"的头衔，据说全县本土籍人士只有他一个人获得过。当然了，蒯子生不是每个头衔都接受的，顾得来想请他做顾问，他就没答应。

那段时间，犁下人再次爆发出“一人得道鸡犬升天”的狂热，对周围村子的人根本就没放在眼里。犁下一个入赘到别的村当上门女婿的人，大约是受到这种氛围的熏陶，开始不安于现状，把刁蛮的老婆打了一顿后跑回了犁下村。他老婆的几个兄弟带着一帮人来找他算账，他慌不择路，一头窜到蒯子生的家里躲了起来。那帮人就堵在蒯家的门口要人。一听有人堵蒯子生的门，村民们呼啦一下，就把那帮人给围住了。冲突一触即发。村长开乐赶紧给乡长打了个电话，乡长很快就亲自带着警察赶到现场，驱散了来闹事的人。犁下人为此津津乐道了好一阵子，都认为现在有蒯子生这尊菩萨贴身罩着，可以高枕无忧了。

也正是在这期间，我陪蒯子生参加了很多饭局。每次喝完酒，他都很兴奋，说得最多的一句话就是：“春阳啊，还是家乡好呀！”有一次，县长请他在县里唯一的四星级宾馆吃饭，他把我也带去了。我一个乡下的教师，平时只能在电视上看到威严的县长。那天和县长零距离接触，竟然发现县长也有和蔼风趣的一面，当然他的和蔼风趣主要是面向蒯子生的。那天，蒯子生和我都在县长的和蔼风趣中喝多了。酒后，县长留我们在宾馆住了下来。本来人家要安排两间大床房，但蒯子生却只要一间标房，让我和他同住。这架势又是要找我穷聊。一进房间，他就开始不停地说那句“还是家乡好呀”。我趁着酒劲和他发生了分歧，说：“既然家乡那么好，为啥还有那么多北漂呢？”

蒯子生摇摇头，说：“你从来就没离开过家乡，说了你也不懂，那叫‘北漂’？分明是‘北沉’啊！”

“你这话言重了吧，我看不少人漂得有滋有味哦。”

“那都是表面现象，王宝强你知道吧？那算是北漂的成功典型了，但他还不是照样被老婆抛弃了，其实说到底，他是被北京那样的城市给抛弃了。一个草根别以为在皇城根下发了点绿芽，就认为拥有整个北京的春天了。也许他在物质上还算富有，但他永远是那座城市精神的乞讨者……”蒯子生酒后的话总是显得慷慨而精辟（这一点我那次去北京就领教了）。

我无言以对，隐隐觉得他这番话把他自己也兜了进去。果然，他接下来就说到了自己。他在说到自己的遭遇时，言语有些失控，嘴角微微颤动着。看着他那副义愤填膺的样子，我努力在大脑里剔除他个人情绪化的东西，试图还原事情的真相。

这几年，在单位逐步被边缘化的蒯子生心有不甘，他试图要挑战这种困境，但他选择的方式却是适得其反，他不是主动去修复和别人的关系，而是总想着要把别人拽到他思维的框架里来，结果局面越发地不可收拾。他和人讲话，口头禅就是先来一句“你搞错啦”，让人听了很不舒服。逢到观点不一致的，他自然是要去找人家抬杠的；而对观点相近甚至相同的，他也要创造条件去杠上几句。比方有人说西红柿有营养，他也赞同，但他不会轻易朝别人点头的，而是会告诉人家，西红柿弄不好就成了毒药，和螃蟹一起吃会产生砒霜，和咸鱼一起吃会致癌，和香菇一起吃会破坏胡萝卜素……如果没人找他抬杠，他也会独自把手上的杠子舞得眼花缭乱，让人躲着他走。他就像一口烧红的铁锅，总是渴望着有人把什么东西放进去，从而获得刺啦一声的快感。有一次院里开年终总结会，课题组长们都要上台发言，规定每个人只有十分钟。但他说着说着就超时了，嘴里春潮带雨似的喷涌起来，开始传播自己的学术观点，并不失时机地批评起别人……院长实在忍无可忍，让人递了张纸条给他，提醒他时间超了。他瞥了一眼纸条，竟然说：“可能有的领导觉得我说多了，可他自己还没觉察到，他平时在会上说得还少吗？我一年就说一次，他一说就是一年啊……”院长坐在主席台上，气得眉眼歪斜。

蒯子生眼里揉不得沙子，结果他自己就成了大家眼里的沙子。单位内部实行科研体制改革，要双向选择，结果他这个原来的课题组长，却没人愿意跟着他干。这样，他这个组长就被调整下来了。他去找院长吵，院长被他吵得头痛，只好给了他一个“特殊政策”——允许他执行弹性工作制，说到底，就是来不来上班无所谓。

在家里呆了一段时间，蒯子生重新体会到单身汉的悠闲，没事喝喝茶、看看书、散散步，他想先让自己静下心来。但是有一天，他在小区里散步的时候，突然有一个苹果从天而降，就在他一步之遥的水泥地上摔得“肝脑涂地”。正是这个来历不明的苹果，让蒯子生决定改变刚刚默认的生活模式。

他在向我说到这件事时，表情显得有些夸张，“春阳啊，这可不是牛顿的那个苹果哟，它是从几十层的楼上砸下来的一个烂苹果哦，你想想，我孬好也算个科学家，在别人上班的时间，我却差点被一个烂苹果砸死在家门口，算怎么回事？”说完这番话，他还向我描绘了一个细节——当他想抬头去观察某个肇事的窗口时，竟然发现颈椎痛得抬不起头来（“抬头看天”过去可是他的强项），而与此同时，他看到了自己留在地上那有些佝偻的影子。据此，他得出结论：“春阳，我总不能就这样看着自己无所事事地老去吧？”

蒯子生又出现在了单位里，并且像年轻人那样做到上下班打卡（副研究员以上一般无需打卡）。每次在考勤机面前，他都很庄重地把自己食指的指肚压上去，然后等着自己的名字跳出来，并享受着随之传出的那声甜美的“谢谢”。关于这一点，他向我解释说他刷的不仅是指纹，更是一种存在感。而对于他的复出，同事们显然有些不太适应。蒯子生也感觉到了，他发现乘电梯的时候很少有人和他同乘，吃食堂的时候很少有人和他同桌，他的办公室里整天也不见一个人进来，桌上的固定电话从来就没响过。有一天，院长特意来到他办公室，说蒯教授啊，你气色不大好哦，还是回家修整好了再来上班吧。他一听心里就有些不舒服，说院长你嫌我碍事呀，我建议你回去翻翻《世界人权宣言》，第二十三条第一款的第一句话就是“人人有权工作”……院长碰了一鼻子灰，怏怏离去。没过几天，院里就开始给他派活了——安排他到南方出一趟差。这一次他同意了。可等他出差半个月回来，竟然在院里的会议室里看到了一张很大的照片，是一位国家领导人和院里全体研究人员的合影。他突然明白过来，原来就在他出差期间，那位国家领导人来院里视察了。事后他才知道，院长之所以要把他支走，是怕他在首长面前口无遮拦生出岔子来。这次打击对他来说，实在是太大了，他终于觉得在单位再呆下去已经毫无意义了。

至此，蒯子生仍然没有服输，他在寻找着重新点燃生活的机会。在一次大学同学举办的鸡尾酒会上，他认识了冯夏。那天晚上，不少功成名就的同学都聚在一起高谈阔论，他不愿做旁观者，也和大家一起聊了起来，但他聊着聊着就聊起了自己的老本行，津津有味地说到大气研究的最新成果。结果硬是把一圈子人给聊散了。意识到大家都有些躲他，他有些失落，端起一杯血腥玛丽独自坐到了一个角落里。这时候，一个戴眼镜的女士走了过来，主动用手上的红粉佳人和他碰了一下，说蒯教授，我叫冯夏，也是学大气专业的，刚才听了您的话，受益匪浅呀。蒯子生打量了她一下，发现她长得一般化，但身上散发出一种知识女性的书卷气。聊开后，他才知道冯夏是湖北一所大学的讲师，目前正在北京读博，是他一位同学的老乡。两人聊得很投机，就互相留下了联系方式。没过几天，他就接到了冯夏的电话，约他到后海小聚，说是有专业问题向他请教。

他很高兴，特意带着他那本颇为得意的专著，准备现场签名送给她。但那天冯夏只顾劝他喝酒，并没有请教他什么问题。等酒喝得差不多了，她就开始诉起苦来，说自己一个离异的女人在北京打拼怎么怎么不容易。蒯子生同病相怜起来，也向她敞开了心扉……那天晚上，他说了很多话，也是他第一次和人说那么多话而没有抬杠……

认识不到三个月，蒯子生和冯夏出人意料地闪婚了。可是仍然是不到三个月，他们就离了婚。这场短暂的婚姻给蒯子生带来了情感的再次伤害，却给冯夏带来了一个弥足珍贵的北京户口。

在谈起自己第二次离婚时，蒯子生似乎并不后悔，对我说："春阳，和这样一个是非观有问题的女人在一起，我一天都呆不下去呀。"为了证明他的观点，他举了一个例子。

一个星期六的中午，冯夏睡到中午十一点多还没起床，蒯子生就催她起来做饭。冯夏不高兴了，说老蒯，你当我是你老妈子呢。蒯子生没办法，自己又不会做饭，只好准备下面条来对付一餐。这时候，冯夏却一骨碌爬起来，嚷着要到外面去吃。他虽然有些不情愿，但吸取过去的教训，不想为这样的小事弄得鸡飞狗跳，就勉强答应了。两人出了小区，看见对面的广场上正在举办美食嘉年华，就走了过去。广场上很热闹，除了琳琅满目的美食，还有开发商搞的各种促销活动。蒯子生正皱着眉头走在人群里，突然看见前面一个黄头发的男青年一把夺下一个老太手上拎的手袋就往人缝里钻。他没有多想，立马就追了过去。老太可能是怕他吃亏，跟在他后面喊："别追啦，都是不值钱的东西。"但他没有理会，拨开人群继续追赶。追到马路上，黄头发在慌乱中扔了手袋。蒯子生一愣神，滑倒在地，脸上被划出了几道血印子。等他拎着那只装着开发商广告的手袋回来时，老太已经不见了。再去找冯夏，却发现她正在摊位上有滋有味地吃着台湾蚵仔煎。冯夏看看他的脸，又瞄了一眼那只手袋，说老蒯，你为一袋废纸这么玩命，值吗？蒯子生理直气壮地说，当然值了，这可是个大是大非的问题，我就是要让那些做贼的人产生压力，让他们不敢偷、不能偷，甚至不想偷。冯夏突然冷笑起来，说和你这种人在一起，我的压力恐怕比那小偷还大噢……

时间不长，两人就分道扬镳了。

没想到蒯子生这两年的遭遇更加糟糕，我在心中唏嘘了一会儿，故作轻松地安慰他："大教授，你这下回来就好了，故乡的云会抚平一切创伤的。"他深有感触地说："是啊，不瞒你说，我这次回来不单是为了照看祺祺，更是为了能在家乡的土地上找回自己哟……"

后半夜，我被蒯子生的呼噜扯醒了，但我并不烦躁，我真的希望他在家乡的每个夜晚都能睡得这么香。

## 7

回老家住了一段时间，蒯子生仿佛真的找回了自我。面对一拨接一拨的拜访，一茬接一茬的宴请，一句接一句的恭维，他有些飘飘然了，全然忘了在北京受的委屈。

而我作为一个旁观者，却看出了一些门道，那些来找他的人，特别是县里乡里的那些头头脑脑，并不仅仅是出于对他的尊重，也有实用主义的一面。县长就问过他在国家发改委有没有什么关系，说县里的一个化工项目正等着立项；乡长也向他打听，问他在省水利厅有没有路子，想争取几个钱把乡里的埂堤加固一下；至于村里想找他的事就更多了。面对类似的问题，蒯子生一般不做正面回答，他会答非所问地把话题引到他感兴趣的领域里。有一次我实在看不下去了，婉转地提醒他说："大教授啊，家乡人还指望你做点贡献哦。"他想了想，似有所悟，说："春阳啊，你说得对哟，我正在考虑要做点什么呢，不然对不起家乡呀。”

几天后，蒯子生告诉我，他要去县里给全县的领导干部做报告，让我也去听听。第二天一早，我就随他坐上了县里来接他的车子。报告会在县行政中心的大会场，六百多个座位坐得满满的，县里四大班子领导悉数到场。县长亲自做主持，走上来就热情洋溢地将蒯子生猛夸了一番。蒯子生那天讲的题目是《人类活动和厄尔尼诺的形成》，应该说除了时间讲长了一点，总体上还是很有水准的。但我总觉得县长在做最后总结的时候过于潦草了，不像他开场白中那么有激情。

散会后，在县里吃了饭，我们就往回赶。在车上，蒯子生很兴奋地对我说：“春阳，我终于有事干喽，北京的雾霾我是管不了了，我要让家乡天空永远湛蓝。”他说他要在家乡搞一个“小气候实验区”（这也许就是他要为家乡做的事）。我有些担心，说：“皮之不存毛将焉附，大气候搞不好，小气候从何谈起。”他不高兴，反驳我：“照你这么说，就没桃花源了？就没有小岗村和深圳了？”

当天下午下了课，我接到乡政府的电话，说是乡长让我去一趟他的办公室。我一照面，乡长就说：“王老师啊，蒯教授给我们惹麻烦啦。”

“啥麻烦？”我有些不明白。

“你不知道哦，上午的报告会一结束，县长就剋了我一顿，说蒯教授的报告对县里的发展会产生不利的影响呀。”乡长皱起了眉头，“你说我冤不冤，又不是我让他这么讲的。”

“蒯教授并没有说啥出格的话呀。”我替蒯子生辩解道。

“还不出格呀？你们这些秀才真是一点都不敏感哦。”乡长轻蔑地扫了我一眼，“你看他说的那些话，什么产业转移就是污染转移，什么化学工厂就是折寿工厂……县里正想上化工项目呢，本来就有不少人反对，现在好啦，他这一说，那些人找到依据了……”

乡长请我去的意思是，让我侧面提醒一下蒯子生，今后说话要注意一点。离开乡政府，我就近买了几样卤菜，直接去犁下村找蒯子生去了。蒯子生见了我很高兴，拿出一瓶他从北京带来的牛栏山就和我喝开了。从喝第一口酒开始，我就盘算着如何去提醒他，可一直到一瓶酒喝得差不多了，我也没能插上嘴。他的嘴里就像安了马达一样，不停地慷慨陈词，说着自己美妙的构想。终于，我逮住他一个打酒嗝的机会，把话说了出来：“蒯教授，基层有基层的情况呀，不去招商，不上项目，喝西北风去啊？”

“发展我并不反对，但问题是招什么商，上什么项目，病急乱投医的结果是死得更快。”

“我们这种穷地方，一点污染没有的好项目能招得来？”

“那也不能饮鸩止渴呀，”他的蒸笼头又开始冒烟了，语速也加快了，“打个比方，你在沙漠里走渴了，看到一汪明知是剧毒的水，你是去喝呢，还是坚持去寻找下一个清洁的水源呢？”

“那要看我渴到什么程度了。”

“春阳啊，你这种思维很普遍哟，太可怕了。”

吃完饭，天色已经很晚了，蒯子生把我送到村口，一路上还在喋喋不休地向我灌输着他的理念，我感觉我不是来劝他，倒好像是我主动送上门来接受他教育的。分手的时候，他抬头看着星空，嘴里喃喃地说：“春阳，你知道冥王星吗？”

“在哪呢？”我也抬起头来看着满天的星星。

“冥王星用肉眼是看不见的，它太遥远了，遥远得人们对它知之甚少哦。”

“不就是太阳系中的一颗行星嘛。”

“过去是，现在不是了，它已经被人类排除出了行星系列，这是一颗孤独的星啊!”他的语气似乎有点伤感。

那次吃饭后,我很长时间没和他面对面地交流了,他好像很忙,有时候他会打电话给我,让我把祺祺接回家。我虽然不知道他具体在忙些什么,但从他发的微信当中可以看出,他为了打造所谓的“小气候实验区”没少花心思。他一天要发好几十条微信,内容大都涉及大气、环保等方面,有宏观理论,也有微观点评,有经验介绍,也有教训剖析。后来我才知道,他微信发的面很广,因为他自从回来后,几乎逢人就加好友。很快就有人抱怨他的微信发得太多了,一些和他来往不多的人干脆把他拉入了黑名单。我们的校长是个很忠厚的人(他也是我和蒯子生中学时代的老师),向来注重礼尚往来,何况蒯子生又是他一辈子的骄傲,所以对蒯子生的微信是有发必赞。蒯子生就把老校长当成了知音,没事就和他在微信里聊,有时候能聊上大半夜。结果老校长终于被他聊崩溃了,在他即将退休的时候,患上了严重的失眠症,整夜整夜地睡不着。他的老婆——一个地道的农村妇女,找到我说:“春阳啊,你让子生少发点那个啥信吧,就像羊子拉屎,一拉一大串哟,还有,就是发,也不能深更半夜发呀,老头子半条命都让他搭进去喽。”我只好打电话,转弯抹角提醒他不要再发那么多微信了。可他却振振有词地说:“我这是给大家招魂,一个人的魂丢了,喊一两遍能喊回来吗?”

终于有一天,蒯子生的“招魂微信”弄出麻烦来了。那天晚上,我收到他在朋友圈发的一组照片,照片的主角是一根巨大的烟囱,它正豪放地吐着烟气。从其中一张照片上可以看出,烟囱从上到下写着一行红色的标语:三年上台阶,五年大变样。他在随后的文字中告诉大家,这就是县水泥厂的大烟囱,并做了点评:三年上污染台阶,五年变妖怪模样。

第二天一早,县委宣传部部长亲自带着舆情办的人来找蒯子生了，乡长陪他们去的。但据说蒯子生和他们谈得很不愉快。部长劝他要想办法消除照片的负面影响，并保证下次不再发这种影响县里形象的东西了。他却说部长讳疾忌医，还说自己既然是县里的发展决策咨询顾问，就要对类似的问题过问到底。部长气得拍了桌子。蒯子生倒是不气，用手机把部长拍桌子的镜头拍了下来，还说："我要让大家都知道，你就是污染源的保护伞。"乡长一看，赶紧好言相劝，好说歹说才让他把手机里的照片给删了。

下午，乡长又把我找去，一见面就和我说起了那根烟囱："王老师，水泥厂可是县里的支柱企业啊，那烟囱是普通的烟囱吗？那是县长给老天烧的一炷高香呀！"他让我再去劝劝蒯子生。

我吸取上次的教训，说："乡长啊，你们领导都劝不了他，我就更没办法了，他这个人我知道，越劝越犟哦。"

乡长有些无奈，说："那你打听一下，这位大神啥时候回北京呀。"

我说："看这架势，他恐怕是要安营扎寨喽。"

乡长脸上的无奈演变成了绝望，说："我算是中大奖了，神仙下凡正好下到我的地界了。"

烟囱事件后，县里和乡里的头头脑脑几乎和蒯子生断了往来，也没人请他吃饭了，更没人请他参加活动了。他好像有些失落，找我叹过一次苦，一副壮志难酬的样子。我说："子生啊，人都让你得罪光喽。"他有些困惑，说："现在的人怎么那么容易就被得罪呢？"

这以后，蒯子生开始把精力集中放在了犁下村，他似乎有些知难而退，将他的"小气候实验区"进行了收缩。这样一来，他就和村里人较上了劲。村民家里办个红白喜事，他只要听到烟花爆竹声，就会及时赶去干涉，对人家进行一番"科普教育"，说放烟花爆竹会造成空气中一氧化碳和二氧化硫剧增，对呼吸器官会产生强烈的刺激和腐蚀作用。但他的苦口婆心总是换来人家的抵触。有一次，村里一个光棍好不容易在外面找了个女人，结婚的时候放了一些冲天炮，他就跑去制止。新郎就说："蒯教授，既然烟花爆竹危害这么大，为啥市场上有得卖呢?"他一听就和人家杠上了，说："有得卖，那是因为有你这样的人买，就像拐卖妇女，根子是有人有需求，而这样的需求害人害己呀……"新郎被他东拉西扯说得大惊失色，不是因为放冲天炮的事，而是他那个新娘本来就有些来历不明，还以为蒯子生知道了什么真相。新郎怕惹出事来，息事宁人地停止了放炮。蒯子生则认为自己的道理打动了人家，从此更加满怀热情地投入到禁放活动中。

除了抓禁放，他还抓禁烧。秸秆禁烧虽然上面已经抓得很紧了，但还是有少数村民图省事，偷偷去烧。蒯子生注意到这个现象后，就做起了村里的义务巡查员。如果让他抓到了现行，他会把当事人说得恨不得奋不顾身跳进火海去灭火。如果只见火不见人，他就会马上打电话给村长开乐。开乐自然会屁颠屁颠带人过来灭火，因为他是和乡里签了责任状的。夏收后，乡里开了一个秸秆禁烧工作表彰会，犁下这样一个过去禁烧的后进村竟然受到了表彰，开乐还拿到了三千块钱奖金。开乐一散会，就打电话给我说："春阳啊，蒯教授这次总算帮了我一把，没有他白天黑夜地盯在地里，咱村禁烧工作咋会受到表彰哟。这样吧，你帮我约他吃个饭吧。"

一餐饭吃下来，受到鼓舞的蒯子生对村里的事就更加上心了。

转眼就快到年底了，上面传来消息说是要搞整村推进，也就是要把村庄相对集中，腾出更多的地来复垦成农田。犁下因为村民居住较散，成了首批试点村。蒯子生得到消息后，找到开乐，提出了一个惊人的设想——他建议在村里造一栋几十层的智能环保型大厦，让全村三千多人全部住进去。开乐被他这个想法吓得眼珠子差点射了出来，说："我的亲娘哎，这又不是搭积木，我可做不了主。"蒯子生早已替他想好了，说："乡里马上就要开人代会了，你是人大代表，可以在会上提交一份议案嘛。"开乐赶紧摇着头向后退去，就像蒯子生要拉他去打官司一样。在接下来的几天里，蒯子生不依不饶缠住了开乐，甚至还替他代写了议案。

乡里开人代会的时候，开乐硬着头皮把那份《关于建造"大厦里的村庄"的议案》递了上去。结果，当天晚上乡长就把他找去剋了一顿。乡长说："开乐啊，你脑子进水啦，你以为你是华西村的村长呀，这大头梦做得也太离谱了吧，我看你是头脑发热，想成立犁下国，要当国王哦。"开乐吃了哑巴亏，有苦说不出。蒯子生知道乡长的态度后扼腕叹息，说了一句让人费解的话："有些人连梦都不敢做，还怎么做人呀。"

蒯子生回老家断断续续呆了一年多，家乡人对他的态度发生了颠覆性的变化，人们由最初对他的趋之若鹜变成了后来的敬而远之。很多人不愿接受这样的事实——北京的蒯子生和犁下的蒯子生竟然是同一个人，就像我很小的时候不能接受天蓬元帅和猪八戒是同一个角色一样。

## 8

犁下人总算是等到了蒯子生要走的消息了。他老婆从德国进修回来了，硬是把祺祺接回北京上学。大家便因此推断，蒯子生也会跟着回去的。我也在心里念叨，子生啊，你还是回到京城的天堂里做你的天蓬元帅去吧，就不要在高老庄里折腾了。我试探性地问了他一下，他说："春阳，我是打算走了，不过不一定是回北京，还有，我必须要做完一件事才能走……"

蒯子生说的那件事和顾得来有关。

蒯子生刚回来的时候，顾得来很想和他套近乎，就一直想请他吃个饭，还请我出面约了几次，但蒯子生都回绝了，还是那句话，不和搞大气污染的人啰嗦。顾得来只好拎着两盒冬虫夏草口服液登门拜访，说是要感谢蒯子生上次帮他推介了沥青。蒯子生一听，断然否定自己帮他打过招呼，并追问他的消息来源。顾得来只好把我说了出来。当天下午，蒯子生就到学校找到我，开口就质问我不该把他和顾得来扯到一起。我向他解释："我不过就是应付一下顾得来，你也没有真的帮他什么忙，怕啥？"他一本正经地说："这传出去说不清啊，你想，我是保护大气的，他姓顾的是破坏大气的，我俩的关系就是猫和老鼠的关系，现在好啦，被你这一搅和，人家还以为猫和老鼠勾肩搭背呢。人言可畏啊！"在我的印象中，蒯子生还是第一次有所顾忌，想到他平时一副不怕得罪人的样子，觉得很不理解。

尽管蒯子生对顾得来很不待见，可按说是不会有什么飞刀溅血的冲突的，因为顾得来的沥青搅拌站毕竟是在邻县的地界上。但就在最近，顾得来却要把沥青搅拌站搬回家乡来，而且要扩大规模。他看中了犁下村后山一处废弃的采石场，乡里和村里都很支持，因为他承诺投产后一年能上交三百多万的税，还答应在村里招工，帮村里修路……蒯子生知道后，心急如焚，他不能眼睁睁地看着自己的"小气候实验区"就这样毁在一个土豪手里。他到县里找有关部门反映这个项目可能存在的问题，但那些部门的答复都让他很失望——环保局说项目环评已经顺利通过了，土地局说废弃的采石场有存量的土地指标，不存在违规用地的问题，发改委说项目是严格按照规定审批的……眼看上面的路子走不通，他又回到村里做工作。他自费印了许多小卡片，把沥青的危害都印在了上面，然后在村里见人就发，希望得到村民们的理解和支持。可等他一转身，人家就会随手把卡片扔到地上。那些小卡片被风一吹，就像一只只怪异的蝴蝶，满村乱窜。蒯子生找到了村长开乐，让他出面去制止顾得来的项目。开乐吃过他的苦头，应付他说："蒯教授啊，这个项目最后能不能上，我说了不算，你说了也不算哦，得看乡亲们同意不同意呀。"

几天后，得知村民代表大会就要对顾得来的项目进行投票表决时，蒯子生就一家一户地跑了起来，劝那些村民代表一定要投反对票。这次做工作，他是花了一点心思的，每到一户，他先问人家去没去过北京，当话题引到北京后，他就开始表态，让人家到北京一定得找他，旅游、购物、看病他都会全程陪同的。他说这样的话可能是觉得，这是他唯一能够争取民心的招数了。但村民们除了从礼节上回应几句感谢的话，并不买账，他们需要的是随手就能够着的实惠。

会议开完后，当蒯子生得知顾得来的项目被一致通过后，气得直跺脚。有人就劝他："蒯教授，得来对你不错哦，那座状元桥就是他以你的名义修的呐。"蒯子生听了一惊，从此以后进出村子宁可绕路，也不走状元桥了。

顾得来的项目搞奠基仪式的那天，方方面面来了许多人，乡长亲自主持了仪式。顾得来的致辞显然是做了精心的准备，不知是谁替他写的稿子，竟然还很煽情，其中有一句是这样说的："我是一只春蚕，要为家乡吐完最后一缕丝；我是一支蜡烛，要为家乡点完最后一点亮。"很多村民听了，想起他平时带给他们的实惠，都默默地流下了眼泪。蒯子生站在会场外围听到了，也哭了，而且是号啕大哭，但他的哭声很快就被震耳欲聋的爆竹声淹没了。

项目开工后，蒯子生继续通过各种渠道反映问题，搞得三天两头不是来人调查，就是来人采访。顾得来终于忍不住了，就去找他沟通，但蒯子生却不搭理他。后来两个人都找到我，让我去劝对方罢手。我本来不想管他们的事，但被他们缠得没办法，只好出面了。那天下午，我把他俩约到村部，当着开乐的面协调起来。我说：“我们都是从小在一起长大的，有什么事不能坐下来好好商量商量呢？”

蒯子生马上反驳我：“一起长大算什么，曹植和曹丕还是一个娘肚子出来的呢，那又怎样？”

顾得来说：“我又没害你，你干吗揪住我不放？”

“你要是光害我一人就算了，你害的是脚下的这片热土，是头上的那片蓝天，是身边的黎民百姓……”蒯子生激动得跺脚指天。

“你不会说北京的雾霾也是我害的吧？”

“你，还有更多像你这样的无良商人都脱不了干系，我知道你们很强大，我不可能一一打败你们，但我逮住一个就会死磕到底，苍蝇打死一只总归是少一只的。”

我只是起了个头，剩下来就没我什么事了，就见他俩越吵越厉害，我一句话也插不进去。争吵引来了很多村民围观，一些人看着看着就掺和进来了，但几乎是一边倒地给顾得来帮腔。蒯子生眼看寡不敌众，痛彻心扉地说：“你们不能鼠目寸光啊，十年后你们肯定是要后悔的，当然了，你们当中大多数人是活不过十年的，因为很可能早就被姓顾的毒死了，顾得来的那点蝇头小利就是毒药，千万不能占小便宜啊！”顾得来冷笑着说：“蒯教授，我的小便宜你也占喽，你问问村长，你那屋里吃的用的，包括你床上垫的盖的都是我这个无良商人给添置的哦。”

蒯子生看着开乐，眼睛里的光芒就像西天的落日一样渐渐收进了暮霭里。

当天晚上，蒯家的院子里燃起了一堆大火，有人看见蒯子生在那儿烧床上的被子。我接到开乐的电话后，赶紧又回到了村里。进了蒯家的院子，我看到蒯子生正蹲在一堆灰烬旁发呆，余火中，他的脸色沉郁得有些可怕。我也不知道说些什么，走到他近旁，也蹲了下来，这时候，我闻到他身上有一股浓浓的酒味。半晌，蒯子生开了口，声音显得很沉滞："春阳啊，我只剩下家乡啦，可家乡却容不下我呀……"还没说完，眼泪就下来了。

我的鼻子也酸了起来，说："子生啊，你是属于天空的，天高任鸟飞啊！"

"鸟的自由不在于它能飞多高，而在于它能不能随意落脚，连家乡这棵树枝都不能落脚，天空还有什么意义呢？"他有点像一个伤感的哲人。

蒯子生抬起头来看着天空。我也跟着他抬起头来。余烬中生出的烟雾笼罩着我们头顶上的天空。

## 9

入夏后，雨水多了起来，据电视上的气象专家说，今年的汛情不小。蒯子生本来是说好要走的，但一看这天气，又改变了主意，对我说："春阳啊，再怎么说，我也不能在这个节骨眼上走啊，我留下来或许还能起点作用哦。"

蒯子生留下来后，就开始想着如何去发挥作用了。他主动找到乡长，提出要给大家说说灾害性天气。乡长可能是想到那次他在县里做报告带来的后果，就和他打马虎眼，说是让他在家里等着，到时候会让他来讲的。蒯子生等了几天，没什么消息，又跑到乡政府找乡长去了，反复强调只有弄清了灾害性天气的来龙去脉，才能做到科学防汛。乡长被他缠得没办法，就把他推给了一位副乡长。副乡长脑瓜子很灵，对他说："蒯教授要做报告，好事呀，明天就来做吧。"

第二天是星期六，一大早，蒯子生就让我陪他去做报告。我们来到乡政府后，副乡长已经候在那儿了，一见面就让我俩随他上车。车子七拐八绕竟然开进了乡敬老院的院子里。副乡长看出我们的疑惑，解释说乡政府的会议室漏雨，临时把会场改到了这里。一下车，敬老院的院长就把我们带到了食堂。食堂里的饭桌被移到靠墙一侧并排放着，中间放了十几张条凳，条凳前面是一张条桌，可能就是报告席了。院长把我们引到一块小黑板前，小黑板上用红粉笔歪歪扭扭地写着“欢迎蒯教授做报告”，他很得意地告诉我们，这块小黑板原本用来公布每天的菜谱的，是他灵机一动改成会标的。正说着，陆陆续续有人进来了，坐定后一看都是些老人，总共有二十多个。副乡长说了几句开场白，就请蒯子生开始做报告。蒯子生微微皱了一下眉头，还是讲了起来。大约是由于人少的缘故，他讲得不像那次在县里那样有激情。散场后，他忍不住向副乡长抱怨起来，说乡里对报告会没有引起足够的重视。副乡长赶紧说：“蒯教授，今天算是试讲，改天请您再正式讲一次吧。”副乡长说完，把院长叫到一旁交代一番。我正好去上厕所，他们就在厕所外面讲话，我听到副乡长说：“敬老院里不是有五十多个老人吗？怎么才来了一半呀？”院长解释：“领导唉，有的老人眼花耳聋的，还有的连床都下不来喽，你让我咋办？”副乡长说：“我不管，下次蒯教授来做报告，你连烧锅的都给我弄来。”我一听，没来由地打了个尿颤，连裤子都尿湿了。

“正式”的报告会定在了星期一下午，我因为有课就没有陪蒯子生去了，但恰恰那天就出了事。据说那天的听众达到了五十多人，蒯子生比上次的兴致高了许多，从天上说到地下，从国外说到国内，从北京说到沉木，把厄尔尼诺的来龙去脉说得淋漓尽致。老人们配合得也好，在院长的带领下，不时地鼓着掌。一直说到天擦黑，蒯子生仍然意犹未尽，但就在这个时候，会场上噗地传来一声闷响，坐在后排的一个老头突然一头栽倒在地，口吐白沫。会场立马炸了锅，蒯子生看着这突如其来的场景，目瞪口呆。等到乡卫生院的医生赶来时，老人已经断气了。

第二天早上，敬老院里有十几个老人去乡政府抗议，要求严惩杀人凶手蒯子生。乡长劝了半天，好不容易才把他们劝走。但不管怎么说，关于蒯子生把人“说死”的事一下子就传开了。从那以后，很多人都不敢和他搭话了，生怕他的乌鸦嘴里冷不丁飞出一件夺命暗器来。因为蒯子生那天做报告说得最多的词是“厄尔尼诺”，所以沉木乡的一些乡民（特别是一些缺少文化的妇女）对此很是忌惮，他们在此后相当长的一段时间里，在吓唬孩子的时候，不再说“狼来了”“警察来了”之类的话了，而是说“厄尔尼诺”来了，据说非常管用。当然了，这是后话。

那个老人死了以后，蒯子生把自己关在屋里好几天没有出门。我去找他，劝他赶紧离开犁下，但他只是摇摇头，不说任何话。

在接下来的日子里，雨水越来越多，河水越涨越高，内涝也越来越严重了。很快就传来消息，说全县已经有好几个圩子破掉了。人心开始惶遽起来。犁下村因为地势低洼，村里开始动员村民们疏散了。我在接父亲的时候，就想到把蒯子生一并接到镇上来住，但他就是不听。在一个风雨交加的晚上，我突然接到了开乐的电话，他慌里慌张地说：“春阳啊，你快来劝劝蒯教授吧，他就是不肯挪窝，这要是出了事，我可怎么交待啊！”

就在我冒雨赶回村里的路上，又接到开乐的电话，他拖着哭腔告诉我，蒯子生不见了，连手机也关了。等我进了村，看见开乐正带着一帮人在四下找人，便赶紧跟着他们跑。我们边走边喊着蒯子生的名字，声音在风雨中变得有些凄厉。一些还没来得及撤走的村民听到喊声，也自发地加入到找人的行列。那一刻，我的心底涌起一份感动，因为我突然想起蒯子生那天在书贤亭里和我说过的话，他的意思是不会再有人像当年那样寻找他了……雨越下越大，老天就像个失控的怨妇疯狂地发作着，用猛烈的雨鞭抽打着我们。天幕开始扯起了闪电，就像是撕开了一道道狰狞的伤口，村后的山影一闪一闪朝我们压了过来，那些树就像迪厅里吃了摇头丸的女孩，披头散发地摇晃着。一群人找遍了整个村子也没发现蒯子生的影子。我想了一下，还是决定去蒯子生的住处看看。我和开乐几个人进了屋，里里外外找了一遍，还是空无一人。就在准备离开的时候，我突然发现八仙桌上的水瓶下面压着一张白纸，拿出来一看，上面用铅笔画了一棵树，这棵树的样子很怪：树干细得像麻秆，但树冠上却结着很多硕大的果实，有些果实上还"长着"笑脸，就像是微信的表情包。这时候，开乐他们几个也围过来看我手里的那张纸，眼睛里都充满着困惑。

我愣了一会，豁然开朗，说："我知道他在哪儿了。"

# 中　山　装

## 1

1974年秋意渐浓的时节，刚满二十岁的刘四有突然有了一个奇特的梦想：他要穿上一件像样的中山装，大马金刀地走在藏皇镇的街头巷尾。

准确地说，刘四有并不是镇上的人，他住在镇子边上的胜利村（大队）。刘四有是个孤儿，父母死得早，他从小跟着大舅过。大舅是个自顾不暇的庄稼汉，对他这个外甥并没抱多大指望，有一种就像对待地里的麦子那样“靠天收”的想法，他希望刘四有所能达到的人生最高境界就是“不闯祸”。刘四有二十岁之前，是个乖巧听话的孩子，但一到二十岁，想法就多了起来，心里就像有条刚刚结束冬眠的蛇，蠢蠢欲动。而在他大舅看来，想法就是闯祸的祖宗。

这一天晚上，刘四有在饭桌上不经意地流露出自己的这个想法。而正在吃饭的大舅却被他的话吓了一跳，把刚扒到嘴里的那口饭草草地咽了下去，然后抢白他，你狗日的拽得不轻，大队的李书记到现在不过穿件的卡中山装，你倒要穿高级中山装，还这个毛哪个呢的，也不瞅瞅你那几根骨头砸了能卖几毛钱。

大舅的打击并没有让刘四有气馁，他开始为自己的梦想谋划起来。他到县城的向阳商店去看过，一件藏青蓝的全毛华达呢中山装要七八十块钱。他算了一下，自己现在可以算是整劳力了，一天挣十个工分应该不成问题，年成要是好的话，一年下来分红七八十块钱是有可能的。但问题是不能光算进账不算出账，总不能不吃不喝把嘴封起来吧。这样一算，刘四有觉得实现梦想的时间就有些遥远了。他开始一门心思想着要多挣些钱，尽早穿上毛呢中山装。但一个很现实的问题是，他除了有些蛮力，除了在地里挣些工分，到哪去挣更多的钱呢？

秋天快结束的某一天，刘四有在村里的高音喇叭里听到一条消息：县里将组织水利兴修大会战——要在青山河以东开挖一条山河（人工河），把青山河的水引过去，以解决河东丘陵地带那几个公社缺水的问题。当天晚上，大队就召集生产队长们开会，研究布置组织民夫上工地的事。会议决定，除少数劳力留在队里照应外，其余的都要去扒山河。几天后，当刘四有得知自己要被留下来后，立马就不高兴了，原因是他听说参加扒山河的人，每天除了能挣足十个工分外，还补助三毛钱，外加管吃管住。他找到大队部，当着支书老李的面表示自己被留守的不满。老李惊讶地说，小鳖秧（小孩），把你留在家里是替你着想，你这身板还在长哩，累趴了将来连老婆都找不到。刘四有不领情，执意要去扒山河。

刘四有比大队人马迟走两天，等他赶到工地时，热火朝天的场面早就铺开了，密密麻麻的人就像蚂蚁搬家一样在忙着，广播里正播着电影《青松岭》的主题曲，听起来荡气回肠。刘四有感觉自己年轻的骨骼在体内啪啪作响，他很快就被一股热浪推着汇入劳作的人流中。

山河越挖越深，劳动量也跟着越来越大，刘四有每次挑着土从下面爬上来都感觉特别吃力，一天下来，骨头都累散了架。但他还是卖力地干着，因为总还是有些东西在不断地鼓舞着他：高亢的《青松岭》主题曲、免费的一日三餐、每天的三毛钱，特别是那些来视察的领导们个个都穿着毛料中山装……刘四有很羡慕领导们的架势，并认为这种架势很大程度上都要归功于他们的那身衣服。每次领导们一来，刘四有就感觉肩上的挑子轻了许多，脚步也快了起来，他认为自己正在做一桩很有意义的事，因为这桩事和他的梦想有很大的关联。

工地上几乎是清一色的男人，歇工的时候，最大的乐子就是聚在一起扯闲蛋，话题自然是离不开女人。村里的齐老嗨讲起女人来总是绘声绘色，讲到兴奋处还要唱上一段，最近他特别喜欢唱那句“长鞭哎那个一呀甩吔啪啪地响哎”，而经他这歪嘴和尚一唱，那句歌词就变了味，大家不由自主地就跟着想歪了。因为有这样的特长，齐老嗨经常被众星捧月地围着。刘四有也想听他讲那些七荤八素的故事，但又不大好意思离他太近，只好在外围偷着听。有一天下午歇工的时候，齐老嗨就在工地上摆开了龙门阵，这次他是专题阐述“下田靠锹、上床靠腰”的道理。正讲得眉飞色舞，突然在人缝里发现了刘四有，就嚷道，四有啊，你这童男子就不要听了，学坏了你舅要找我算账哦。刘四有涨红着脸离开了人群，来到一个新挖的陡坡处，他席地而坐，背靠着土坡，闭上眼睛开始揣摩刚才齐老嗨说的“腰功”，他下意识地扭了扭腰，感觉自己的“腰功”很好，不免得意起来。初冬的太阳照得他全身暖洋洋的，他开始有了睡意，不一会就梦见自己正穿着一件毛呢中山装走在镇子上，无数张脸就像葵花一样冲着他笑。在经过张家裁缝铺时，他停住了脚步。老张的女儿金曼正含情脉脉地看着她，金曼那张俊俏的脸，水嫩得就像胖头鱼的脑子，他就想，她的身子是不是也是这样的水嫩……一阵硬硬的风吹来，他醒了，但没有马上睁开眼睛，他生怕眼睛一睁，梦境中的那些生动的细节就会顺着眼缝哧溜跑了。过了一会，他从口袋里掏出一枚钮扣，开始在手里把玩着。这枚贝壳钮扣是他前不久在镇上闲逛时捡到的，深沉的色泽中透出自然的圆润，他猜想很可能是从一件高档中山装上掉下来的。他觉得这枚钮扣是老天给自己的某种暗示，就天天带在身上。钮扣在指尖滑动着，刘四有的梦想也在脑海里有力地延伸着——他不仅要穿上一件像样的中山装，还要和金曼那样的女子好上。想到这里，他的身体开始燥热起来，血液呼啸着往那个膨胀的部位集中，他把手伸进了裤子里面……

那天傍晚收工后，刘四有疲惫地跟着大家往回走，回到住的工棚后，一摸口袋发现那枚钮扣不见了，随手拿了把手电筒就蹿了出去。天已经黑了下来，他一路找到了工地，深一脚浅一脚地转了半天，他终于在自己坐过的那个陡坡下面找到了那枚钮扣。钮扣在手电光中散发出诱人的光泽，他惊喜地扑上去，一把将它攥在手心里，就像是攥住了一道失而复现的护身符。兴奋起来的刘四有不想再从原路绕回去了，他决定直接爬上陡坡，这样可以节省时间赶回去吃饭。他奋力向上爬着，可爬了一半就有些后悔了，因为越往上越陡，而且土质很松。就在他快要爬到顶的时候，脚下一滑，整个人就像一截木头一样滚了下去……

三天后，刘四有在县医院的病床上醒来。他看到大舅和村里几个干部围在他身旁，就想爬坐起来，但腰部却发出钻心的疼痛，怎么也得不上劲。大舅赶紧过来摁住他，闷闷地说，四有啊，你能这样躺着就不错了，总算是捡回一条命喽。

又过了几天，刘四有才在医生的嘴里得知，自己的腰椎摔坏了，很有可能一辈子都要躺在床上了。他一听就感觉天塌了下来，自己还没有穿过中山装呢，还没有和女人上过床呢，怎么"腰功"就废了呢？想到这里，他毫无节制地哭了起来……

## 2

张家裁缝铺其实是张家住宅的一部分，临街的那一间成了铺子，后面一长串火车车厢似的房子是住家。长期以来，裁缝铺一直是镇上比较热闹的场子，总是人来人往的。有不少人自然是冲着张善运的手艺来的，老张衣服做得考究，尤其是中山装做得挺括周正，据说连县里的一些头头脑脑也找他做过衣服。当然，到铺子里来的人也不全是来做衣服的，一些未婚的男青年是来找金曼搭讪的。金曼是老张的独生女，人长得嫣红透白的，自然是吸引了很多男青年的目光。老张有些担心，生怕女儿经不住某个坏小子的花言巧语而吃了哑巴亏。他想在县城里为女儿物色个好男人，但托人介绍了好几个，女儿都没看上。

老张的另一个烦恼是自己的手艺无法传下去。女儿虽然跟他学了几年，但心思不在做衣服上，顶多给他打打下手，没事就喜欢捧着本书看。老张先后收过几个徒弟，人都很玲珑，但就是不能真正静下心来学手艺。有的一来就盯上了女儿金曼，眼睛里藏着狎昵；有的三脚猫的手艺还没学全，就想出师了。老张相继把他们都打发走了，好些年绝口不提收徒弟的事了。

一般来裁缝铺的人，无论是冲着老张手艺来的，还是冲着金曼长相来的，都要和张善运先聊上一会，聊的话题很广，比较集中的是近来镇上发生的一些事。最近几天，他们聊得最多的是胜利村一个叫刘四有的小青年。老张从他们嘴里得知，刘四有在扒山河的工地上摔伤了，腰椎摔坏了，公社里刚开始认定他是工伤，并准备把他作为先进典型来宣传，但他却一口咬定自己是为了找一颗钮扣才摔伤的，这下子搞得公社和大队的领导都很被动，干脆不再过问他的事了。老张注意到，但凡谈到刘四有的人，几乎都毫不犹豫地给他定性为“孬子”。而老张却不这么认为，他觉得刘四有很实诚。为了证明自己的看法并不孤立，他期望找到和自己看法不谋而合的人。

一天晚上，老张在和女儿吃饭的时候说起了刘四有。不曾想女儿不仅不同意他的看法，还说出了刘四有是孬子的另一个有力的证据。两个月前，刘四有扭扭捏捏地走进了裁缝铺。铺子里只有金曼一个人在，刚开始她以为他是来做衣服的，没想到他从裤兜里掏出一枚钮扣来，问是不是店里丢的。金曼瞥了他一眼，没睬他。刘四有站着不走，一副很失望的样子。金曼为了打发他走，随口说了句这钮扣就算送给他了。他一听脸一下子就红到脖颈子……老张听完女儿的讲述后，说，人家捡了东西想物归原主，有啥不对劲的？金曼说，爹啊，为一颗扣子值得这样较真吗？后来还差点为它丢了性命。

老张后来又做过一些努力，但始终没找到和自己看法相仿的人，就有些感觉人心不古。

## 3

刘四有最终还是侥幸地走下了病床，但腰却直不起来了，背也驼得厉害，整个人看上去就像一段虬曲的老树桩。当他第一次在剃头店的镜子里看到自己的模样时，真想一头撞死在墙上。他的第一个念头就是，完了，这副尿样是穿不了中山装了。他闷在家里七天七夜没出门，也不和人搭话，每天重复的动作就是把那颗钮扣高高抛起，然后再用手心或手背接住。大舅怕他出事，一再劝他出去散散心。

刘四有只好走出家门，来到他过去最喜欢去的镇子上。没想到，刚一露面就被一群小孩盯上了，他们跟在他后面喊：驼子驼，背稻草，一背背到马驿垓（附近一处古战场的名称），屁股跌两开。刘四有羞愤难当，赶紧拐进一条僻静的巷子中。他把手伸进裤子口袋里，那里有一卷十元的钞票，整整三百块，这是公社给他的慰问金。只有攥着这些钱的时候，他还尚存一丝欣慰，他想，自己虽然残废了，但毕竟算是有钱人了。

迎面走来一个人，老远就喊他，一看竟是齐老嗨。刘四有嘴一咧就哭了起来。齐老嗨走到近前劝他，四有啊，能活着走在路上就不错喽。刘四有边哭边说，嗨叔，我穿不了中山装了，有钱也穿不了啦。齐老嗨说，年纪轻轻穿那干吗，老气横秋的。等刘四有情绪稍微平静一点，齐老嗨问他今后有什么打算。刘四有茫然地摇摇头。齐老嗨叹了口气，说，你就是太实在了，本来是算你工伤的，那样公家就管你一辈子吃喝了。齐老嗨离开后，刘四有站在那里悲观地想，一个半死不活的驼子，一辈子就算不愁吃喝又怎样呢？

天擦黑的时候，刘四有趁街上人少，又漫无目的地闲逛起来。一阵卤菜的香味飘来，他转头看见附近的一处卤菜摊。过去每次打这儿经过，他都会不由自主地咽唾沫，唾沫咽下去后，肚子就会跟着咕咕叫。卤菜摊上吊着的大肥鹅金黄油亮，实在是太诱人了，但他却只能饱饱眼福。刘四有想到这些，就径直走了过去。摊主胡一刀认识他，说，四有，你来做什么？是想买几块卤干呀？刘四有扫了他一眼，从裤袋里掏出一卷票子来，用手指着一只卤鹅，豪迈地说，给我来半只，别改刀。胡一刀的眼睛里惊出一道光来，赶紧张罗起来。

刘四有花了三块六毛钱，买了半只卤鹅，然后走到前面的一座石桥上，靠在栏杆上就啃了起来。啃完以后，他还意犹未尽地舔了舔自己油腻的手指头，他想，如果能天天吃上半只卤鹅就好了。他蹲了下来，随手捡了一块碎砖头，借着桥上刚刚亮起来的路灯的光，做起了算术题，他在用300除以3.6，最后得出的结论是，自己身上的钱最多只能吃83次卤鹅。他顿时沮丧起来，立马就想起齐老嗨下午问他的话，自己今后到底如何打算呢？年纪轻轻，不能吃完第83次卤鹅就去死吧……刘四有愁肠百结。

刘四有继续混混沌沌地走在镇子上，这时候，路上几乎看不到什么行人了，只有一条无家可归的狗在漫不经心地晃悠着。走到公社大院的斜对面，他看到昏暗中有一户人家的窗户显得特别亮，走过去一看，才知道是张家裁缝铺。透过窗户，他看到张裁缝正用划粉在布上划线，金曼则在熨烫衣服，墙上格格正正地挂着几件做好的中山装。这场景一下子就触动了刘四有的某根神经，脑壳里突然冒出一个想法来：这辈子穿不了中山装，为什么就不能成为一个做中山装的裁缝呢？他决定要拜张裁缝为师。

刘四有喘了口粗气，敲响了张家的大门。金曼一看是他，警惕地问，这么晚了，你来做什么？说着就要关门。刘四有扑通跪了下来，冲屋里的张善运喊，张师父，我想跟你学徒。老张慌忙移步过来，说，小伙子，赶紧起来，我这里不收徒弟的。刘四有掏出口袋里剩下的钱，双手递过去，说，师父，我有钱，交得起学徒费哟。金曼没容他爹再说什么，砰的一声把门关上了……

在接下来的几天里，刘四有就像生了根一样，没事就垛在了张家裁缝铺门口。

## 4

刘四有竟然真的成了张善运的关门徒弟。这让镇上人议论了好一阵子，有人说老张是同情刘四有，也有人说老张是看中了刘四有的那点学徒费……有好事者直接去问老张，但他却笑而不答。又去问金曼，金曼只有一句话，我爹还没老就糊涂了。最后还是一位有识之士叹了句“缘分啊”，才让大家有了一些共识。人们都不由自主地联想到，前些日子老张对刘四有与众不同的看法。

刘四有不管别人怎么说，兴冲冲地一头扎进自己的新生活当中，起早摸黑地在裁缝铺里忙着。刚开始，他忙的活大都和裁缝活没什么关系，主要是帮张家做一些杂七杂八的家务事，就连老张治哮喘病吃的中药，都是由他负责去抓去熬。至于说学手艺，也只能是得空在一旁看着师父做生活。

即使是这样，金曼也不待见他，除了将他指使得团团转，有时候还作弄他。有一天，老张去县城进布料去了，几个男青年到铺子里来穷聊，不知怎么就聊起了各自的功夫，并在金曼跟前显摆起来，一个接一个就地比起了俯卧撑。金曼看到兴头上，让一旁的刘四有也跟着去做俯卧撑。刘四有面有难色，但看到她那副不容商量的表情，只好勉强为之。他像一只大虾弓在地上，还没做几下，就一头杵到地上，痛得侧翻过去。金曼和几个男青年就像看把戏一样笑翻了天。

刘四有很羡慕那些到店里来玩的男青年，金曼总是和他们有说有笑，特别是公社那个尚文书，金曼只要一见他，眼睛里就直勾勾地发光。他和尚文书打过一次交道，那是在他受伤住院期间，镇里那个漂亮的女广播员和尚文书一道去采访过他。当时，两人轮番引导他说出因公负伤的事迹，尚文书甚至还绘声绘色地给他做起示范，但他最终还是实话实说了……

刘四有并没有将对尚文书他们的羡慕发展成某种不良情绪。他知足了，像自己这副模样，能天天和金曼这样的女子在一个屋檐下呆着，也算前世修来的福了。刘四有在摔残之前，把金曼当成了仙女，作为一个健康的男人，对仙女有些想入非非也不为过，而在摔伤之后，他就把金曼当女菩萨看了，仙女和女菩萨是有本质区别的，因此每次对她产生某种不洁的念头，他就会产生一种罪恶感。

刘四有的实诚和勤快加上对金曼刁钻古怪的顺应，让张善运对他高看一眼。按说，新学徒在一年之内是得不到师父真传的，但刘四有除外，因为老张破天荒在三个月后就开始手把手地教他了。

刘四有天生就是做裁缝的料，上手竟然很快。张善运颇为中意，就将看家本领悉数传授给他。有一次，镇食品站站长要做一件杭罗的对襟褂，老张亲自带着刘四有上门给他量尺寸。回来后，老张就把打版的活交给了徒弟。刘四有知道这是师父在考他，就按尺寸在布料上仔细地划起线来。版型出来后，老张在一旁用木尺一指，说，你那前襟还可以长一点嘛。刘四有脱口就说，师父，再长前后襟就不对称啦。老张意味深长地说，四有啊，做衣服眼里不能光有布，更要有人哦。有钱有势的人走起路来抬头挺胸，给他们做衣服前襟比后襟就要稍微长些；给那些胆小怕事的穷苦人做衣服，后襟就要长些喽，因为他们走起路来弯腰曲背的……刘四有听了师父的一番教诲，才知道这飞针走线中有那么大的学问，佩服得五体投地。

刘四有就这样，不仅跟师父学着做衣服，还学到了许多做衣服背后的学问。

转年到了春天，张善运接下一单重要的活——要替公社书记贡大洲做一件中山装。但布料上的线丁还没打完，哮喘病就突然复发，住进了镇卫生院。没过几天，公社文书尚青云就上门来催衣服，说贡书记马上到地区开党代会要穿。金曼一听，就急得哭了起来。刘四有在一旁缄默着，等尚青云走了，才怯生生地表示，自己想尝试着把活接下来。金曼泪眼里露出鄙夷，说，刘驼子，这可不是闹着玩的，你没有金刚钻还敢揽这瓷器活？要是做砸了，我家这铺子就要关门了。刘四有说，真要是做砸了，大不了我赔一块布料。金曼看他的语气变得坚定起来，也只好死马当作活马医地同意了。

接活后，刘四有几乎两天两夜没合眼，最后终于把那件中山装做好了。尚青云来取衣服的时候，一听是刘四有做的，眉头立马打了个结，忧心忡忡地说，刘四有，你胆真够肥的，这衣服要是贡书记穿了不合身，连我也算被你给毁喽。

当天晚上，金曼在卫生院里陪父亲，当父亲提到贡书记的那件衣服时，她搪塞了几句，没敢把刘四有逞能的事告诉他。惴惴不安地度过了一夜，第二天一早，她赶回家给父亲做早饭，走到公社大院门口的时候，里面传来喧闹的锣鼓声，驻足一看，原来是公社里的人正欢送贡书记去地区开会。贡书记穿着那件崭新的烟灰色中山装，气宇轩昂地走了出来。金曼心里的那块石头终于落了地，赶紧往铺子里走。进了门，看见刘四有正在扫地，她夺过扫帚，就把他拽出了门。刘四有目睹贡书记走在路上的神采，莫名其妙地就流下了两行热泪。

刘四有的名声一下子传了出去。当他出现在藏皇镇的街头时，人们都对他投去敬佩的目光。更为奇怪的是，不再有小孩跟在他后面起哄了。原来，小孩们都普遍受到了家长的教育：荒年饿不死手艺人，你看，刘四有就是手艺人啊。刘四有很是受用，走在路上总是试探着把自己弯曲的腰努力地伸直一点。

## 5

张善运的病情一天天加重，辗转住进地区人民医院后，已经瘦得脱形落状。金曼不得不暂时关了铺子，和刘四有整天守在他身边。

有一天夜里，老张突然抓住一旁刘四有的手，气若游丝地说，四有啊，师父没看走眼，今后裁缝铺就靠你撑着了，金曼也靠你照顾了。

刘四有惊讶地看着师父。

老张瞥了一眼站在那里的女儿，继续对刘四有说，唉，老天真是不开眼哦，你的身子骨要是不伤着就好喽……

刘四有知道师父的言外之意，自己要是不残废，师父或许会考虑让金曼嫁给自己的。他愣了一下，说，师父，你就让我做你的儿子吧。

子夜时分，刘四有在张善运的病床前，叩完三个响头，算是完成了认干爹的仪式，也算是对他交待的事有了一个庄严的承诺。

天蒙蒙亮的时候，张善运平静地离开了人世。

出殡的那天，刘四有披麻戴孝跟在棺材的后面，哭得涕泗滂沱。在他看来，师父是世上对他最好的人。父母虽然生下了他，却没能养育他；大舅虽然养育了他，却只能是勉强让他活着而已；只有师父在他落难时拉了他一把，让他这堆乐色（土话，垃圾的意思）派上了用场，活出个人样子来。刘四有本来想好好孝敬一下他老人家的，可他就这么说走就走了。他觉得自己欠下了一笔天大的债。

刘四有畸形的身躯里所发出的巨大的悲恸，让镇上的人为之动容。

铺子里只剩下金曼和刘四有了。人们经常看到的场景是，金曼坐在那儿发呆，而刘四有则趴在缝纫机上干活，半天见不到两人搭一句话。而屋梁上的那个燕子窝里飞出飞进的燕子倒是显得很活跃，呢喃中给这个残缺的家庭带来一丝暖意。

在缝纫机单调的嗯嗯声中，刘四有老是在想，怎么才能让金曼开心呢？他做过一些尝试，比方说用碎花布给金曼拼上一条围巾，给她做上一碗她喜欢吃的甜酒酿，给她说上一段他听来的笑话……但她都不太感兴趣。

刘四有很愧疚，常常会想起师父临死前的嘱托。

## 6

刘四有正在给一件上衣收省，尚青云走了进来。自从张善运去世后，他就很少来了。他这次来，是想给自己做一件中山装，说是要穿着参加公社的文艺汇演。

刘四有听他说明来意，就说，尚文书，要做就做一件好的，像贡书记那样的，全毛华达呢的。尚青云眼睛一翻，说，刘四有你想害我呀，我整天跟贡书记在一起，能穿得跟他一样讲究？你还是给我来件仿毛的吧。看刘四有有些懵懂，尚青云就开始给他讲机关里的那些门道经。

正说着话，金曼从后屋出来了，见了尚青云，赶紧双手拢了拢有些蓬乱的头发。那一刻，刘四有发现她恍惚的眼神里有了光泽，他知道她对尚青云有好感。也难怪，尚青云不但长得仪表堂堂，而且多才多艺，嘴皮子麻溜，笔杆子也过硬，公社广播站的很多稿子都是他写的。据说，镇上有很多女青年都暗中仰慕他，可他快三十岁的人了至今却还是单身。有人分析说，他是箩里捡花，越捡越花。刘四有一听就自卑无比，自己咋就连个花瓣也捡不到呢？

尚青云一见金曼就说，金曼啊，你水色这么好，要是穿件红褂子就更好看喽。金曼的脸一下子就红了起来，说，我穿过，只是你没看到呗。

刘四有在他们说话的时候，开始给尚青云量尺寸，但由于尚青云的个子偏高，他的腰又直不起来，所以看上去很费劲。金曼见状，扯过尺子就给尚青云量了起来。在量衣领的时候，她踮了一下脚，可不知怎么却没有站稳，差点扑到尚青云的怀里去了。她赶紧低下头来，借以掩饰脸上露出的娇羞。

尚青云走后，刘四有心里开始有些发堵，这老天也太不公平了，把阳光雨露全给了尚青云，而只给他留下了乌风黑暴，尚青云要啥有啥，而自己连个平常日子都过不周全。但他堵归堵，还是希望尚青云能常来，因为他一来，金曼才会开笑脸。

三天后，尚青云的那件驼色中山装就做好了，虽然布料就是粗纺的麦尔登，但做工非常精到。尚青云来取衣服那天试穿了一下，整件衣服看上去装袖圆顺、肩缝顺直、腰吸平复，非常得体。尚青云很是满意，笑着对刘四有说，真没想到啊，你的手艺要超过你师父喽。刘四有看他穿得这么精神，就联想到自己当初的梦想，心中感慨起来，说，我这辈子是穿不了像样的衣服了，你能把我做的衣服穿出噱头来，我得感谢你哦。

尚青云试完衣服就要脱下来带走，金曼却说衣服上还有个细节要处理一下，就让他先忙去。尚青云一走，金曼就找来剪子，把衣服前襟上的五颗树脂钮扣全部拆了下来，然后从闺房里抱出一个描金漆盒，从里面找出五颗漂亮的贝壳钮扣，一颗一颗钉到衣服上。钉完后，还把衣服举起来，仔细端详着。刘四有在一旁清楚地看到，那几颗贝壳钮扣和自己捡到的那颗竟然一模一样。

当天中午吃完饭，金曼特意换上那件红外套，到公社大院给尚青云送衣服去了。尚青云在公社礼堂里正准备参加彩排，见她把衣服送来，说了句客套话，就和一帮男男女女商讨起节目来。金曼插不上话，待了一会儿感到无趣，就准备离开。这时候尚青云突然想起什么，走过来对她说，金曼，明天晚上正式演出，你来看吧。说着掏出两张票递了过来。金曼刚接过票，尚青云又补了一句，你让刘四有也来吧，这小子这两天为我做衣服也够辛苦的。金曼一听，心中忽闪出的一点火星立马就灭了。

第二天晚上看演出，金曼还是去了，她没有喊刘四有一道去看，她宁愿身边的那个位置空着，也不愿刘四有坐在那儿。

尚青云那天表演的是快板书《奇袭白虎团》。当他穿着那件驼色中山装在台上一亮相，就赢得了一片赞叹，等他酣畅淋漓地表演完了以后，台下更是掌声雷动。自那以后，镇上很多年轻人都迷上了这段快板书，学着尚青云的样子，摇头晃脑地说着，“铁丝网一道又一道，地雷密布在眼前……”当然了，这是后话。

当晚演出散场时，金曼守在礼堂大门口，想等尚青云出来打声招呼，表示一下祝贺。等了好一会，尚青云终于出来了，但身边却围着一群还没有卸妆的女青年，他和她们有说有笑地从她身边走了过去。金曼认识其中的好几个女青年，她们要么是公社机关里的，要么就是在学校或卫生院里的，总之都是端公家碗的。

金曼回家的时候，刘四有还在铺子里忙着，见她满脸乌鸦的样子，就说，金曼，你咋不开心呢？

金曼不理他，将红外套脱下来气咻咻地往裁缝桌上一扔。

到底咋回事？你说出来我说不定能帮你呐。

刘驼子，我要到公社里去上班！金曼手指着斜对面的公社大院，语气有一点像是对天发誓。

刘四有一听，顿时呆若木鸡。

## 7

公社广播站的广播员王芙蓉是个上海女知青，不但人长得洋气，声音也很甜美。藏皇镇的很多男人都将她当成了梦中情人，茶余饭后经常不由自主地谈起她，有人甚至恬不知耻地说，只要和她亲上一嘴，哪怕这辈子变成哑巴也值了。

这些天，传来一个让大家失落的消息：王芙蓉要回上海了，她要搭知青回城的最后一班车。据说公社领导极力想挽留她，但她去意已决。

这个消息传到金曼耳里，却让她有些想入非非了——王芙蓉一走，广播站就缺人了，自己能不能补上这个缺呢？她这样想的唯一依据就是，上小学的时候，她在学校的文艺宣传队里当过报幕员。

金曼开始下劲练起普通话来。每天早晨，她都要守在收音机旁，听中央台于芳的播音，边听边学。过去她很少主动和刘四有说话，这些天她的话多了起来，而且说的都是普通话。刘四有成了她忠实的听众。

不久，公社传出消息，说是要公开遴选广播员，指定是女的。金曼赶紧去找尚青云打听。尚青云知道她的想法后，有些惊讶，说，你不能看人家吃豆腐牙齿快哦，王芙蓉那可是……尚青云咽下去半截话，但金曼已经意识到他是在强调自己和王芙蓉的差距，于是就有些沮丧。她也听别人说过，尚青云和王芙蓉似乎好过一阵子，但不知什么原因就没了结果。

尚青云可能是觉出自己话说得有些伤人，赶紧安慰金曼，说可以去试试，并向她透露这次遴选主要是委托县广播站来操作。

报名结束后，金曼才知道，全镇总共有四十多人竞争王芙蓉留下的空缺，就感到压力很大。尚青云主动提醒她，最好能事先找县广播站站长蔡大姐疏通一下。金曼两眼一抹黑，回去后只好病急乱投医找刘四有商量。刘四有三句话离不开老本行，试探地说，真不行，我做件衣服送给蔡大姐？金曼想了一下，也没想出什么更好的点子，就说，那就试一下吧，不过人家会同意你给她量尺寸吗？刘四有说，那你就别操心了。

第二天一早，刘四有就去了县城，在上班之前他就赶到了县广播站的门口。在和看门的老头套上近乎后，就守在传达室里。不一会，一个长脸的中年妇女很有架势地走了过来。看门老头告诉他，这就是蔡站长。刘四有目不转睛地端详着她，直到她消失在一个拐角处。

回来后，刘四有硬是凭着目测的记忆，给蔡大姐做了一件的确良衬衫，湖蓝色的，领子是那种刚刚流行的大尖领。衣服做好了，接下来最大的问题是怎么送到蔡大姐手里。金曼就去找尚青云商量。尚青云经常向县广播站投稿，和蔡大姐多少有些熟悉，答应带她去打个照面。两天后，金曼跟着尚青云去了趟县广播站。在蔡大姐的办公室里，金曼按照尚青云的指点，在表明来意后，就开始痛诉起自己父母双亡的家史。在看到蔡大姐眼圈有些发红时，她提出当场要为她来一段播音。蔡大姐看她兴致很高，也不好拒绝。金曼播了一段关于毛主席会见李光耀的新闻，这是她这几天精心练习的。蔡大姐听完后，虽然纠正了几处发音，但总体上还是肯定的。金曼还想再来上一段，被一旁的尚青云用眼神给制止了。临走的时候，尚青云先出的门，金曼将装着衬衫的塑料袋放在了蔡大姐的办公室。

遴选广播员是在公社会议室里进行的。以蔡大姐为首的评委们不苟言笑地坐成一溜，让前来面试的人有些发怵。金曼刚进去的时候也有些紧张，但当她看到蔡大姐的着装时，心稍稍定了下来。原来，蔡大姐的针织方格外套上赫然翻出来两角崭新的湖蓝色大尖领。

金曼最终力挫群芳，如愿以偿地成为藏皇公社的广播员。

# 8

金曼当上广播员以后，和尚青云的关系也有了实质性的进展。过去尚青云和她交往时总是保持着一定的距离，现在这种距离正在消失。一个不争的事实是，有一天晚上公社礼堂里放映电影《枫树湾》，很多人看到尚青云和金曼肩并肩坐在了一起。在藏皇镇的人眼里，未婚青年男女能坐在一起看电影，实际上就是一种宣告恋爱开始的仪式。

女青年们开始嫉妒金曼了，她不但接替了王芙蓉的班，还收住了尚青云的心，而男青年们则更加羡慕尚青云了，他最近刚刚被提拔为办公室主任，又赢得了金曼这样一个水灵女子的芳心，真是官场情场都得意。但不管怎么说，大多数人还是认为，两人在一起确实是郎才女貌、天造地设。

自从金曼进了公社大院后，裁缝铺里就只有刘四有一个人守着了。尽管公社就在家对面，但金曼却总是早出晚归。有一次，刘四有想和她商量一下进货的事，结果刚开口就被她打断了，刘四有，以后铺子里的事你做主吧，我现在可是端公家饭碗的人了。金曼现在对他说话的口气柔和多了，但他却常常感觉心里空落落的。

得知金曼和尚青云好上了，刘四有心里很复杂，他在祝福金曼的同时，也生出一丝遗憾，因为这意味着金曼将要永远地离开现在的这排屋檐了。除此之外，他还隐隐有些担心，总觉得尚青云肚子里有些弯弯绕，怕金曼会吃亏。他转弯抹角地提醒过金曼，但她却说，你只管把衣服做好就行了，其他不用你管。

尚青云再次出现在裁缝铺时，俨然是一副主人的派头。面对他的吆五喝六，刘四有不敢怠慢，因为他看到金曼对他也是一副言听计从的样子。有一个星期天的下午，尚青云满嘴酒气地进了铺子。金曼从后屋迎出来，一看他喝多了，就赶紧吩咐刘四有上街买个西瓜来解酒。刘四有买完西瓜回来，发现铺子里空无一人，就往后屋走，走到金曼的房间门口，就听见里面传来奇怪的声响——亢奋的喘息声和压抑的呻吟声交织在一起。刘四有触电般地定在了那里，西瓜从手里滑落，摔得呲牙裂齿。缓过神来后，他赶紧抱起摔坏的西瓜回到铺子里，装着若无其事的样子，趴在缝纫机上干起活来。过了好一会儿，尚青云才从后面出来，心满意足地往外走，临出门的时候，还不忘朝刘四有神头鬼脸地笑了笑。刘四有一走神，被缝纫机的针头扎中了右手的食指，鲜血顿时就冒了出来。刚好被走过来的金曼看见，赶紧找来一块纱布替他包扎起来。金曼说，刘四有，你这手现在可金贵了，我还等着你给我做嫁妆呐。刘四有忍住痛，说，你放心吧，我一定会让你成为世上最漂亮的新娘。金曼笑着说，你现在也会哄人了，不过光给我一个人做还不行，你还要给青云做一件最好的中山装。刘四有一听，突然想起刚才尚青云和她在房间里弄出的声响，心中陡然生出一份杂芜来。

当天晚上，刘四有做了一个梦，他梦见自己健步如飞地奔走在旷野里，迎面有一棵大树，他一掌就把它给劈断了，接下来又有一块大石头，他一脚就把它给踢飞了。健康而有力的他，在狂奔中寻找着什么……

## 9

按照金曼的预期，就在这一年的十月，她将和尚青云成婚。但到了十月，发生的一件国家大事却让她和尚青云结婚这样的小事拖了下来。

“四人帮”垮台了，藏皇镇的人兴奋得有些狂乱。锣鼓铿锵，标语赫然，游行的队伍不厌其烦地在街上绕着圈子。尚青云成天埋头写着批判稿。金曼则在广播里不断地播送着全镇揭批跳梁小丑的动态。两人的婚事暂时无暇顾及。

到了年底，揭批活动开始深入进行，深入到清理“四人帮”的爪牙。在藏皇镇，人们万万没有想到，爪牙竟是公社书记贡大洲，据说他曾经是县城的一个造反派头头。

批斗贡大洲的现场会就在公社礼堂举行。县里很重视，县委陶副书记亲自来督阵，目的就是要把气氛搞热烈一些。那天，礼堂里座无虚席，连过道上都站着人。贡大洲依然穿着那件烟灰色的中山装，孤零零地站在他曾经发号施令的主席台上，接受干部群众代表的轮流批斗。为了防止冷场，会议事先安排了几个中心发言人。按照要求，每个人发完言，台下就有人带头高呼打倒他的口号，然后大家都跟着振臂高呼。但那天批斗会开得并不顺利，前几个人发完言，可能是因为没有切中其要害，下面气氛并不热烈，口号也喊得无精打采，甚至还有人窃笑。县委陶副书记有些急了，眼看着这台激情大戏就这样温吞不死地要僵住了。

就在这时候，尚青云一个箭步冲上台来，样子就像个压轴的大腕。他一上台果然不负众望，指着贡大洲一阵飞刀溅血的痛批后，台下的气氛就被调动起来了。当他说到贡大洲有一次下村，一大清早就喝老母鸡汤时，特意加重了语气，乡亲们啦，一大早就要喝鸡汤，这还得了啊，慈禧太后也不过这样了……台下群情激愤起来，自发地高呼“打倒腐化分子贡大洲”。人群中一位妇女突然伤心地哭了起来，她说她连坐月子都没喝过一次老母鸡汤。贡大洲就这样，被尚青云的一盆从天而降的老母鸡汤击垮了，在台下汹涌澎湃的声浪中，他摇摇晃晃地倒了下去……

事后，当人们冷静下来的时候，就开始产生了疑虑，尚青云过去跟在贡大洲后面屁也不敢放一个，再说贡大洲对他还算不薄，他怎么就能抹得下情面呢？

还没等人们解开这个谜底，尚青云就被陶副书记调到县委办公室去了。他走的那天，正是穿着金曼送他的那件驼色中山装上路的，连风纪扣都扣得铁紧。

## 10

金曼的失落感在一点点放大，就像是一滴墨汁滴进了一杯清水当中。尚青云刚调到县里那阵，还经常回来看她，但渐渐地不但回来少了，连电话也少了。至于结婚的事，更是绝口不提。金曼去县里找过他，他总是一副很忙的样子，和金曼说话时，客气中透出了生分，好像和她之间并没有多少瓜葛。

金曼心中的那杯水变得乌黑，失落也变成了深深的担忧。而就在这时，她发现自己怀孕了，偷偷找了个赤脚医生查了一下，竟然已经有三个月了。她的心中燃起了一线希望，带着刘四有刚刚为尚青云做的那件全毛中山装去了县城。尚青云一听她说怀孕了，当时就懵了，说，金曼，这孩子不能要呀！

为啥？

我真的不能和你结婚哟！

为啥？

我要是和你结了婚，就连再回藏皇镇当文书都当不成喽。

为啥？

金曼问第三个“为啥”时，自己也懵了，感觉面前的尚青云模糊而陌生。

金曼一路哭着回到了家里，刘四有再怎么问她也不搭腔，只是将自己关在房间里。直到第二天中午尚青云来了，她才打开房门。尚青云此行的目的，还是劝金曼尽快去打胎。金曼哭着说，青云，我又不是扫帚星，你娶了我真的会倒霉？尚青云只是一口一声地说着对不起，边说边从随身带来的一个大尼龙包往外掏东西，红枣、桂圆、冰糖、麦乳精……最后掏出来的是那件全毛中山装。

不久，一个消息传遍了藏皇镇，原来，尚青云调到县里时间不长，就和县税务局的一个女会计好上了，该女会计正是陶副书记的外甥女。这个消息传到藏皇镇的时候，陶副书记的"副"字已经取消了，变成全县的一把手了。而尚青云也很快被提拔为秘书科科长。

金曼恍然大悟，一时不知所措。刘四有开始沉不住气了，劝她到县里去告尚青云。金曼摇摇头，魂不守舍地说了句，青云也不容易呀。刘四有破天荒对她吼了一句，都到这时候了，你还护着这没良心的。

刘四有看金曼不肯去找尚青云，只好只身去了县城。尚青云在自己的宿舍里接待了他。面对刘四有的质问，尚青云一直沉默不语，坐在床上，双手托着脑袋。刘四有最后从一个布包里拿出那件中山装，往地上一摊，说，姓尚的，你看看这褂子上的几个口袋，你知道是啥意思吗？尚青云摇摇头。刘四有说，四个口袋代表着礼义廉耻，你看你沾到一点边了吗？说着，一脚踏到衣服上，用手生生地扯下了四个口袋。尚青云吃惊地看着他因愤怒变得更加扭曲的身子。

刘四有上了回藏皇镇的客车，坐在了最后一排。客车在经过县城那条主街时，他看到街头晃动着一些生动的人影。他突然莫名其妙地想，这人活在世上高低咋就那么明显呢？有的人生来走街道，有的人却只能走田埂；有的人想要什么就有什么，吃着碗里的还霸着锅里的，而像他，连想在路上人五人六地走上一趟都做不到……

想到这里，刘四有掩面而泣。

## 11

金曼的肚子一天天大起来，刘四有看着也着急了，劝她说，既然姓尚的回不了头了，你就赶紧把孩子打掉吧。金曼却鬼迷心窍一样，说，我想把孩子生下来。刘四有惊讶地说，你一个姑娘家，这样做，往后在藏皇镇还怎么待下去呀？金曼听他一说，神色立马黯然下来。

由于心事越来越重，金曼的工作老出差错，念上几十个字的通知也会出错，公社领导对她进行了严肃的批评，但她还是改不了。有一天傍晚，广播站按常规要转播省台新闻，但金曼却鬼使神差地调错了频道，全镇的高音喇叭在发出一阵刺啦啦的声音后，竟然传来苏联的国歌《牢不可破的联盟》，接下来一个女人用生硬的普通话说："莫斯科广播电台，现在向中国广播……"藏皇镇的人惊呆了，这可是明目张胆地在播敌台啊！

虽然金曼发现后，很快就把机子关了，但恶劣的影响已经出去了。县里当天晚上就派工作组下来了，一来就把金曼给控制起来了。经过两天的调查，工作组认定这一事件是在敌台活跃期，金曼失职造成的。按说，这就够得上直接逮捕了，但工作组考虑到其他因素，特别是发现金曼已经怀孕了，建议可以适当从轻发落。

金曼躲过了牢狱之灾，但还是被开除回家了。

但霉运并没有就此终止，镇上人开始围绕她大起来的肚子议论起来。有人说尚青云就是孩子的父亲，也有人说金曼被野男人搞大肚子后，让尚青云给踹了……这些议论让金曼雪上加霜，压得她抬不起头来，连死的心都有了。有一天，有几个好事的妇女来到铺子里，向刘四有打听起那孩子的身世。刘四有被他们问得有些烦，就说，你们不要老是瞎猜了，这孩子是我的。妇女们愣了一下，哄笑起来。刘四有一本正经补了一句，你们不信，等孩子生下来看看像不像我。妇女们这才将信将疑地走了。

她们一走，金曼就像影子一样从后屋飘了进来，幽幽地说，刘四有，你刚才说孩子是谁的？刘四有没想到金曼听到了他和妇女们的对话，赶紧解释，金曼，你可别多心，我刚才是为了堵她们的嘴。真该死哦！说着就用手扇了一下自己的脸。金曼盯着屋梁上的那个燕子窝看了半天，突然说，四有，我们结婚吧。

刘四有惊呆了，说，金曼，你莫不是病了吧？

你也不想娶我？金曼的眼角开始湿润起来。

刘四有的头僵了一会，然后点了几下，跟着又摇了起来。

半个月后，藏皇镇又传出惊人的消息，如花似玉的金曼居然嫁给了驼子刘四有。

婚礼很简单，就是在镇上的大众饭店办了几桌酒，亲朋好友聚了一下。金曼那天穿着一件新的红外套，虽然肚子出了怀，但还是那样水灵漂亮；刘四有穿着一件白衬衫，虽然努力挺着胸，但还是没把衣服撑起来。挤在门口看热闹的人都羡慕刘四有撞了大运，人财双收。但细心的人还是看出金曼的脸上并没有多少喜容，就推测，刘四有很可能是利用近水楼台的有利条件，先斩后奏把金曼的肚子搞大了，金曼才不得已嫁给他的。有人一听，脱口惊叹起来，乖乖，真看不出来，这驼子年纪不大道行蛮深哟。

## 12

尚青云对金曼的做法很不理解，她为什么要挺个大肚子嫁给刘四有呢？她完全可以打掉孩子，去嫁个正常的男人的。关于打胎的问题，他劝过她多次，最后一次，金曼对他说，青云，就让我生下这个孩子吧，我不会去找你麻烦的。

现在金曼结婚了，孩子虽然还在她肚子里，但尚青云暂时不用怕孩子会给自己带来什么麻烦了。

不久后，在女友周琳的催促下，尚青云也结了婚。但新婚之夜，他在床上的表现却差强人意。周琳对他的潦草完事很不满，说，你头一天正式缴税就消极怠工，以后还不要抗税呀！尚青云分析原因后，得出一个奇怪的结论，自己在和周琳亲热的时候，不应该老是盯着她塌陷的鼻梁看。他搪塞了几句，周琳也就没再计较了，偎在他怀里和他说着话。周琳开始算两人结婚收的礼金，算着算着眼前突然一亮，对尚青云说，青云，我舅舅还准备给你送份大礼嘞。尚青云赶紧就问是什么礼。周琳说，具体我不太清楚，反正我听舅母说，你又要提拔了。尚青云一听，就像打了鸡血一样，一下子来了精神，一个纵身就骑到老婆身上，大刀阔斧地动作起来……

那天晚上，尚青云尽管很疲惫，但睡得并不好，满脑子就像秋风扫落叶般的纷乱，这么多年来情感经历中的那些波澜汹涌激荡。他想起了金曼，他不敢说真心爱过她，但她确实给自己带来过快乐，而最终他却亲手毁了她的生活……他想起了和周琳的结合。当初，陶书记的爱人在把周琳介绍给他的时候，他曾经想过回绝，但却怎么也张不了口。等到几天后陶书记亲自和他提及此事时，他竟然稀里糊涂地点头应允了。过后他很清楚，自己要的不是长相平庸的周琳，而是她的特殊的背景……他曾经也追求过纯真的爱情，可当他看到所谓的爱情被权势轻而易举地摧毁后，他开始扭曲了。想到这里，那个叫王芙蓉的上海女知青开始在他脑海里定格。

尚青云和王芙蓉相识是在一个汛期。那一年夏天，水特别大，藏皇镇旁边的那条水阳江膨胀得一心想要挣脱圩堤的束缚。公社为了给奋战在防汛一线的人鼓劲，抽调了尚青云和王芙蓉等几个有文化的年轻人来搞宣传。尚青云负责编简报，王芙蓉负责播广播，两人表现都很突出。防汛结束后，两人都被留在了公社，一个当文书，一个当广播员。尚青云在不知不觉中爱上了王芙蓉，而且爱得相当沉溺，但王芙蓉身上蕴含的那份高贵又让他有些望而却步。他每次去广播站送稿子时，心总是突突地跳，伶牙俐齿即刻就变成了笨嘴拙舌。王芙蓉倒是很大方，见了他眼睛总是亮闪闪的，还经常主动找他探讨问题。尚青云隐隐感觉她对自己也有好感，但就是不敢去捅破那层窗户纸。眼看着旁边有许多男青年对王芙蓉蠢蠢欲动，他觉得不能再坐等下去了。他特意给王芙蓉送去一幅自己画的水彩画，画面是柳树下盛开的芙蓉花，题跋用的是白居易《长恨歌》里的一句诗"芙蓉如面柳如眉"。画送去以后，他就惴惴地等着王芙蓉的反应。有一天中午，他在去食堂打饭的路上迎面碰上了王芙蓉。王芙蓉小声对他说，你画得真好，我喜欢。尚青云愣了一下，想揣摩出她话里的含义，这时候，王芙蓉已经和他擦肩而过了，他赶紧转身冲她说了句，你要是喜欢，我天天给你画。王芙蓉回头朝他莞尔一笑。

两个互生爱慕的年轻人悄悄相爱了。尚青云觉得自己一下子就成了世上最幸运的男人，心思也全部投放到王芙蓉的身上。为了王芙蓉能吃上县城里才能买得到的"马头牌"冰砖，他能提着保温桶往县城赶；为了王芙蓉能看上一本喜欢的书，他能跑遍全地区的新华书店……那段时间他开始天天记日记，把他和王芙蓉相爱的点点滴滴都记录下来了，字里行间流淌着无限的幸福。

但随着时间的推移，他俩不得不面对一个重大的问题。王芙蓉是上海知青，迟早是要回城的，而一旦在乡下结了婚，是无法上调的。王芙蓉对这个问题的认识显然比尚青云早，这也是她迟迟没公开她和尚青云恋情的原因。有一天下午，尚青云在传达室里看到了一封王芙蓉的信，就主动给她送了过去。王芙蓉当着他的面打开信封，看了一会儿，脸色就阴了下来，怏怏地说，我妈又催我回上海了。尚青云的心往下一沉，说，那你有什么打算？王芙蓉说，青云，你愿意随我去上海吗？这个问题让尚青云有些猝不及防，上海对他来说太遥远了，他想，这样的大城市能够收留他这样一个外乡人吗？王芙蓉回城后会有工作的，自己去了能做什么呢？她的父母和家人能够接纳一个游手好闲的乡下人吗？想到这些，尚青云一时难以回答王芙蓉的问题。王芙蓉看出他的心思，长叹一声，说，青云，我爸的肝病越来越重了，我不能不回上海啊，和我一道下放的几乎都回去了。

在以后的一段时间里，两人的关系发生了微妙的变化，尽管尚青云还是把所有的心思放在王芙蓉身上，但王芙蓉却因为谋划回城的事，精力有所分散了。尚青云敏感地意识到恋人态度的变化，经过好几个不眠之夜的思考后，毅然做出决定，要随她去上海，哪怕到上海去捡垃圾也在所不惜。

那天早晨，当尚青云把这个决定写在日记本上的时候，天还没亮，毫无睡意的他突然冲动起来，想立即把自己的想法告诉王芙蓉。他披件衣服就走出了宿舍。王芙蓉没有住在公社干部的宿舍院子里，她单独住在广播站隔壁一间屋子里，主要是为了便于工作。尚青云从一扇平时不大用的侧门进了公社大院，径直朝广播站所在的那排平房走去。就在这时，他看到一个黑影从王芙蓉的门前闪了出来，便赶紧隐到一棵大树后面，等那人走近了，他惊得眼珠子差点射了出来，原来竟是贡大洲。

尚青云的大脑在闪过一片空白后，定了一下神，还是敲响了王芙蓉的门。很快，王芙蓉紧张的声音就从屋里传了出来，贡书记，你还来干吗，天快亮了，让人看见不好。尚青云继续敲门。王芙蓉哀求道，我们可是说好的，下不为例呀。尚青云再敲。门开了，王芙蓉一看是尚青云，脸色顿时煞白。尚青云进屋后，开始还想竭力保持平静，说，王芙蓉，你怎么能这样？王芙蓉低着头说，青云，我对不起你。尚青云盯着她蓬乱不堪的头发，心里想到这蓬乱的原因，情绪渐渐失控，吼道，没想到你是个烂货，你居然和贡大洲乱搞，他都可以当你爹了。王芙蓉惨笑一下，语气陡然变得生冷，贡大洲能帮我回城，能给我出最好的鉴定，你能做到吗？尚青云狠狠地扇了王芙蓉一个耳光，然后操起桌上的一把菜刀，就要去找贡大洲拼命。王芙蓉从后面一把抱住了他，哭着说，青云，你这一去我就完了，你也完了，你不是也得靠着那姓贡的进步吗？菜刀从他的手上滑落下来，正好砸中他的脚背，但他丝毫不觉得痛。王芙蓉的话刺中了他的命门，是的，自己能从一个公社的勤杂工变成国家干部，正是贡大洲一手栽培的……

王芙蓉回城了。尚青云再也找不到那个原本的自我了，他不再相信爱情，因为爱情在权势面前，就像大海里的一叶扁舟，随时可以颠覆。从表面上看，他还是贡大洲的跟班甚至是心腹，但他内心却蛰伏着对权势的欲望。他认为，一个男人一旦有了足够的权势，自然会得到权势所带来的众多的附属物。他想，在不远的将来，他也能穿着一件笔挺的中山装，坐在主席台上指手画脚。

然而，每当夜深人静的时候，他还是会常常想起王芙蓉，心里便纠结着一种说不出的滋味。王芙蓉背叛了他，但他却对她恨不起来。在贡大洲的批斗会上，他原本是想拿他搞破鞋来说事，但因为要牵涉到王芙蓉，他没有说出口来。王芙蓉给他带来的美好时光虽然极其短暂，却像龟甲上的刻辞那般深刻地刻在他大脑里。以至于他后来和金曼相好，也只是在潜意识中寻找王芙蓉的替代者。

尚青云每次想到王芙蓉，都会固执地回到自己现在的信条上来，他认为，正是因为自己没有权势，才会失去她的。有一次，他莫名其妙地想到那句“芙蓉如面柳如眉”，进而又想到唐明皇和杨贵妃，唐明皇从得到杨贵妃到后来失去她，也是和权势的变化相关的。这一引经据典，更加固化了他的想法。

## 13

金曼的胎位有些不太正，刘四有陪她去镇卫生院检查。一位姓杨的女医生看了她的情况后，说是要住下来观察一晚上。刘四有一听，就赶紧回家准备做点吃的送来。刘四有一走，杨医生就和金曼拉起呱来。她和尚青云沾点亲，说着说着就扯到了尚青云。金曼现在最怕有人在她跟前提到尚青云，但杨医生偏就说个不停，还告诉她尚青云最近结了婚，排场弄得很大。言谈中，还对金曼没嫁给尚青云表示出极大的惋惜。金曼听得很烦躁，趁有人来找她，赶紧溜走了。出了卫生院的门，天空正飘着小雨，但她全然不顾地往家走去。雨越下越大，到家的时候，她的身上已经湿透了。

当天晚上，金曼发起了高烧，肚子也痛得厉害。刘四有赶紧又把她送到卫生院。杨医生一看，建议赶紧转到县医院。到了县医院，金曼已经出现临产状态，于是被直接送到妇产科的产房。刘四有在产房外心急如焚地等了好一会，一位助产士急匆匆地出来告诉他，说胎头位置异常卡在了盆骨处，大人小孩只能保一个。刘四有一听，大脑一声嗡响，立马就要往产房里闯，被旁边的几个医护人员一把拽住了，他扑通一声跪了下来，说，你们行行好吧，我两个都要啊！一个年纪大一点的女医生替他做了选择，她对那个助产士说，不能再犹豫了，保大人要紧。

金曼在被送进病房后，才得知孩子已经没有了，她异常狂躁地叫喊着，然后蹬开被子，就要从床上爬起来。刘四有和两个护士赶紧将她摁住了。金曼奋力挣扎了一会，突然昏迷过去了……

一个多星期后，金曼出院了，但人变得相当沉默，有时候，一整天连一声咳嗽都没有。刘四有生怕她出什么岔子，小心伺候着，时刻关注着她的一举一动。刘四有虽然和金曼结了婚，但并没有同房，过去也就习惯了，但最近他却睡得一惊一乍的。有一天夜里，他恍恍惚惚地听到睡在隔壁的金曼在叽里咕噜地说着什么，赶紧下床蹑手蹑脚地走到她的房门口。这时候，他听到金曼充满母爱的声音从房间里飘了出来：宝宝哭，住瓦屋，宝宝笑，上花轿，宝宝睡，盖花被，宝宝走，叫花狗，花狗伸出花舌头，一舔舔到小毛头……

金曼就这样彻底疯了。从那天早晨开始，她就抱着个枕头始终不放，嘴里循环往复地念着那首哄孩子的民谣。有时候，她会突然对刘四有说，青云，快来看看，我们的小毛头多俊哟。

刘四有只好将她送进地区的精神病医院。

## 14

尚青云这两年可谓是官运亨通，他先是当上县委办公室副主任，接着又被提拔为县计划委员会主任。年纪轻轻就掌握着全县计划物资的调拨大权，实在是让人羡慕。

到计委上任的那天，他特意穿上那件驼色的中山装。衣服虽然有些旧了，但熨烫得挺平整，尤其是那几颗贝壳钮扣依然散发出高贵的光泽。他一直认为，这件衣服能给他带来好运。自从当年演出穿过以后，他在很多重要场合都穿过它，批斗贡大洲的那次他穿了，调到县里来的那次也穿了……穿着那件幸运衫，往主任位置上一坐，他感觉到一种强烈的存在感。

当然，尚青云也有遗憾，他的遗憾就是，从结婚到现在，老婆的肚子始终瘪瘪的，没给他带来一儿半女。一想到这个问题，他就很容易想到金曼和那个夭亡的孩子。孩子没了，金曼疯了，这两件联系在一起的事有时候在不经意间，就像一把夹子夹住了他的某根神经，让他心头颤痛。他曾经悄悄去精神病院看过金曼，金曼那时候病得很重，已经完全沉浸在自己变异的世界里。他呆呆地看着那个陌生的金曼，心中被迅速疯长的杂草塞满了。

遗憾归遗憾，但这并不影响他成为一个豪情满怀的人。在绝大多数时候，他总是一副意气风发的样子，特别是每天一走出家门，他就有一种如鱼得水的感觉。他知道有文件等着他去批阅，有会议等着他去讲话，还有很多人等着他去解决问题……这些就像一针针强心剂一样，让他浑身充满了活力，那些烦恼早就被抛到九霄云外。

因为不能生育，周琳变得很敏感，疑心病越来越重，对丈夫采取了严防死守，生怕他开小差。尚青云也确实有过花花头心思，但刚一冒头就被老婆给捺住了。刚到计委上班时，一个从工厂借调来的少妇引起了他的关注，少妇长得很漂亮，也很会来事。他经常带着她参加一些应酬，还答应要帮她办正式调动手续。周琳知道后，大张旗鼓地闹到了丈夫的单位。她拿出少妇给尚青云织的一件毛衣，当众用剪刀剪了起来，吓得尚青云赶紧把她拽到办公室。周琳指着他的鼻子恶狠狠地说，尚青云，你要再敢背着老娘耍花招，信不信我让你滚回藏皇镇去？尚青云瘪塌嘴歪地站在那儿，他非常相信周琳说的话了，她背后的力量实在是太强大了。陶书记已经调到地委任副书记了。

尚青云从此打消了拈花惹草的念想，一心在官场的钻营中获取快感。渐渐地，这种快感竟然替代了女人甚至钱财给他带来的刺激。在很多人看来，尚青云变得不沾女色、不爱钱财，他的心中只有领导——能够决定他命运的领导。

当然，他并不是一点其他嗜好没有，他身边的人就发现他有个特别的嗜好——喜欢收藏古锁。他家的一间屋子里，琳琅满目地摆放着各式各样的古锁，有铁的铜的还有银的。其中他最为看重的是一把刻着字的铜锁，因为上面刻着“平步青云”几个字，正好暗合了他的名字。

没事的时候，尚青云喜欢躲在那间屋子里，欣赏和研究那些锁。那一刻，他心里显出难得的平静。

## 15

金曼第一次犯病，在精神病院一住就是半年。这半年中，刘四有承担了常人难以想象的压力。先是大舅意外地从拖拉机上摔下来摔死了，接着舅母也跟着走了。在相继办完二老的丧事后，他已经瘦得皮包骨头了。但他一刻也歇不下来，在铺子里没日没夜地干着活。没办法，因为金曼生病所需的医药费还要靠他去挣。

得知金曼要出院的消息后，刘四有就忙了起来，将屋里屋外拾掇得清清爽爽，还特意给金曼的床上换了新床单。金曼过去一直喜欢大红牡丹的床单，在这样的床单上，曾经留下过尚青云的气息。刘四有怕金曼回来看到这样的床单会受刺激，特意给她换了一床碎花床单。

金曼出院的那天，刘四有一早去接她。在看到金曼的状态似乎还不错时，他感到很欣慰，一道霞光终于刺破了心中连日的阴霾。一路上，金曼话不多，很乖地跟在他后面，在人多的汽车站，她甚至抓住了他挎包的带子。刘四有突然产生一种被人依赖的幸福感，他真想就这样和金曼一直走在路上。

金曼一回家，就有一些热心的女人隔三差五来看她。她们倒也知趣，没有说什么刺激她的话，话题绕来绕去总是会提到刘四有。她们对刘四有这半年来的遭遇付出颇为感慨，都说金曼幸亏找了个好男人。金曼总是默默地听着，从不插话，只是在有一天下午，等她们全部走了，对刘四有说了句，四有，我拖累你了。刘四有一听，激动得一时不知道说什么好，不停地挠着头。当天晚上，金曼竟然亲自下厨做起菜来。等刘四有忙完活走进厨房的时候，金曼已经静静地坐在八仙桌旁等他了，桌上有荤有素地放着好几样菜和一瓶烧酒。刘四有简直不敢相信自己的眼睛，在他的印象当中，自从师父去世后，金曼就从来没这样像模像样地做过菜了……在整个吃饭的过程中，刘四有一直恍惚觉得自己是在做梦，直到他一不小心把一根鱼刺卡到喉咙里，他才明白眼前一切都是真实。眼泪突然就涌了出来。

吃完饭，刘四有因为喝了几杯酒，就先回自己的房间躺下了。金曼收拾停当，开始烧水洗澡，洗之前，还在澡盆里撒了不少月季花的花瓣。她这把澡洗得时间很长，等她洗完后，刘四有已经眯着了。不知过了多久，刘四有在迷迷糊糊中听见有人在叫他，长期养成的习惯使他从困乏中努力醒来。声音来自隔壁的房间，是金曼在叫他。他赶紧起身走了过去。金曼的房门虚掩着，他推开门一脚跨进去后，一下子惊呆了。柔和的灯光下，金曼赤裸裸地躺在床上，丰满圆润的身体上散发出淡淡的月季花的香味。刘四有慌忙转身想走，却被金曼叫住了，四有，你别走，今晚你留下来吧。刘四有像中了魔法般地重新转身面对着金曼，身上的血开始沸腾起来，他开始颤颤巍巍地脱起自己的衣服，但在脱完裤子后并没有脱褂子，他怕自己畸变的上半身会吓着金曼。慌里慌张地爬上床以后，他突然发现金曼身子下垫的床单竟然还是那床“红牡丹”。他平时一般不进金曼的房间，也不知道她是什么时候把床单换回来的。这刺眼的红牡丹，晃得他心慌意乱，身上的血一下子就凉了许多。金曼看他突然间发起愣来，说，刘四有，快开始吧，过了今个，你不会再有机会了。刘四有定了定神，被金曼优美的胴体重新勾起了欲望。就在他准备有所动作时，耳旁传来一阵瘆人的嗡叫声，一只花蚊子不偏不倚地叮在了他的脑门正中，紧接着就是一阵钻心的痒。他下意识地拍了一下脑门，再看了一下自己的手掌心，发现一只肥硕的花蚊子躺在一片血迹中。刘四有就像在冥冥中突然得到老天的某种暗示，立马终止了自己既有的想法，赶紧翻滚下床，套上裤子仓皇逃出金曼的房间。

第二天早晨，刘四有起床后，按照习惯，先走进铺子看看，却发现金曼正站在铺子的窗前，看着街上来来往往的人发呆。想起昨晚发生的事，他觉得有些尴尬，就想回头去洗漱。金曼背对着他，没头没脑地说了句，刘四有，你说人为啥那么累呢？刘四有不知道怎么回答。金曼依然看着窗外，又说，那是因为活着。

金曼一大早说的这两句话有些怪气，让刘四有一整天心里都七上八下的。当天晚上，刘四有做好了饭，金曼却一口没吃，说是没胃口。刘四有就想做点面疙瘩给她吃，于是便出门找人家去借富强粉。等他回来的时候，金曼却不见了。等面疙瘩做好了，她还是没回来。刘四有急了，赶紧出去找。刚出门，迎面碰到卖卤菜的胡一刀。胡一刀慌慌张张地对他说，刘四有，不好了，你老婆跳塘啦！

刘四有跟着胡一道一路狂跑，来到镇上的那座石桥旁边，就见一群人乱哄哄地围在那里。他扒开人群挤了进去，就见金曼湿漉漉地躺在那儿。他想蹲下来抱住金曼，可是脚下一滑，一头栽到了她的身上……

金曼没有死，幸亏她从桥上跳下去的时候，有两个人正在桥下放虾钓，在第一时间就把她给救了上来。刘四有在几个热心人的帮助下，将金曼送到了镇卫生院。经过检查，金曼的生命体征都还正常，只是意识有些模糊。刘四有在她的病床前守了一夜，满脑子乱糟糟的，他实在弄不明白，金曼在两天之内言行举止为何出现如此大的反差。直到他记起金曼头天晚上躺在床上说的那句“过了今个你就没机会了”，他才幡然醒悟，原来她看似判若两人的表现其实并不矛盾，金曼已经抱定去死的想法了，只是在死之前，她要还他刘四有一个情。想到这里，刘四有整个人一下子就掉进了冰窟窿。

金曼的肉体恢复了健康，但精神却再次失常了。她开始成天地在刘四有耳旁嘟囔，青云咋还不来看我呢？不会出啥事吧？我要去找他……刘四有只好再次送她去治疗。

到了地区精神病院，刘四有带着金曼直接去了住院部，他把金曼留在护士室，就去找到了那个姓曹的主治医生。曹医生在了解了金曼最近的状态后，叹了一口气，说出一番让刘四有很意外的话，他说像金曼这种情况，越是清醒就越是危险，医院现在就有类似的病例，也没什么好办法，除非让病人长久地住院。刘四有听了他的话，顿时就有些沮丧。他把金曼从护士室接了出来，正犹豫着是否要给她办住院手续，一旁病区的大铁门咣当一声打开来，一个高个子的男医生从里面走了出来。金曼眼睛盯着那阴森森的门洞，突然发出一阵尖叫声，撒腿就跑。刘四有赶紧跟在后面追，快到医院大门口的时候，他终于追上了金曼。看着金曼一脸惊恐的样子，刘四有就想到关于精神病院里虐待病人的传闻，他的心一下子软了起来……

刘四有在医院里开了一些药，就带着金曼回家了。

金曼回家后，成天沉浸在幻想当中。她不停地催刘四有去做一件世上最好的中山装，刘四有被她逼得只好装模作样地去做。她自己则在没完没了地缝制着一件童装。她经常抱怨刘四有，刘四有，你干活真磨叽，青云就要来接我和小毛头了，你给他做的衣服咋还不了工呢？

金曼在每天早晨的时候，会稍微清醒一些。这时候，她会默默地站在大门口，目光痴迷地看着对面公社门楼上的那面迎风招展的红旗。

## 16

尚青云就像是一条精力旺盛的鱼，游刃有余地穿梭在复杂多变的权力场中，乐得其所。机构改革后，县里将计划委员会和掌管县办工业的经济委员会合并为计经委，主任还是他。这样，他的权力就更大了，可以说在县里是红得发紫。他的一个条子就能把物资调出调进，一个电话就能把别人呼来唤去，甚至一个眼神就能支配手下的行动。他在获取权力和运作权力的过程中，感觉到自己的强大，而在持续的亢奋中，他忘记了自己情感世界的空洞，忘记了自己没有孩子的遗憾……

就像一个沉迷于攀登的人，尚青云追寻的目标永远只有一个——那就是下一个高处。终于，他迎来了人生的又一个重要节点——在即将到来的县政府换届中，他被列为了副县长候选人。

但天有不测风云，眼看着光芒万丈的时候，偏偏突然飘来一片厚重的阴云。最初传来的坏消息是，老婆的舅舅——地委陶副书记突然被隔离审查了。得知这个消息后，尚青云如雷击顶，他不相信陶副书记这样一棵盘根错节的大树就这样说倒就倒了，自己这一路走来靠的就是这棵大树呀。他和周琳连夜赶到陶副书记家。周琳的舅母一见到他们，就哭诉起来。原来，陶副书记是在竞争行署专员的时候，被竞争对手告了黑状才出事的。尚青云一听，就像被人打了一闷棍，昏头昏脑地在屋子里转着圈子，竟然连句安慰话也没能说出来。周琳的舅母以为他在考虑对策，就说，青云，你路子广，还是替我想想办法吧。周琳也在一旁插话，尚青云，这回就看你的了，我舅可是你的恩人呐，他要是有个好歹，你也不会好过的。尚青云有苦说不出，自己虽然在县里算是个红人，但再怎么也够不上陶副书记的事，因为他所熟络的官员就没有比陶副书记官职大的。但当着周琳舅母的面，他还是满口答应下来。

接下来连续好几个晚上，尚青云都失眠了。自打当官以来，他还是第一次感觉到自己原来是如此弱小，他的权力和关系还远远不足以解决某些他所关心的问题。但老婆周琳却不太理解他，成天催问他舅舅的事张罗得怎么样了。尚青云只好对她说，我有多大本事你还不知道？你舅这么大的事，我实在是无能为力啊！周琳就开始和他吵，说他说话不算数，骂他是养不家的白眼狼，还诅咒他没有好下场。

时间不长，仿佛是为了验证周琳的诅咒，尚青云自己也遇到麻烦了。事情的原委是，他最信任的一位科长因为私下大量倒卖汽油和柴油东窗事发。而这些汽油和柴油都是经尚青云手批的。科长在里面供认，他给尚青云送了好几把古锁，其中那把刻着“平步青云”的铜锁是他花了一万多块钱从黑市上买来的。

问题被查实后，尚青云应声倒下，被抓了起来。而此时，他离副县长的宝座只有一步之遥。很快，他被判了三年刑期，关在了县看守所。周琳在他入监后不久，毫不犹豫地就和他离了婚，这无异于在他的伤口上撒了一把盐。

尚青云的生活陡然间变得暗无天日。

## 17

清明头一天晚上，刘四有做了个梦，梦见自己死了，穿着一件高级中山装直挺挺地躺在那儿，丝毫也看不出来身体上有什么缺陷。许多人围着他，眼睛里没有悲伤，只有欣赏的意味。师父来到他旁边，感叹起来，四有啊，人靠衣裳马靠鞍啊，早知道你有这般模样，金曼肯定会嫁给你的……刘四有醒来后，还在回味着梦里的情形，他想，自己真要是像梦里那样子，即使死了也值了。

第二天早上，刘四有带着金曼去给师父上坟。张善运的坟就在马驿垓的一处高岗上，坟头正对着藏皇镇。这处坟址是他生前早就亲自选好的，刘四有知道他的用意，他就是死了也放心不下镇上的铺子和女儿。

刘四有一边给师父烧着纸钱，一边在心里默默地倾诉，干爹，我对不住你呀，没把金曼照顾好哟……不过你也不能完全怪罪我哦，谁想到金曼偏偏爱上尚青云那个负心汉呢……好在恶有恶报，姓尚的现在倒了霉，蹲了大牢了……

正当沉浸其中的时候，一旁的金曼突然哭了起来，说，四有，你说青云是不是也死了，不然怎么到现在还不来找我呀……

看她一副悲伤欲绝的样子，刘四有心里也很难受，安慰她，别哭了，青云出差去了，过两天就来看你。

金曼止住恸哭，破涕为笑。

在回家的路上，刘四有忽然大彻大悟地想到一个问题：老天就是通过人的想法来折磨人的，它让你有想法，又让你实现不了。比如，自己一心想穿中山装却穿不了，金曼一心想嫁尚青云却嫁不了，尚青云一心想当更大的官却当不了……而相比而言，自己还算是幸运的，毕竟没有疯，也没有蹲大牢。

这样一想，刘四有的心绪稍稍平静一些。

## 18

监牢生活让尚青云很不适应，他时常记起过去风光的日子。白天想，晚上就做梦，以至于在说梦话的时候，还是官腔高调的。每次醒来，回到残酷的现实当中，他都绝望透顶。十几个人一个大通铺，他睡在紧靠马桶的一侧，熏得实在受不了。吃的也很差，每餐饭里的那几片菜叶几乎不沾油荤。而最大的问题还不是身体上受苦，是精神上受虐。刚进来的时候，他还有些架势，不愿和那些獐头鼠目的犯人们搭话。但很快，他的架势就被那些犯人乖戾的言行给摧毁了。

牢头姓白，绰号白板，一圈浓密的络腮胡子簇拥着一脸的横肉，他是因为聚众斗殴被关进来的。白板在得知尚青云是个当官的后，就来了神，动不动就作弄他，还逼着他每天讲一个机关里的故事。尚青云稍有不从，他就会说，你狗日的以为你还当主任哩，现在老子才是105(监室号)办公室的主任，你就是个打杂的。这时候，其他犯人就会虎视眈眈地看着他。尚青云只好继续讲故事，实在讲不下去就胡编乱造。有一次，白板对他讲的故事不太感兴趣，就说，姓尚的，别再说些清汤寡水的事啦，就说说你怎么搞钱搞女人的吧。一旁的犯人就开始起哄。尚青云脸上有些挂不住，大声辩解，我没有乱搞。白板轻蔑地说，你没乱搞，会进来吃八大两？今个本主任要让你从实招来。他使了个眼神，一个五大三粗的犯人就将握紧的拳头不停地在他眼前晃动着。

忍气吞声的监牢生活让心高气傲的尚青云备受煎熬，终于有一天，他无法忍受下去了。这一天是白板的生日，同监室的犯人们都设法弄来礼物送他，有的是一包香烟，有的是几颗奶糖，还有的是一张美人画……只有尚青云没送礼物。白板不高兴了，把袜子一脱，往床铺上一躺，伸出两只患有严重脚气的脚，让尚青云帮他去清理上面的死皮。尚青云不肯，一个犯人就过来掐住他的脖子，把他摁倒在白板的脚前。白板的两只脚布满了泛白的死皮壳子，臭气熏天。尚青云差点吐了起来，他扭过头去拼命地挣扎起来，但一只大手却揪住他的头发，使他的脸几乎紧贴着白板的脚心。直到他不再挣扎，那只手才放开了他。尚青云开始给白板清理脚上的死皮了，白板眯着眼睛，露出一副享受的样子。尚青云心中突然蹿起一团烈焰，瞅准一块还没死透的皮壳子猛的一扯，就听刺啦一声，一块连着血肉的皮被生生撕了下来。白板怪叫一声，爬起来一脚就把尚青云踹翻了。几个犯人跟着就对他拳脚相加，直到他躺在地上不能动弹。白板还不解气，走过去对着尚青云的裤裆又狠狠地踹了几脚。

尚青云被送到医院后，虽然保住了性命，但下体却永久性残废了。出院后，他被转到另一个监室，但他开始变得不言不语，并拒绝吃任何东西。他成天坐在那儿发呆，往事像一群蝴蝶一样在他脑海里上下翻飞。纷乱中，始终有一个问题侵扰着他。很小的时候，他和小伙伴争论过世上什么东西是最硬的。他当时认为父亲的锄头是最硬的，因为再硬的土也能被它弄松；上学后，他认为老师的眼睛最硬，因为只要老师看他一眼，他就会软下来；工作后，他认为“铁饭碗”是最硬的，因为不管什么人端上它，就会硬气起来；和王芙蓉恋爱后，他认为爱情是最硬的，因为它让再硬的心肠都会变得温柔起来……后来，他确信权力是最硬的，它能让你得到你所喜欢的一切，也能让你摧毁你所讨厌的一切……他本以为已经找到了最终的答案，可一着不慎，原本看上去坚硬无比的权力却像一层柔软的薄雾一样消失了，真就是雨打浮萍梦不回啊。

尚青云的绝食引起了看守所的重视，所长和几个干警开始轮流做他工作，但却没有什么效果。所长决定找和他比较亲近的人来做工作，但一打听才知道，尚青云老家里已经没什么能和他说上话的亲人了，他过去的那些所谓的朋友现在都对他避之而不及。

就在这时候，刘四有从一位来找他做衣服的公安嘴里得知，尚青云在牢里绝食了。在这之前，他早就知道尚青云蹲了大牢。刚开始的时候，他还有些幸灾乐祸，认为尚青云是遭了报应，但后来不知怎么就高兴不起来了。现在听说尚青云绝食了，他竟然有些坐不住了。

刘四有在看守所的接见室里见到尚青云时，大吃一惊。尚青云细瘦的脖子上顶着一颗生硬的大脑壳，两只无光的眼睛深陷在一张苍白的脸上，全然没了往日的风采。尚青云躺在所长专门给他准备的一把藤椅上，扫了一下面前的刘四有，眼里闪出一丝意外的光亮来，但很快就寂灭了。刘四有对他说，尚青云，你不能死啊！

尚青云闭着眼睛，一动不动。

刘四有继续说，尚青云，你死了，金曼以后要是找我要人咋办啊？我可是向师父发过誓，要照顾她的呀！

尚青云翻动了一下眼皮，还是没吱声。

刘四有越说越激动，姓尚的，你毁了金曼，也毁了我啊，现在你想一死了之，鬼也不会放过你哟……

尚青云嘴角抽动了一下，两行热泪从深陷的眼窝里滑落下来……

## 19

转眼又过去几年，藏皇镇在不经意中发生着变化。“人民公社”变成了“人民政府”，地址也从集镇中心搬到了镇郊。而集镇上给人视觉变化最大的是人们的穿着，颜色和款式变得越来越多，来来往往的人把街上变成个万花筒。

刘四有看着这种变化，心里却有些发慌。到裁缝店来做衣服的人渐渐少了起来，一个原因是商店里的成品衣服多了起来，逢到庙会，更是满大街都挂着各式各样的衣服。而更为重要的原因是，刘四有最拿手的中山装已经很少有人穿了。刘四有感到了一种前所未有的压力，他老是在梦里梦见师父，师父对他说，四有，你可答应过我，一定要把铺子撑起来哦。

为了生存，刘四有不得不给老人做起寿衣来。由于做功考究，生意也还算不错。但他的心情却比以前做中山装的时候差了许多，一想到过去是给活人做衣服，而现在变成给死人做衣服，他难免就会黯然神伤。

唯一没有什么变化的是金曼，她还是时常念叨着尚青云，只是有时候会变得非常烦躁，责怪刘四有不给尚青云做中山装，甚至拿起剪刀要剪他正在做的寿衣。这时候，刘四有常常会不紧不慢地说上一句，金曼，你要是听话，我就带你去见青云。金曼听了这话，就像是中了魔咒，立刻就平静下来了。

日子就这样一天天过去，刘四有每天除了做衣服，就是照顾金曼。过度的操劳让他过早地衰老了，才四十多岁的人长得就像个老头。藏皇镇的人觉得他身上有很多的谜，为什么他当年偏偏就和张善运结了缘呢？为什么他能够始终平心静气地面对金曼的疯狂呢？

为什么他和金曼不要个小孩呢……

面对别人的种种猜测，刘四有似乎心如止水，他一如既往地忙碌着。只是在闲暇的时候，会看着墙上依然挂着的那件中山装，发一会呆。有时候，他会小心地取下它来，用鸡毛掸子掸去上面的灰尘。

## 20

年关将近的时候，刘四有想到县城去办点年货，他不放心金曼一个人在家，就带着她一起去了。办完年货，他带金曼到面馆去吃大肉面。金曼吃得比较慢，他先吃完后，就到门口等她。往门口一站，他发现旁边的巷子口有个修锁配钥匙的摊子，坐在那里的摊主很是面熟，仔细一看，竟是尚青云。于是便走了过去。尚青云竟然还穿着多年前的那件驼色中山装，袖口都已经磨破了。他多了不少抬头纹，却少了不少头发，但看上去精神状态还不错。刘四有来到他的工作台前，故意咳嗽了一声。尚青云一看是他，惊讶地说，四有，是你呀？

刘四有说，尚青云，当起修锁匠啦。

混口饭吃呗。

刘四有打量了一下他，说，你咋还穿着这件破衣服呢？

破归破，穿着舒服哦。

这时候，刘四有发现他的中山装上少了一颗钮扣，就问，你褂子上咋少了颗扣子？

不知道怎么弄丢的，找了好多地方，现在都不卖这种扣子喽。

刘四有站在那里思忖了一会，解开自己褂子上面的两颗扣子，系在颈子上的一根红线就露了出来，他小心翼翼地将红线从颈子上解下来，往上轻轻一提，一颗贝壳钮扣就从衣服里面蹦了出来。他说，尚青云，我撕坏过你一件衣服，现在赔你一颗纽扣吧。

尚青云接过刘四有递给他的钮扣，发现和他褂子上的那几颗钮扣竟然一模一样。

刘四有转身要走的时候，被尚青云叫住了。尚青云从工作台的抽屉里摸出一只小孩戴的那种银锁，上面刻着“长命百岁”四个字。他对刘四有说，就剩下这把锁了，其余的全都充了公，你留着吧，或许用得着哩。

刘四有用手紧紧地握了握那把银锁，然后又放回到工作台上。

这时候，金曼走了过来，她不知从哪弄来根冰糖葫芦，吃得津津有味。尚青云吃惊地看着她，刹那间，他想象着金曼会在他面前歇斯底里地发作起来，他做好了承受咒骂甚至被撕打的心理准备。

但金曼陌生的目光只是轻描淡写地扫了他一下，然后就定格在那把长命锁上了……

# 醉酒事件

## 1

年关将近的时候，天空时不时就飘起了雪花，雪下得很斯文，不像往年的雪那么张狂，年味也在这慵懒飘落的雪花中弥散开来。金庙乡机关大院里显得很静谧，一只喜鹊在被薄雪覆盖的草地里慢条斯理地啄着什么，不时地抬起头来左顾右盼，打量着这个让它陌生起来的老地方，它的周围已经没有了人类往日的喧嚣——那些由开会的、办事的、上访的所制造出来的杂乱的图像和声音在那个午后全然遁迹了。

寇明理窝在老板椅上，头靠着椅背闭目养神，一年到头他很少有这种坐姿。平时办公室人来人往的，他总是保持着一种前倾的坐姿，这种坐姿非常便于他随时站起来发火。乡里那些狗屎连稻草的事总是让他火冒三丈。但今天他却显得很放松，这也是他当乡长四年来第一次坐在办公室里产生出了安逸感。各类慰问都已经结束了，农民工工资总算是兑现了，几个老上访户也答应暂时停火了……更重要的是，过完年他就很可能要当乡党委书记了。前不久，书记岳达成调到县民政局当局长了，按惯例他将顺理成章接替岳的位置。组织部昨天已经来推荐过了，就差考察了。住持改方丈，虽然级别差不多，但意义就不一样了，总算在自己的家乡金庙要熬出头了。

美好的遐想正在脑海里泛滥着，桌上的手机震动起来，寇明理条件反射地坐直身子，拿起来手机一看，是岳达成打来的。接通后，就听岳达成说："老伙计，在干吗呢？"

"老兄啊，我正在想你呐。"

"真的假的？我可马上就来噢，你小子可别叶公好龙哟。"

"那太好了，我正闲着呢。你过来有啥吩咐？我好事先有个准备呀。"

"吩咐个鬼呀，我过来是收拾一下办公室，好给你腾场子呢。"

"场子就别急着腾了，你还是过来喝杯酒吧，你调到县里，我们还没有给你饯行呢。"

"现在也不允许迎来送往啦，我看还是免了吧，我收拾完东西就走。"

"择日不如撞日，再说了你也算是下乡工作，总不能背着锅子下来吧？"

"那好吧，现在到了金庙就得听你的喽。"

通完话，寇明理赶紧打电话给党政办的项小乐，让他通知食堂准备晚饭。接下来，他又亲自逐个给班子成员打电话，让他们晚上务必都去陪岳达成吃饭。

对于岳达成，寇明理是心存感激的。在过去的工作中，岳达成总是放手让他去干，而自己有些粗枝大叶的地方，老岳总是善意地提醒他。这次岳达成调走后，还一再在县委主要领导面前举荐他接任乡党委书记呢。

一切安排妥当后，寇明理给老婆舒兰兰打了个电话，告诉她不回家吃饭了。舒兰兰有些失望，说："我今天还特意给你煨了野猪肚子汤呢，那可是养胃的。你那破胃可是切除过的，再不能喝酒喽。”舒兰兰在乡卫生院的药房工作，但对食疗比药疗更感兴趣。

寇明理嘴里应承着，心里却想，今晚就是把胃喝成筛子也要喝呀。

在这个飘雪的午后，浮想联翩的远不止寇明理一个人，项小乐也是其中的一个。快到三十岁的项小乐是党政办副主任，而主任早在半年前就被提拔为副乡长了，留下的空缺他却始终没能顶上。他为此一度烦恼过，但性格有些内向的他一直把块垒压在心底。好在岳达成临走前好像突然想起他的事，特意对乡长寇明理做了交待，这总算是给他吃了一颗定心丸。也许是性格的原因，项小乐就像是大雪中的一片不起眼的雪花，没人注意其怎样飘落，是否融化。

其实，项小乐的文字功底还是不错的，偶有小块文章见诸报端。县委宣传部曾有意调他去，但他却出人意料地谢绝了。知道内情的人清楚，他是为了爱情才留下来的。

项小乐的爱情在很长一段时间都只能表现为一厢情愿的暗恋。他暗恋的对象就是和他同在一个办公室的闵晓芸。闵晓芸就是本乡人，是机关的打字员兼收发员，人长得很甜，性格也很开朗，笑起来两个酒窝总是让项小乐心旌摇荡，就像是在他那口沉闷的井里投下了一枚小石子。项小乐表达感情的方式很谨慎，他是怕一旦窗户纸捅破后得不到回应，就无法面对闵晓芸了。他最初尝试着给闵晓芸带一些好吃的，比如说水果之类的，闵晓芸并没有拒绝，一般都会大大咧咧拿起来就吃。这种行为对他多少有些鼓励，他就开始试探着送她一些礼物，如果她能接受的话，下一步他就会考虑该请她吃饭了。但遗憾的是，闵晓芸对接受礼物很慎重，要么是婉言谢绝，要么是折价给钱。项小乐有些失望，但他并没有因此气馁，他认为即便是闵晓芸不想接受他的礼物，但在这你来我往之间，他也和她建立起了某种联系了。更何况感动一个漂亮女人,有时候是需要花费一定的时间的。从这一点上看,项小乐又透露出另一种和他平时给众人留下的印象截然不同的性格——一种阴柔的执着。

项小乐的执着最终还是有了进展。就在前几天的一个早上,当他把一只限量版的泰迪熊手机挂件送给闵晓芸时,闵晓芸的眼睛里流露出一份发自心底的光芒来。这一次,她没有拒绝,而是立即就把它拴在了手机上,并给他扮了一个意味深长的鬼脸。这两天,她只要一掏出手机来,那只憨态可掬的小棕熊就活泼地跳动着。项小乐的心也跟着在跳。

雪还在不紧不慢地飘着,那只喜鹊从窗前飞过,旁若无人地叫了一声。办公室只有项小乐一个人,闵晓芸到县里交换文件去了,他被喜鹊的叫声惊扰了一下,思绪便切换到现实的场景中来了,环顾了一下办公室,心中掠过一种从未有过的温馨。一盆绿意盎然的吊兰如孔雀的尾巴一样从书柜顶上拖了下来。闵晓芸的办公桌上那盆水仙正热烈地开着,发出淡淡的清香。一本《知音》杂志正摊开在那里。项小乐忽然有了一种家的感觉,他沉浸在闵晓芸带给他的这份熨帖中。掏出手机来触摸了一下显示屏,一个秘密便呈现出来——那是一张闵晓芸的背影照,她穿着一件红色修身长羽绒服走在雪地里,身后是一串深深的脚印。这是他前些日子偷偷拍下来的,一个人的时候总喜欢翻出来欣赏。看着看着脑海里就会 PS 出自己和闵晓芸依偎而行的画面来……

办公室的电话响了起来,是乡长寇明理打来的,说岳书记要来吃晚饭,让他抓紧去安排。放下电话后,他就匆匆去食堂找厨师老钱了。

十几分钟后,项小乐来到乡长办公室,向寇明理如实转告了老钱的话:食堂里没什么菜了,外面一片大雪,就连青菜也买不到了。

寇明理白了他一眼，说："呆子，外面买不到菜，就到人家家里弄去呀。"

项小乐感到有些为难，就建议上馆子去吃。

寇明理说："小乐子，我看你那脑子就是打了封闭，今天都腊月二十三了，灶王爷都要上天了，谁家的馆子还开呀？再说上馆子影响也不好啊。"

项小乐憋了半天，说："那我去打听一下，看谁家有菜。"

"算了吧，"寇明理不耐烦地挥挥手说，"还是我自己来吧。"说完就当着项小乐的面打电话。电话是打给自己的一个堂兄的，堂兄家今天早上刚好杀了猪。电话打完后，他就让项小乐赶紧带着自己的司机去讨杀猪菜。

不一会，岳达成就来了。听到声音，寇明理赶忙迎了出去，在走廊上就嚷开了："哎呀，岳局长是给我们雪中送炭来了吧？"

"我看你小子安逸得很嘞，还用得着我来送炭？"岳达成用指头点了点他。

"还不是托你的福，先过几天安稳日子再说呗。"

进了寇明理的办公室，继续寒暄了几句，寇明理压低声音说："老兄啊，我的事还劳你关心哦，不会出啥岔子吧？"

"应该不会的，只是对你的考察恐怕要等过完年再说了。"

"那你可晓得乡长的人选可有着落了？最好能在金庙内部产生呀。"

"明理啊，你先把自己的那头乱毛抹顺了吧，别的神不是你烦的。"

两人正说着话，乡党委副书记阮思春进来了，对岳达成说："岳局长啊，你可来了，我和明理都快想死你了。"

"思春啊，你就是哄死人不偿命。"

"我说的可是掏心窝的话,你不来我还准备找你去呢。"

"找我干吗?"

"你也要像关心明理那样关心一下我呀,我们可都是你的老班底喽。"

岳达成一调走,位置就松动了,乡里很多人都有了想法,阮思春自然也不例外,正盯着乡长的位置呢。岳达成听出他的意思来,说:"你们当我是组织部长呢,我要是有那个权力,早就把帽子给你们捂到头上了。今天我只能以老哥的身份提醒你们一句,这段时间可千万别出啥娄子噢。"

两人同时点点头。阮思春说:"放心吧,我保证做到大门不出二门不迈。"

岳达成突然感慨地说:"这年头大家都不容易啊!"

岳达成说完就去收拾办公室了。寇明理则亲自去食堂查看晚餐的准备情况,临出门的时候,他从书柜下面翻出两坛金门高粱来。

晚餐的气氛很好,除了项小乐有些拘谨外,大家是杯影叠乱,不一会就把寇明理带来的两坛酒喝得差不多了。寇明理从腰间取出钥匙递给项小乐,让他去自己的办公室把剩下的两坛酒再拿来。岳达成制止说:"明理,我看还是算了吧,适可而止,再说你那胃也不能喝多哦。"寇明理说:"过去我一直都听你的,今个你就听我一次吧,我们就算是提前吃年夜饭了,难得噢。"大家热情高涨,齐声附和。

项小乐出了食堂,刚拐过弯来,就看到一楼自己办公室的灯亮着,走到窗前一看,闵晓芸正伏在桌上写着什么。他上前敲了一下门,接着便推开虚掩的门走了进去,关切地问道:"晓芸,你刚从县里回来呀?"

"是噢,下雪路上不太好走。"

"你还没吃饭吧?到食堂吃点吧,正好岳书记也来了。"

“都是领导，我就不去了，把这几份文件登记完我就回家了。”

项小乐不好勉强，搭讪了几句就准备去取酒。这时候，闵小芸站起身从桌上的挎包里取出一只新水杯递给他，说：“喏，给你的。”

“给我的？”项小乐接过那只“水宜生”有些不敢相信，在他的印象中，闵晓芸还从来没送过他礼物。

“当然是给你的啦，你看你那玻璃杯也不保温呀。”

一种突如其来的幸福感就像电流一样倏然传遍项小乐的全身，他的嘴角颤抖了几下，一时竟然发不出声来。倒是闵晓芸提醒他：“傻站着干吗，还不快去伺候领导？”

项小乐拎着两坛酒兴颠颠回到食堂的时候，寇明理早就等得不耐烦了，说：“小乐子，你磨叽个鬼呀，我让你去讨酒，又不是让你去酿酒，你到底干啥去了？”

项小乐嗫嚅道：“我刚才遇到了闵晓芸，和她说了几句话。”

岳达成打圆场：“可以理解嘛，小项也老大不小了，我看和小闵还真般配呐。”

阮思春说：“据我观察，最近两人有些腻歪。这样吧小乐子，你也不要把小闵藏着掖着了，还是把她叫来敬岳书记一杯酒吧。”

“对呀，”寇明理看着项小乐说，“快去把小闵叫来，就说是我说的，老书记来了也不过来招呼一下，不像话。”

项小乐只好给闵晓芸打了个电话。不一会，闵晓芸就过来了，项小乐赶紧给她加了个座位。闵晓芸平时不喝酒，所以过来以后喝得很谨慎，除了敬了岳达成一小杯酒外，就按兵不动了。寇明理对项小乐说：“小乐子，你和小闵共同敬一下岳书记吧，炸个罍子咋样？”项小乐看看闵晓芸，有些迟疑。寇明理又说：“机会难得哟，你俩要是把岳书记喝高兴了，说不定他会主动当你们的大媒人呢。”

项小乐受到鼓动后端住分酒器就站了起来，但闵晓芸还坐在那里没动。阮思春几个就跟着起哄。闵晓芸只好勉强站了起来，却不肯端分酒器。项小乐向岳达成做了个敬酒的动作，一仰脖子把足足二两酒喝了下去，五十八度的酒顿时就像一瓢烧红的铁水灌进了肚子。尽管难受，当他看闵晓芸面露难色的样子，还是想去给她代酒。闵晓芸看了他一眼，挡住他伸过来的手，一咬牙端起面前的分酒器也是一饮而尽。桌上顿时响起亢奋的掌声。

闵晓芸喝完酒不久，脸色就变得煞白了，一副花容失色的样子。寇明理见状就让项小乐赶紧送她回家。项小乐向老钱借了只手电筒，就送她往回走。

闵晓芸的家就住在附近的村子里，离乡政府大约两里多地。看着她摇摇晃晃地走在路上，项小乐想去搀她，却又不敢贸然伸手，就说："晓芸，喝多了吧？"

"还不是因为你呀。"闵晓芸硬着舌头说，"我要是喝、喝出个好歹来，看、看你咋办？"

"你放心，我会负责到底的。"

闵晓芸脚下一滑差点摔倒，赶紧收住脚步停在那儿，喘着粗气说："还不快来扶我一下？还说负责到、到底呢，我看你现在就不想负责。"

项小乐赶紧上前把手伸了过去，闵晓芸一把吊住他的胳膊顺势偎了过来。闵晓芸因为有了依靠，步子就任性起来，把项小乐也带得东倒西歪了。手电筒的光柱胡乱地晃动着，细细的雪花精灵般地在光线中飘舞着。项小乐的心里麻酥酥的，生出一种幸福的迷乱来，他希望闵晓芸回家的路能够更长一些，他甚至有些庆幸今晚的这场酒了。

闵晓芸的手机响了，她从羽绒衫口袋里往外掏的时候，手机却滑掉在了雪地上。项小乐帮她捡起来的时候，手机屏幕上还闪动着

“老爸”的字样。项小乐知道，闵晓芸母亲死得早，哥哥在城里做小区保安，平时家里只有她和父亲。她的父亲腿有些残疾，日子虽然过得不太舒展，但女儿却是他生活中的一盏灯，照得他眼前亮堂堂的。所以父亲大部分心思就放在她身上了。

闵晓芸从项小乐手里接过手机，对父亲说声快到家了，就挂了。但通完电话后，她并没有马上把手机放进口袋里，晃了晃手机上的挂件，对项小乐说：“小乐，你送我的泰迪熊我太喜欢了，你知道我为啥喜欢吗？”

“为啥？说来听听。”

“以后再告诉你吧。”

项小乐还想再问下去，闵晓芸突然捂着肚子蹲到路旁呕了起来，但呕了半天什么也没呕出来。项小乐不停地在她背上轻轻地拍着。

项小乐把闵晓芸送到家门口后，看着她进了家，又在门口停了一会儿，看看里面没什么动静方才离开。

在回乡政府宿舍的路上，他感觉自己的酒劲也窜上来了，借着酒劲他五音不全地唱了起来：

> 北风呼呼地刮，
> 雪花飘飘洒洒，
> 突然传来一声枪响，
> 这匹狼它受了重伤……

## 2

第二天清晨，项小乐还在酒精的作用下酣睡着，突然传来一阵急促的敲门声。他懵里懵懂地起身开了门，就见阮思春慌慌张张地闪了进来，说："小乐子，不好了，出大事啦！"

项小乐一惊，睡意顿消，说："啥事？"

"闵晓芸她、她死啦！死在雪地里了……"

项小乐的大脑顿时变成了一个空壳，他趔趄了一下，重重地跌坐在床上，嘴里发出梦呓般的声音："不会的，不会的，我昨天亲眼看着她回家的……阮书记，这大过年的，你可别瞎说啊！"

"我瞎说？你快去看看，公安的人都到了呢。"

项小乐顾不上穿好衣服，披了件值班的军大衣就往外跑。阮思春跟在他后面边跑边提醒他："小乐啊，你可千万别说昨晚喝酒的事啊！"项小乐不回应，黑煞着脸往前狂奔。

出事地点就在离闵晓芸家不远的路旁，项小乐赶去的时候，警察已经拉起了警戒线，周围有很多人在围观。闵晓芸的父亲鼻涕拉乎地坐在雪地上号哭。在他不远的路坡下面，闵晓芸蜷曲在雪地里，红色的羽绒服上覆盖着一层厚厚的雪，她的手里还握着一只黄色的塑料手电筒。项小乐一看，头顶上顿时响起一片炸雷，炸得他魂飞魄散，他几次想冲过警戒线，都被勘察现场的警察给挡住了……

上午，寇明理到乡派出所去了一趟，一回乡政府就通知昨晚参加吃饭的人来开会。很快，几个班子成员都到了，只有项小乐没来。寇明理一问才知道，他从事发现场回来后就一直把自己关在宿舍里了。寇明理叹了一口气，宣布开会。接下来他便直接切入到那个让人纠结的话题："闵晓芸死了，昨天晚上她毕竟是和我们在一起喝酒的，大家看咋办呀？"

宣传委员老韩哭丧着脸说："还有年把我就要退二线了，咋就摊上这种事呢？按照在网上看到的案例来说，参加吃饭的人可都要受处分噢。早晓得这样，就是王母娘娘的蟠桃宴我也不去吃的。”

阮思春说：“别说那没用的了，闵晓芸又不是当场出事的，也不是在家里出事的，她是夜里出来冻死在路上的。”

寇明理说：“是小乐子送她回家的，他就没发现一点异常？”

阮思春说：“小项说亲眼看见她走进家门的，不知咋的她夜里又出来了。”

老韩说：“还不是因为酒喝多了嘛，我喝多了酒也喜欢乱跑噢。”

阮思春瞪了他一眼，说：“老韩，你不把自己绕进去就不甘心是吧？”

老韩说：“我才不想绕进去呢，我是担心终究脱不了干系哦。”

寇明理说：“你们都别说了，派出所的人初步认定，闵晓芸是夜里出门不小心摔倒后出现意识障碍，最后被冻死的。”

老韩问：“那她干吗夜里出门呢？”

寇明理说：“这个还不是很清楚，派出所的人找她父亲了解后，只是听说她是出去找什么东西。”

阮思春说：“这不已经结了嘛，人家压根就没提到喝酒的事啊！”

寇明理心事重重地说：“我是在想，闵晓芸要是不喝酒，会不会出门呢？即便是出门摔倒了，会不会被冻死呢？就怕这事包不住呀！”

“你放心吧，”阮思春的目光从寇明理身上移开，扫视了一圈，说，“我们大家是不会把屎往脸上糊的。昨天吃饭，小闵不就过来敬了一下酒，连烧锅的老钱也没看见她呢。”

寇明理说：“我还是觉得多少有些对不住人家小姑娘啊！毕竟酒桌上这么多男人就她一个女的，传出去不好听哟。”

阮思春劝道：“不传出去就是喽。谁也不想发生这样的事，我们混到今天也不容易呀，拖儿带女的，不能因为一杯小酒就全军覆没了吧，再说金庙的工作还得靠大家去做啊！”

一席话说得在座的人频频点头。

寇明理还想说什么，手机响了，一看是岳达成的电话，赶紧接通了。岳达成说：“明理啊，小闵的事我知道了，你们可得妥善处理好啊，千万别出岔子噢！这段时间对你很关键哟……”

一番话说得寇明理心里更是七上八下的。

尽管派出所的结论很快就出来了，但关于闵晓芸的死还是传出了许多版本。最具代表性的说法有两种：一种是说她被鬼缠住了，被鬼勾了魂魄夜里四处游荡，最后被索去性命；另一种是说她夜里出门是去会一个男人，当然了，这个男人很有可能是个有妇之夫……一个网名叫金爪的小报记者闻讯赶来，找到寇明理，想围绕一个美女死在雪地里的情节，挖掘出更多的噱头来。寇明理先是陪他东扯葫芦西扯瓢地聊了一会儿，接着就陪他一通吃喝，临走的时候还给他带了几只金庙土鳖，才算暂时把他给打发了。

金爪一走，寇明理感到有些后怕，他担心闵晓芸的事传来传去会把喝酒的事给传出去。他把阮思春叫到办公室，想商量一下怎么把事态控制住，不让它发酵。阮思春分析，之所以有这么多传闻，和闵晓芸的尸体还没火化有很大关系，按说人死后连头带尾三天就要火化，但闵晓芸还在殡仪馆的柜子里躺着呢。寇明理说：“今天都腊月二十八了，怎么还不火化呢？”

阮思春说：“问题就出在闵晓芸哥哥闵晓军身上，本来她父亲是想早点让女儿入土为安的，但闵晓军却坚持认为，妹妹死得不明不白，要查出个来龙去脉才肯让妹妹火化。这几天，他天天到派出所讨说法呢。”

“思春啊，你是咱金庙乡的定海神针呀，在这件事上你可得多花点心思哦。”

两人正商量着，楼下传来一阵嘈杂声，不一会走廊上就传来杂乱的脚步声。阮思春刚想出去看看是怎么回事，几个人就闯了进来，为首的正是闵晓军。闵晓军开口就说：“寇乡长，我妹子一个大活人，没病没痛的，怎么轻易就被冻死了呢？你们要给个说法呀！”

寇明理说：“晓军啊，晓芸的事我们也很痛心呀，但公安是给了结论的，要面对现实噢。”

阮思春说：“今年冷得出奇呀，就连美国和欧洲都冻死不少人呐。生命有时候是很脆弱的啊！”

闵晓军说：“就算老天能冻死人，可我就是想不通，我妹子干吗深更半夜往外跑呢？”

阮思春说：“这我们哪知道呢？人都死了，还想那么多干吗？入土为安是对死者最大的尊重啊！”

寇明理掏出香烟撒了一圈，说：“是啊，赶紧把晓芸的后事处理好吧，家里有啥困难，乡里会尽力而为的。”

闵晓军点着香烟，猛吸了几口。寇明理以为他已经钻出牛角尖了，没想到他把半截香烟往地上一砸，说：“反正我要先弄个水落石出再说，不然我是决不会罢休的……”说完，手一挥带着几个人走了。

看着院子里的雪地上凌乱的脚印，寇明理的心里乱糟糟的。

当天下午，阮思春来到了闵家。闵晓军出去了，家里只有他父亲。老闵坐在一只破藤椅上，眼神显得有些恍惚，阮思春的到来没有让他的表情有丝毫的变动。对于阮思春问起的那天晚上闵晓芸回家后的事，他反反复复就是一句话：“公安的人都来问过了，晓芸那天晚上好像要出去找什么东西，后来我就睡着了……我咋就睡得像一头死猪呢？按说我这个年龄的人不该睡那么死啊！”说完兀自哭了起来。阮思春劝了半天，让他再好好想想那天晚上的细节。老闵合上眼睛，好半天才睁开，嘴里也开始断断续续地发出微弱的声音，就像一个垂暮的老人在回忆很久远的事，他说："那天晚上，我有些感冒，晓芸回来时我已经上了床，听她房门关上了，我就关灯睡觉了。可刚睡一会，她的房门就开了，堂前就传来一些声响。我问她干吗。她说是找东西。我又问她找啥。她就说是找啥'件'。后来我就睡着了，根本就不知道她出门呀！"

阮思春问："你再好好想想，到底是啥'件'？挂件、零件还是文件？"

老闵再次合上眼睛，痛苦地摇摇头，眼角掉下两根泪线来。

就在这时，闵晓军回来了，看见阮思春后，冷冷地说："你来干吗？"

"我是来看看你爸的。"

"我爸不需要看，有这闲工夫你们还是过问一下晓芸的事吧，现在人家都在云里雾里地瞎传，晓芸死不瞑目啊！"

"晓军啊，我今天来还真有收获。刚才你爸说晓芸是出去找啥'件'的，我就在想，是不是去找文件呢？对了，晓芸在乡里就是管文件的。"阮思春边说边背着手在屋里转起了圈子。

闵晓军瞪大眼睛看着他说："照这么说，我妹子算是因公了？"

"也不完全是，因为并没有领导让她夜里去找文件，她这属于个人行为。"

"那我妹子的这条命不就白丢了？"

"你别激动，我想不管怎么认定，晓芸的死还是有因公的成分嘛，乡里会本着人道主义精神给予关心的。但前提是你们要好好配合，把晓芸的后事办了吧。否则传闻还会有的。"

闵晓军看了一眼父亲，然后目光又转向阮思春，犹疑了一会，终于露出默许的表情来。

阮思春回到乡政府后，把去闵家的情况向寇明理做了汇报。寇明理还是有些心存疑虑，说："你凭啥从老闵嘴里说的一个'件'字就推断闵晓芸是出去找文件的呢？"

"我这分析也是合情合理呀，关键是这样一说闵家人也就气顺了嘛。"

"顺是顺了，就怕人家要求认定工伤呀，这可不是儿戏，闹不好要出大笑话的。"

"你放心，我已经和闵家人明确表示，虽然闵晓芸是为了找文件冻死的，但她这是个人行为。不过，乡里在经济上还是要表示一点哟。"

寇明理点点头，说："闵晓芸这一死，闵家的日子确实够呛啊！"

当天晚上，寇明理又在乡里召集了一次特殊的会议，参加会议的还是那天喝酒的几个人。项小乐不知什么原因，还是没有来开会。阮思春会前对寇明理解释说："这小子受的打击太大了，眼看和小闵有了一些眉目，结果婚礼没盼到，却等来了葬礼。"寇明理"唉"了一声，表示理解。

会上，阮思春把闵晓芸事件的进展情况向大家做了通报，并一再强调，闵晓芸夜里出门是为了找一份刚刚从县里取回来的涉密文件，希望大家能统一口径，以正视听。听他说完，大家心里的那块石头总算是落了地。

但接下来，寇明理的话又让大家纠结起来。寇明理说："虽然小闵不算是公亡，但毕竟还是有因公的成分，经济上应该得到相应的补偿，不然说不过去啊！"

大家纷纷点头表示赞同。

寇明理继续说："问题是现在乡里经费很紧张，而即便是有钱，也不能拿给闵家，这会造成后遗症的。希望大家能理解我的意思。"

老韩说:“那从哪儿能变出钱来呀?”

寇明理说:“钱只得从我们自己的口袋里出来。这样吧,我们一人掏一万。那天吃饭的总共十个人,岳书记和小项就不让他们出钱了,我来替他们出,我拿三万。”

老韩还没等他说完就倒起了苦水:“寇乡长,你让我去偷呀。我老婆不挣钱,儿子不争气,你又不是不知道。”

他的话引起了大家的共鸣,小会议室的气氛一下子就乱了起来。

寇明理用茶杯盖敲了一下桌子,说:“大家一定要算大账,不要算小账。因为几个钱把闵家人弄得到处上访,对我们有啥好处。老韩啊,你一辈子兢兢业业,总不想背个处分回家吧。赶紧回去把藏在旧皮鞋里的私房钱拿出来吧。”

大家听他这么一说,彻底熄火。老韩在散会后,自认倒霉地嘀咕道:“唉,这叫祸从口入啊,就是喝宫廷玉液也没这么贵哟,这张破嘴欠揍。”说完对着自己的嘴没轻没重地拍了一下。

寇明理一回家就在鞋柜里翻了起来,其实他自己的私房钱就藏在那双旧的军皮鞋里了。舒兰兰已经在房间里睡了,听到他翻动的声音迷迷糊糊地问:“这大半夜的,你翻箱倒柜找啥呢?”

“快过年了,我把家里的东西顺一顺。”

“你不会是哪根神经搭错了吧?等到你来顺东西,家里还不乱成猪窝?”

就在说话的工夫,寇明理已经找到了那双皮鞋,他从散发着霉味的鞋筒里掏出了两卷钞票,这是他长期以来发扬田鼠藏粮的精神积攒的。望着空洞的鞋筒,他多少有些遗憾,但他已经来不及细想了,赶紧钻进书房数起钱来。连数两遍,最后的数字都是一万八千三百元,这意味着还差将近一万二千块钱。寇明理急得猫抓心,明天一早就要交钱，他又不想为这事向别人去借钱。

而此刻他面临的更为严峻的现实是，书房的门开了，舒兰兰穿着一套白色的睡衣靠在门框上，像个老练的猎手一样看着他。寇明理吓了一跳，说：“你这不声不响的，咋就像个冤魂呢？”

“寇明理，我就是要像冤魂一样盯着你，学会藏私房钱了，还深更半夜地数钱，你说你到底要干吗？”

“这不是春节到了嘛，我想给几个困难户送点温暖。”寇明理故作镇静。

“你糊鬼！是去给哪个小妖精送温暖吧？你说，是谁？是不是你们乡政府的？”

“怎么会呢，兔子还不吃窝边草呢。”寇明理有些急不择言。

“好啊姓寇的，终于露馅了吧，那你吃的是哪儿的草？”

“我啥草也没吃，被你这醋味就熏饱了。”

两人吵了半天，舒兰兰把手一伸，说：“先把钱交来，明天我再和你慢慢计较。”

寇明理说：“这钱我真的有急用，还不够呢，我想向你再拿点呐。”

舒兰兰奋力“呸”了一声，战火重新旺了起来。

耳听着外面的公鸡就叫了，寇明理终于坚持不住，和盘托出了事情的原委。

舒兰兰傻了，说：“你干吗不早说呢？我也不是胡搅蛮缠的女人呀。”

“这事能瞎说吗？知道的人越少越好，就你那破嘴，万一要是给嘚啵出去了，我们就全军覆没了，现在上面抓得多紧呀！”

舒兰兰没再吱声，找出一个存折本交给了丈夫。两人上床后，她可能是心疼那些钱，辗转反侧了好长时间，终于说出一句心里话来:"明理啊,我跟你这么多年了,啥时候享过福啊?我不享福就算了,儿子刚参加工作,总得帮他在市里买套房吧。我不指望你贪钱回来,可你总不能倒贴吧。"

寇明理安慰她说:"这是特殊情况嘛。开过年来,如果一切正常的话,我就要当书记了,到时候你可就成咱金庙乡的第一夫人喽,这可是花钱买不来的哦。"

舒兰兰转过身来,眼睛盯着丈夫看了一会,然后拿过他的一只手来按在自己的胸口上。

腊月二十九日上午,阮思春带着十万块钱来到闵家,当着闵晓军的面交给了他的父亲。阮思春在对这笔钱做出说明的时候很是费了一番脑筋,他要让闵家人感觉到这钱不是必须给的,是乡里出于人道主义想方设法筹集来的,而收下钱后是千万不能对外说的,否则的话,将来有其他人发生了意外,也都往公家赖,乡里就是砸锅卖铁也赔不起的。

闵家父子千恩万谢。

闵晓芸的遗体是年初二火化的。遗体告别仪式上,乡机关去了不少人,当然了,那天参与喝酒的几个人也都去了,而独独没见到项小乐。岳达成也去了,作为民政局长他还向殡仪馆打了招呼,帮闵家免了不少费用。

仪式结束后,岳达成把寇明理拽到一旁,问:"明理啊,项小乐咋没来?"

"这小子好像受刺激了,整天像个闷葫芦,也不知他在干嘛。"

"小项喜欢钻牛角尖啊,你们可得多关注他噢。"

寇明理盲目地点点头,一时没明白岳达成为何在这种场合会提到项小乐。

## 3

自从闵晓芸死后，项小乐感觉自己就像处于一种失重状态，走路的时候人飘在路上，怎么也使不上劲；睡觉的时候人飘在床上，怎么也睡不踏实；最后就连周围的景物都飘了起来，变得模糊而虚空。

那天早上，他从事故现场回来后，就闷在了宿舍里，满脑子想着头天晚上送闵晓芸的情景。那是闵晓芸第一次对他表示出亲昵的动作，他当时就产生了想吻她的冲动，但后来还是忍住了，他想，这个吻应该在她清醒的时候实施，而不是在她喝多了酒的时候。闵晓芸依偎着他行走的时候，他感觉那条风雪弥漫的路上已经铺上了爱情的红地毯了。可万万没想到，仅仅几个小时过后，这条路就成了闵晓芸的不归路。

阮思春来喊他开会，他没开门；有人喊他去食堂吃饭，他也没开门。夜半时分，项小乐迷迷糊糊打了个盹。他看见闵晓芸走在雪地里的背影，情形和自己手机里的照片一模一样，他跟在后面拼命地喊她，但声音很快被呼啸的北风淹没了。他继续跟在她后面走，前面的路突然就到了尽头。闵晓芸突然转过身来，惨白的脸上挂着斑斑血迹，她用手做酒杯状，对他说："小乐，咱们再炸个罍子吧。"

项小乐一下惊醒了。也就是从那天起，他的梦里经常出现这样的画面，令他觳觫不已。

项小乐想来想去，和大家想到了一个同样的问题：闵晓芸为什么回家后还要再次出门呢？接连几天，项小乐每天都要在那条路上走上一两趟，他试图找到这个问题的答案。

腊月二十八日中午，太阳终于出来了，天空变得疏朗起来，村庄和大地也仿佛从昏睡中醒来了，到了下午，路面的积雪开始融化了。

项小乐再次上路了，当他走到离闵晓芸出事地点不远处时，突然发现路旁有一个黑点，走到近前一看大吃一惊，原来是闵晓芸手机上的那只泰迪熊。在带着污渍的雪水里，湿漉漉的泰迪熊正可怜巴巴地看着他。项小乐蹲下身来一把捧起它，心跟着就颤动起来了，一切恍然大悟，原来闵晓芸那天晚上不小心把手机上的泰迪熊丢了，回家后发现不在就出去寻找了。他的耳旁忽然想起闵晓芸的话："小乐，你送我的泰迪熊我太喜欢了，你知道我为啥喜欢吗？"项小乐悲哀地想，也许这个问题对于自己来说是一个永远的谜了。

闵晓芸夜晚出门的原因找到后，项小乐陷入深深的自责中，如果那天在酒桌上他不说遇到了闵晓芸，不炸那个罍子，或者说不送那只泰迪熊，闵晓芸就不会出现意外的。

也正是在他找到那只泰迪熊的当天晚上，阮思春散会后特意到宿舍来告诉他，闵晓芸深夜出门是为了找文件，还让他一定要记住这个结论。项小乐一下子就傻了。

闵晓芸的遗体告别仪式项小乐没敢参加，他无法面对一个被自己葬送了生命的冰冷躯体，觉得自己就是一个罪魁祸首。

过完年一上班，县委组织部就来金庙乡考察党委书记人选了。按照年前推荐的结果，被考察的人毫无悬念就是寇明理了。

阮思春在和考察组的人谈完话后，拐进寇明理的办公室，对正在看文件的寇明理说："寇书记，祝贺你呀！"

寇明理抬头看了他一眼说："现在喊书记还早了一点哦。"

"你早点当书记，我也有盼头喽。明理啊，你上去了可得拉兄弟一把噢，我会尽力配合你工作的。"

"思春啊，我也是这么想的呀，不过关键还是在上头，你也不能守株待兔哟。"

"我这当副职的，对上是两眼一抹黑啊！孬好就靠上你这棵树了。”

“思春啊，前段时间辛苦你了。”寇明理转了个话题。

“应该的、应该的。”

阮思春走后，寇明理就想，都说阮思春心眼活络，个人的小算盘打得很滑溜，但这次闵晓芸的事还真多亏了他。

考察组回去没两天，寇明理提拔的公示就贴在了乡政府一楼的大厅里了。寇明理上班经过大厅的时候，很想停下来看看公示牌上的字，但又不好意思。尽管他的表情和平时没什么两样，内心却是春雷激荡。他梦寐以求的目标就要实现了。

上小学的时候，寇明理最怕的人就是长着鹰钩鼻子的校长，校长很少笑，整天像人家欠了他八斗米似的板着脸。训起人来喉咙里总是好像滚动着浓痰，你会担心他随时把那口痰吐到你身上。有一次学校搞“六一”文艺演出，寇明理因为和同学嬉闹，把演出队的一面鼓弄到学校边上的水沟里去了，校长发现后，硬是让他用头顶着湿鼓在太阳底下晒着。直到演出快开始了，寇明理才算结束了惩罚。他赶到学校操场的时候，上面正好来了几个领导模样的人，只见校长满脸堆笑地迎了上去，双手握住其中一个高个男人的手，腰弓得就像个大虾米。而高个男人只是微微点了一下头，就迅速把手抽了回去，握住了旁边一个漂亮女教师的手。寇明理一问旁边的同学才知道，高个男人就是公社书记。看着鹰钩鼻子校长从恶霸地主突然变成了卑微的佃户，寇明理由衷地高兴，同时他也确认公社书记是他见过的最厉害的人了。后来，他还见过几次公社书记。有一次书记走在小镇青石板的路上，街上的门洞里有不少人看西洋景似的看着他。书记走到寇明理家门口的时候，居然向寇明理站在门口的父亲挥了挥手，父亲不知所措地傻笑着，样子显得很滑稽。寇明理当时十分羡慕书记那双白净净的手，那可是一双想握谁就握谁、想擂桌子就擂桌子的手啊。从那时起，寇明理的梦想就是当公社书记了。尽管这些年乡镇党委书记的威严不能与当年的公社书记同日而语了，但毕竟还是一方大员啊。如今眼看着就要接近当年的梦想了，他开始盘点这一路走来的酸甜苦辣，他流过汗，流过泪，也流过血，反正除了流产，该流的都流过了，以至于把胃都喝坏了……

寇明理一路想着就进了办公室，刚坐下来不久，座机就响了，是小报记者金爪打来的。金爪用夸张的声音向他表示祝贺，还说要来采访他，不过请他放心，这次是准备从正面来报道了。寇明理客套地应付着，表示忙完这阵子一定会主动请他过来。

正聊着，楼下的办公室里传出“砰”的一声。他好不容易结束了和金爪的通话，就想出去看看是什么情况，刚挪开步子，阮思春来了。阮思春告诉他，项小乐在办公室朝刚来实习的大学生小刘发火，还把水瓶给砸了。寇明理又问了一下细节，才知道事情的原委。

闵晓芸虽然不在了，但办公室里的东西还是按她生前的样子摆布的。那盆水仙花已经完全凋谢了，曾经青翠笔直的茎秆都已枯黄并倒伏在盆子里了。小刘出于好意，一早打扫卫生的时候将残茎枯根扔进了垃圾桶，并把盆子洗干净放在了柜顶上。项小乐一进办公室，发现这个情况后，大发雷霆，非让小刘给他还原不可。小刘说重新给他弄盆花来，他就是不依不饶。

阮思春最后说：“明理啊，你不知道这小子眼光多凶哟，我还从来没见过他这样。”

寇明理把桌子一拍，说：“太不像话了，你给我把他叫来。”

阮思春刚刚转过身来，项小乐却不请自到了，对他说：“阮书记，我有事想找寇乡长单独谈谈。”

阮思春一走，寇明理就气呼呼地给了他一梭子：“有啥事呀？想恶人先告状是吧？大清早就吃了枪药？”

“我发火是不应该,可我心里憋得难受啊!”项小乐涨红了脸。

“你有啥憋屈的? 是谁冤枉了你,还是迫害了你呀?”

“反正我憋不住了,要把该说的都说出去了。”项小乐没头没脑地抛出一句。

“你到底想说些啥?”

“晓芸那天晚上不是找文件的,是找它的。”项小乐从口袋里掏出那只泰迪熊来。

寇明理接过泰迪熊正想开口问他,项小乐却自顾继续说着:“还有,晓芸要是不喝酒的话是绝对不会冻死的,这都怪我啊!”

“项小乐,事情都已经过去了,你咋又翻出来说呢?”

“不说不行啊,晓芸她天天夜里来找我,说她死得糊涂啊!”

“你这话怎么那么瘆人呢? 你到底要和谁去说呢?”

“我要向组织上说,向晓芸的家人说,向所有想知道事情真相的人说。”

寇明理紧张起来了,起身把门关好,推心置腹地说:“小乐子啊,你想过没有,你这一说倒是痛快了,我们大家,当然了也包括你自己,都要跟着受累啊! 更重要的是,金庙的形象会受到严重影响呀!”

“你放心,我只说我自己,不会牵涉别人的。”

“你如果只是说这小熊的事倒和大家没啥关系,问题是只要开了头最后肯定要涉及到喝酒的事。我也不是不敢担责任的人,问题是我也有难处啊! 如果你说了能让小闵活过来,那你就说吧。”

“寇乡长,我该怎么办呢?”项小乐突然埋头哭了起来,坐在那里肩胛一颤一颤的。

寇明理好不容易才把他给劝走了。冷静了一下,寇明理赶紧拨通了岳达成的电话,把刚才和项小乐的谈话归纳起来向他通报了一下。岳达成说:“我早就说了,这小子喜欢钻牛角尖,你们可得小心哟,明理啊,我们都是快五十岁的人了,一旦有个什么闪失就没扳本的机会喽。”

寇明理接着又把阮思春叫来,和他商量起来。阮思春说:“你的公示日还有两天,最起码这两天不能出岔子。”

“你有啥法子吗?”

“这小子喜欢摄影,不行我就带他上一趟黄山,一来把这两天耗过去,二来也让他散散心。”

“唉,我看也只有这样了。”

当天下午,阮思春开着一辆借来的车子,带着项小乐直奔黄山。他在出门前,给项小乐的理由是请他去拍一张关于黄山的风景照,主要用于乡里新会议室的布置。去黄山摄影一直是项小乐的一个心愿,他上过两次黄山,但都因为天气的原因没有拍到像样的照片,所以没有多想就上了阮思春的车。

到黄山也就两百多公里,天擦黑的时候就到了山下,两人住进了一个农家旅社。吃完饭,阮思春找项小乐不着边际地扯了一会儿闲篇,就觉得有些困乏,早早睡了。夜里,他被一泡尿憋醒了,正准备起夜,却发现项小乐的床上有亮光,眨眨眼睛再看,发现项小乐正靠在床上看手机,屏幕发出的幽光把他的脸色映得陌生而诡异。阮思春吓出一身冷汗,平静了一会儿,他故意咳嗽了几声。光亮不见了,黑暗中传出一声轻叹。阮思春撒完尿就再也睡不着了。

第二天一早,两人就上了山。项小乐刚开始拿着照相机倒也神气活现的,到了鲫鱼背的时候就开始显得有些疲惫了,他看着万丈深渊对阮思春说:“这要是掉下去,不知道这个过程会有多长哟?”阮思春一听腿就软了,抓紧身旁的铁链子迟迟不敢迈步。

到了天都峰,山上一下子变得风起云涌,项小乐赶紧拍起照来。

拍着拍着，他突然指着一团白云对阮思春说："阮书记你看，这云真像一只泰迪熊啊！"阮思春左看右看都没看出是熊的模样。项小乐像是自言自语地说："晓芸最喜欢泰迪熊了，可是我不知道她究竟为啥喜欢呐。"他的表情随之黯然如铅云。

阮思春带着项小乐在外面转了三天，回来后，寇明理的正式任命已经下来了。寇明理见到阮思春后，再次向他表示出感激之意。阮思春说："书记大人，我这趟真是折阳寿啦，项小乐神神叨叨的差点把我魂都吓飞了，下次你还是另请高明吧。"

寇明理就任党委书记后，在召开的第一次党政联席会上，就提议将项小乐党政办副主任的"副"字去掉，得到了与会同志的一致赞同。

## 4

转眼就到了春播时节，农户们都忙着栽秧了。这些天，不断有农户为用水的问题闹到乡里来。寇明理决定亲自下去看看，他带着县农委下来挂职的副乡长侯亮走向了田间地头。

走在离乡政府不远处的一段田埂上，他看见一个农夫正在水田里栽秧，身子一崴一崴的，栽出的秧苗也是歪歪斜斜的。走进了一看，却发现是闵晓芸的父亲，就主动打起招呼来："老闵啊，你看你这腿脚不方便还要下田，晓军咋不回来帮忙呀？"

老闵抬起头来看了看，说："是乡长呀，晓军在城里瞎忙，回不来噢。"

"那你干吗不请几个人呢？"

"家家都忙着呢，再说请人也得花钱啊。"

寇明理看到这个失去女儿的汉子这几个月竟然老了那么多，心里突然感觉不忍，二话没说，脱了鞋子卷起裤管就下了田。侯亮一看，也跟着下去了。寇明理已经好多年没栽过秧了，几行栽下来腰酸背痛。他站起身来，仰头看了一下天空，几朵白云在蓝天上悠闲地飘着，当他再弯下腰来的时候，白云清晰地倒映在水田里，就感觉自己是踩着云朵在栽秧，头有些晕乎乎的，但他始终没有停下来。

寇明理下田栽秧的事不知怎么一下子传开了，村里几个干部知道了，慌忙赶过来也下到了田里，就连乡里在家的班子成员也都赶了过来，纷纷加入栽秧的行列。一个时辰不到，两亩田的秧就栽好了。老闵激动地搓着满是泥水的双手，不知道说什么好。旁边有几个老农在热情地议论，好多年没看到干部这个样子了。

金爪不知道怎么也知道了这件事，第二天一早就赶到了乡里，采访了一圈后，最后找到了寇明理。寇明理再三恳求他不要报道，还像上次一样，东拉西扯了一番后就请他吃饭，吃完饭又送了他几只土鳖。金爪临走的时候说："寇书记啊，上次我是来栽刺的你不让，我也就理解了，这次我可是来栽花的，你咋又不让写？"

寇明理笑笑说："人怕出名猪怕壮，不管是恶名还是美名最好都别沾。"

"这次我可不能听你的了，这也太违反我的职业道德了，这样的稿子再不写，我还不得失业呀？"

几天后，市报还真的登出了金爪的报道。文中介绍了一个残疾人在失去女儿后，怎么得到金庙乡干部关心的，残疾人又是如何鼓起生活勇气的。报社还特别配了一篇评论——《与群众的最后一公里是怎样消除的》。寇明理看了报道和评论后，却高兴不起来，隐隐感觉心里有什么东西在堵着。而就在这时，县委端木书记打来了电话："明理啊，我刚看了报纸，你们做得不错呀，希望今后能把更多的群众都放在心里啊……"寇明理连声答应着，心里却慌得要命。

接下来发生的事就更让他说不出滋味了。就在当天中午，寇明理正站在乡机关院子里和人说话，大门口突然响起一阵鞭炮声，回头一看，老闵举着面锦旗一瘸一拐向他走了过来。锦旗上写着“为困难群众解忧，替不幸家庭排难”几个字。寇明理傻了，不知道是不是要上前接过锦旗。正在不知所措，老闵走到他面前，突然就要下跪，寇明理一把抱住了他。

老闵走后，寇明理心里五味杂陈，想了想，给岳达成打了个电话，把最近发生的这些事情向他说了一下，并将心里的纠结也倾诉出来。岳达成安慰他：“明理，老闵失去女儿后，我们都希望他能从不幸的阴影中走出来，而事实上，在你们的关心下，他确实是慢慢走了出来，这有啥不好？至于你的心情，我是理解的。”

寇明理说：“达成啊，我咋老觉得心里有点虚呢？”

项小乐的副主任帽子扶正后，并没有流露出丝毫的兴奋，尽管他过去一度对此很在乎。阮思春看出了问题的端倪，为了激发他的成就感和兴奋感，不失时机地向他说起了党政办主任的重要性，还举出不少很有说服力的例子来，比如说岳达成，甚至还有一位县领导就是从这个位置上提起来的，等等。项小乐对他的话有些漫不经心，还戗头戗脑地冒出一句：“好多中央领导还当过大队书记呢。”阮思春被他噎得掉头就走了。

项小乐的情绪并没有因为提拔和随着时间的推移而好起来。闵晓芸依然常常出现在他的梦中，现在又多出一个画面来，除了要和他炸蠱子，她还抱着个硕大的泰迪熊让他猜各种各样的问题。除了做梦，闵晓芸的影子无处不在。项小乐现在喝水的杯子是闵晓芸送他的水宜生，有一天他在喝水的时候，大脑里嗡的一声，恍惚中就感觉那杯子就像是一口井，伸头往里面看了一下，井底里露出一张脸来——那是闵晓芸充满哀怨的脸。

清明节前一天，项小乐悄悄来到闵晓芸的墓前，给她烧了不少纸钱。在缭绕的烟雾中，他看着闵晓芸镶在墓碑上的照片，嘴里念念有词："晓芸啊，你不明不白地走了，我还不明不白地活着，我知道你不会原谅我的，我想把你走的前因后果都说出来，可他们都不愿让我说呀……晓芸，你是什么态度呢？你如果希望我说真话，就眨眨眼睛吧。"

闵晓芸果真就眨了一下眼睛，项小乐赶紧把头凑近照片，想看她再眨一下眼睛，但闵晓芸只是意味深长地看着他。

项小乐在说与不说中备受煎熬，人瘦得皮包骨头，眼睛深陷在眼窝里，就像一头饿得随时要进行最后疯狂发作的狼。终于在有一天，他不再犹豫了。

这一天正是金爪的文章见报的那一天，也就是老闵送锦旗的那一天。当项小乐透过办公室窗户看到老闵准备向寇明理跪下的那一刻，他突然有了一个坚定的想法——这个谬误不能再让它延续下去了。

当天晚上，项小乐去了闵家。老闵正准备就着一杯温水吞药丸，看见他来，放下水杯问："项同志，你晚上来有啥事哟？"

"闵叔，有些话我憋了好多天了，不知道该说不该说。"

"说吧，我知道你和芸儿是在一个办公室的，过去你对她没少照顾哦。"

"晓芸那天晚上出去根本就不是找什么文件，是找它的。"项小乐掏出那只泰迪熊，继续说，"而且她还喝了酒，这全都是因为我啊！"

老闵的眼珠子差点就挤了出来，嘴角抽搐了一会，终于迸发出一种很怪的声音："姓项的，你可不能乱说啊！我家晓芸可是为公家的事丢的性命呀，再说她是个乖女孩，从来就不会跟人家乱喝酒的啊！”

“我说的全是实话啊！难道你就忍心看着晓芸死得不明不白吗？”

“滚！你给我马上滚！”老闵用颤抖的手指着他说，“你再糟蹋我女儿的名声我跟你拼了！”

项小乐没想到老闵的反应会这么强烈，只好灰头土脸地离去了。

隔一天，闵晓军回来了，老闵把项小乐来家的事告诉了儿子，闵晓军一听也很生气。父子俩正同仇敌忾地发着火，项小乐再次上了门。闵晓军没等他开口，一把揪住他的衣领说：“你坏我妹子的名声对你有啥好处？”

“我没有想坏她的名声，我只是不想她死得不清不楚，也不想自己一辈子背着块大石头活在世上。”

“神经病，有哪个人能证明你说的话？”

“事实是不需要人证明的，就像晓芸是你妹妹一样，还需要证明吗？”

“你今天要是不把话讲清楚，就别怪老子不客气！”

“那好，我今天就还你个青天白日。”项小乐一冲动，就把那天晚上的情形还原了一遍，其中自然也涉及到他本来不想提及的寇明理等人。

老闵还没等他说完，气愤地打断他：“你、你放屁，你还敢把寇书记拉进来，他是多好的人啊！晓芸在世的时候就常常念叨他的好。”

闵晓军说：“只知道你狗日的文屁冲天会写点小文章，没想到你还会胡编乱造。”说完一巴掌就扇了过去。

项小乐的嘴角钻出了一条血蚯蚓，但他并没有退却，异常平静地说：“打吧，最好能打死我，我本来就应该为晓芸的死承担责任的。”

闵晓军再次挥起的手无力地垂了下去。

## 5

寇明理一回家，舒兰兰就看出他脸色不对，眉眼间透着晦暗，赶紧接过他的公文包，安顿他坐了下来。她转身来到厨房，端出一碗汤来，说：“这是山药猪肚汤，虽然不是野猪肚子，但也是补胃的，快吃了吧。”

寇明理用勺子搅了一下，皱着眉头说：“你下次就别费事了，我真的吃不下这些玩意啦。”

“总比吃药好吧。你看你胃都割了一块了，还这样孬喝酒，再不补补咋中？”

“喝个鬼呀，我已经快半年没怎么喝酒了。”自从闵晓芸死后，寇明理确实不敢端酒杯了。

“那你脸色咋这么难看？”

“唉，都是让项小乐这小子给搅和的。”寇明理把项小乐最近到闵家的事说了一遍。

“小乐子看上去不是蛮好的嘛，咋干这种损人不利己的事呐？”

“我咋知道？他就像是吃错了药。”

“明理啊，千万可别让他把你们喝酒的事带出来哦。”

“我有啥法子？好话坏话讲了几箩筐了，还给他提了主任，没用。”

“我就不信开不了他这把锁，除非他疯了。”

第二天中午，项小乐刚从食堂吃完饭刚回到宿舍，舒兰兰就来了。项小乐一愣，说：“舒大姐，你来有啥事吗？”

舒兰兰笑笑，说:“小乐子，大姐就不绕弯子了。晓芸走了那么长时间了，你还念叨着她的事，说明你是个重情重义的人。可有些事该放还得放下来啊，就是一时放不下来，也要考虑考虑是不是会影响到别人噢。林黛玉死后，贾宝玉也是很痛苦哟，但他并没有到处去说什么呀，他选择去出家了。当然了，大姐并不是劝你去当和尚。你完全能找一个好姑娘，开始新的生活嘛……”

“大姐，说不说是我自己的事，我可没想给寇书记他们添麻烦呀!”

“咋能不添麻烦呢? 你现在和老寇他们就像是连体兄弟了，你孬哄哄地往自己身上扎一刀，他们能不跟着疼吗? 我家老寇容易吗? 他这个书记也是一点点从土里拱出来的噢，胃都割了一大块了，你再这样闹下去，不是又要割他的心吗?”

舒兰兰说着伤心地哭了起来，项小乐站在那儿手足无措地看着她。

舒兰兰走后，项小乐感到手脚冰凉，他意识到自己要感冒了。这段时间，他动不动感冒，回县城找医生看了一下，人家说他精神压力太大，导致免疫力下降了。项小乐吃了一颗快克，很快就昏昏欲睡了。他梦见很多人在追他，他跑进一条阴森森的巷子里，两边长满苔藓的老墙挤得他有些喘不过气来，好不容易跑到巷子口，却发现闵晓芸正端着个酒杯似笑非笑地在等着他，一慌神他向后退了几步，没想到却掉进一口老井里，那井就像洗衣机的滚筒一样突然滚动起来，转得他五脏六腑都想吐出来了……

项小乐开始发烧了，刚开始他还想勉强挺下去，但体温却越来越高，只好去乡卫生院挂水。舒兰兰看到他，赶紧忙前忙后地替他张罗起来，还特意找来一个漂亮的小护士给他挂水。小护士不但人长得好，技术也不错，和项小乐聊着天就把针头轻轻推进了他的血管。

两天下来，项小乐的烧基本上退了下来，但医生说还得再挂两天水巩固一下。在接下来的两天里，舒兰兰充分发挥一个婚介爱好者的作用，给项小乐和小护士牵起线来。小护士一看项小乐条件还不错，就半推半就地答应下来了。而项小乐却不置可否，眼睛里露出目含远山的玄远。舒兰兰认为他不过是一种读书人惯有的矜持，就鼓励小护士主动出击，小护士被她煽使得就像只花蝴蝶围在项小乐的旁边飞来飞去。在最后一次挂水的时候，小护士捏着针头对他说："秀才，你好像有心思呀，想啥呢？"

"我在想熊的事。"项小乐脱口说道，"你喜欢泰迪熊吗？"

"我不喜欢熊，只喜欢小猴。"小护士开始寻找他的血管。

"那你知道闵晓芸干吗喜欢泰迪熊呢？"

小护士的手抖了一下，一针扎偏了，项小乐的胳膊上冒出了血珠。

舒兰兰的煞费苦心并没有奏效，项小乐还是走上了他想走的路。

项小乐找到县委组织部，把自己在闵晓芸事件上的过失阐述了一遍，完了如释重负地把部长递给他的一瓶矿泉水喝了个精光。部长耐心地看他喝完最后一口水，说："小项同志，你反映的问题好像和喝酒有关，这是纪委管的事噢。"

项小乐又来到县纪委，把在组织部说的话又说了一遍。纪委分管案件的副书记说："你主动承担责任的勇气可嘉，但凡事都得有证据，闵晓芸的事据说公安已经有结论了呀。"

"人是冻死的不假，但是有前因后果的呀！乡里的领导都是知道的。"项小乐不得不说出和大家有关的一些细节。

县纪委不敢马虎，第二天就派人下来核实情况。核实的结果是，那天晚上确实是喝酒了，但并没有发现什么异常。据一位中途去找乡长请假的乡干部说，根本就没看见酒桌上有闵晓芸的影子。而且这餐饭几乎还算不上是公款吃喝，因为酒和菜几乎都是寇明理自己带去的，整个一个“不差钱”。

当纪委的人将核实的情况向项小乐反馈后，项小乐有些失望，自言自语地说：“咋认个错就那么难呢？”

项小乐没有气馁，接下来开始跑县信访局。局长是个和蔼的中年妇女，亲自接待了他，问：“你有什么诉求吗？”

“我是来举报的。”

“举报谁？”

“举报我自己。”

“啥？”局长和蔼的脸上掺进了吃惊的成分，“我在信访局呆了二十年了，从来也没听说过自己告自己的。你这样到底是为了什么呢？”

“不为啥，就是图个心里没鬼。你们不要为我担心，我愿意接受任何处分。”

女局长那张保养良好的脸上和蔼的表情完全退去了，但项小乐并没有顾及到她表情的变化，一口气把事情经过又说了一遍，其中还表示出对纪委、公安等部门的不满。

女局长一听纪委和公安已经有了结论，就劝他：“项小乐同志，你还是回去好好冷静冷静吧。”

项小乐就开始发火了，说：“你让我怎么冷静？现在广大人民群众上访都是一访一个准，我咋就被拒访了呢？你们是什么态度？”

女局长很职业地笑了一下，说：“小伙子，你要是真的想自己告自己的话，恐怕是走错了地方，那得去教堂找牧师才对啊。”

项小乐看在县里访不出什么结果，就一根筋扯到底，开始往上访了，他先后几次去了市里和省里。他的行为终于引起了县委主要领导的重视，端木书记打电话给寇明理：“明理啊，前两天我刚刚表扬了你们，怎么突然冒出个项小乐呢？到底是怎么回事？”

“我也不太清楚，小项他好像是有点心理障碍。”

“你们不能这样过早地下结论哟，真正无缘无故上访的人是极少的。”

“书记，是我们工作没做好，给您和县里添麻烦了，我们一定会认真对待的。”

寇明理边说边下意识地揪自己的头发，本来就稀疏的头发被他揪下了好几根。通完电话后，看着手上黑白相间的那些头发，心里掠过一阵凄惘。项小乐的折腾让他身心疲惫。前一阵子，乡里就有传闻，说项小乐这样做其实隐藏着很大的玄机，他就是要搞自杀式袭击，以自己的牺牲带动大家共同牺牲，喝没喝酒只是个由头，他的目的就是要把上面的目光引到金庙来。还有人说得更具体，说项小乐之所以这样做，和一场争风吃醋有关。当然绝大多数人对项小乐的做法还是很茫然的，他们认为他要是对谁有意见直接举报就行了，干吗非要把自己绕进去不可呢？有好事者就很玄乎地解释，这正是项小乐的高明之处，这就叫用小钱换大钱。不管这些传闻有没有生命力，对寇明理来说就是如临大敌。他知道那场酒的味道不但没有散去，酒精味还在渐渐聚拢，到了一定的时候有可能一点就着。

寇明理带着乱糟糟的心情走进了阮思春的办公室。阮思春现在是代乡长了，这段时间热情高涨。但他在听完寇明理传达完端木书记的讲话后，立马就急了，当即就要找项小乐去算账。寇明理说：“你找他有啥用？这小子现在是油盐不进。”

“总不能眼睁睁看着这把火殃及到一大池子鱼吧？明理啊，我这代乡长的帽子还没戴稳噢，还得参加选举呢。”

“这阵风要是被他搅和起来了，恐怕我的帽子同样要变成风筝喽。”

“那咋办？”

“我的意思是看看能不能找他的家人来做做工作。”

“对呀，”阮思春拍了一下大腿说，“我这就去找他爸，老项看上去还是很通情达理的。”

第二天正好是星期六，寇明理觉得事情不小，就和阮思春一起赶往县城。

项小乐的父亲在自家小区门口开了一间书报亭，见到儿子的两位领导，赶紧从挂在那儿的一圈花花绿绿的书刊中伸出手来握了握。

阮思春把事情捡紧要的说了一下。老项一听就慌神了，说：“难怪这小子这些天失魂落魄的，竟然干出了这种没来由的事，荒唐啊！”

寇明理强调说：“他这样做对自己很危险噢，弄不好最后会把饭碗砸了哦。”

老项更加着急了，让旁边炕烧饼的老头帮他照看一下亭子，带着他们就往家里赶。到了门口，老项敲了半天门，项小乐顶着一头乱麻一样的头发开了门。看见乡里的两位领导后，并没感到惊讶，礼节性地把他们让进了门，好像早就知道他们要来了。

刚坐下来，老项就迫不及待地对儿子说：“项小乐，你干的好事啊！我说你脑子是不是进水了？现在人家有事都想撇清了，你倒好，偏偏主动要往浑水里跳。你当你是抗洪抢险的英雄啊！”

“我可不想当啥英雄，只是想把自己该担的那份责任担下来。”

“你能担啥责任？从小到大你能扛几斤几两我还不知道？我看要不是两位领导替你扛着，你早就被压得扁渣渣了。”

“我的事任何人也扛不了。”

寇明理插话说：“小乐啊，今天我们来没别的意思，就是想当着你爸的面把话说开了，你还年轻，路长着呢，千万不能钻进牛角尖就出不来了。”

阮思春也感慨道：“年轻不败，你一定要珍惜啊！”

项小乐说：“年轻又怎样，晓芸不是死了吗？”

老项说：“闵晓芸死了，你也跟着去死？她死了，同情是应该的，可你不能把啥事都往自己身上揽呀。退一万步说，就是像你说的那样，那也绕了几个弯子了，又不是你直接害死了她。”

“反正我是有责任的。”项小乐又绕回到原点。

老项恼羞成怒地说：“照你这么说，老子也有责任了？老子要是不生下你，你就不会认识闵晓芸的，她怎么会死呢？”

寇明理看父子俩戗了起来，劝了几句，只好和阮思春告辞了。一出门，阮思春就说：“这老项倒是懂得人情世故，生个儿子咋就一根筋呢？”

寇明理没吱声，闷着头往前走。

## 6

项小乐的事牵涉了寇明理的很多精力，除了节假日，他几乎每天都要安排一名班子成员找项小乐谈话。项小乐要是偶尔请个假，他就会紧张起来，生怕他往上面乱跑。项小乐这个过去在乡机关大院里默默无闻的人，一下子就成了舞台上被追光灯追着跑的明星了。

有一天下午，乡里临时召开乡村两级干部会议，传达县里的维稳紧急会议精神，但会场上却迟迟没有见着项小乐。主持会议的阮思春看时间到了，就征求寇明理的意见是不是马上开会。寇明理收住搜寻的目光，说："项小乐不来，这个会开得还有什么意义吗？"他是怕这边开着维稳会，那边项小乐却制造不稳定去了。很快，就有人来向他汇报：项小乐不知去向。寇明理冒出一身冷汗，只好一边安排人去找，一边缩短了自己在会上的讲话。会议一结束，寇明理就亲自过问起项小乐的下落来。他的办公室好像成了搜寻指挥部，人员进进出出，手机和座机经常会同时响起。但反馈过来的消息都是连项小乐的影子也没发现。寇明理一遍遍拨打着项小乐的手机，手机是通的，就是没人接电话。他的脑海里不断闪现出项小乐的种种骇人举止，残缺不全的胃开始隐隐作痛……

傍晚时分，项小乐竟然主动回来了。当他浑身脏兮兮地出现在机关大院时，寇明理就像是见到了久别的亲人似的，飞快地迎了上去。其他几个领导也跟着围了上去。还没等大家开口，项小乐木然地说："你们别花心思找我了，我不会再乱跑的。"说完就往宿舍走，寇明理几个跟着他不停地问着话，可他却再也不说话了。

项小乐确实没再乱跑，可他却以"水仙依旧"的网名开通了博客，在网上神游起来。他在自己的第一篇博文中写道："昨天我又梦见晓芸了，晓芸对我说，'小乐啊，我是因为你死的，你咋就不能说句实话呢？人生下来是不需要理由的，可死了总归有个说法呀！'夜里惊醒，浑身湿透。早上起床，忽然想到今天是晓芸的生日，下午趁着有些空闲就去了一趟晓芸的墓。面对墓碑上晓芸生动的照片，我不知不觉泪流满面。晓芸啊，我不是不说实话，可我说了没人相信呀！人家现在还说我是存心失火带邻居呢……他们整天就像看犯人一样看着我呢，这不我刚到你墓上去了一下，就到处有人找我呢……"

项小乐的第一篇博文并没有引起太多的关注，但他接下来的那篇却是石破天惊。在那篇叫《一个少女的死亡真相》的博文里，项小乐一吐为快。此文一发，项小乐博客的点击率迅速攀升。有网民佩服项小乐的勇气，当然也有骂他傻鳖的，还有人对闵晓芸的死提出了更深的质疑……

寇明理知道这篇博文，还是县委宣传部一位负责舆情管理的副部长打电话告诉他的。他看了这篇博文后如坐针毡，虽然项小乐的字里行间更多的是流露出自己的忏悔，但细心的人多少还是能看出一些其他端倪的。寇明理赶紧召集相关人员开会，研究对策。会上，有人提出最好能找到网站把项小乐的博文给删了。寇明理说："这有屁用，韭菜割了一刀还会长出来的。"还有人说，最好能在网上发帖子声明一下。寇明理又说："这不是越描越黑吗？此地无银三百两啊。"研究到最后，寇明理采纳了一条最为艰难的对策——想办法让项小乐自己把文章删了。阮思春还是有些担心，说："这不是与虎谋皮吗？"寇明理说："解铃还须系铃人，没有更好的办法了，就是发动人海战术也要把项小乐这张怪虎皮谋下来。"

在接下来的几天里，项小乐开始被无数张嘴包围了。在单位，领导同事对着他不厌其烦地说着；在家里，父母亲朋对着他苦口婆心地说着；在电话里，老师同学对着他语重心长地说着。其中有两个来劝他的人他做梦也没想到——一个是他的接生婆，另一个是他父亲书报亭边上炕烧饼的老头。接生婆是先来的，见了他就一把鼻涕一把泪地说道："小乐啊，你出生的时候真是太突然了，你妈来不及到医院，是我把你给接出来的呀。你生下来后无声无息的，脸色比紫茄子还难看，我倒拎着你的双脚，死马当作活马医地在你屁股地上连拍三下，你才缓过气来了……你不要嫌我话多，我说这些就是想说明，你当时能活下来不容易啊，你得珍惜哟，千万别做出傻事喽，人活着最大的事就是乐呵，乐呵你懂吗？"

接生婆一走，炕烧饼的老头就来了，他见到项小乐后，就掏出几块烧饼来要他吃。项小乐摇摇头，表示自己不想吃。老头说："不瞒你说，连我这个炕烧饼的都不想老是吃它，可你知道吗，你爸就经常在报亭子里啃烧饼啊。我问他为啥不去吃饭，他说啃烧饼省事又省钱。你说他这是为了啥？还不是为了你今后把日子过得更好吗？他和你妈就指望你这朵花开了。你倒好，整天想法子糟践自己，你对得起父母吗？"

凭良心说，大家的话说得不无道理，项小乐有时候也意识到这一点，心里甚至会"咯噔"一声，但每次"咯噔"后却莫名其妙地换来更为强烈的逆反心理。他的心中就像是装着一片无边无际的沙漠，几滴云头上的雨反而更加唤醒了它的干涸和燥热。现在无数张嘴盘旋在这沙漠的上空，一场狂野的沙尘暴就将被吹起。

事情的发生似乎没有任何征兆。那天上午，项小乐在办公室接待了一拨又一拨对他好言相劝的人，这些人都转弯抹角地劝他把那篇博文给删了。先是老韩来了，可怜巴巴地说："小乐啊，我这辈子不求有功但求无过，你就免开金口，让我把这'无过'的记录保持下去吧？"

项小乐不吱声。

接着侯亮也来了，套着近乎说："兄弟，咱俩可是一中的校友啊，我到金庙来挂职，和你一个锅里搅饭勺更是缘分呐，还有半年我就要走了，你可得替老哥想想啊，我挂来挂去我总不能挂出什么污点来吧？"

项小乐还是不吱声。

项小乐始终一言不发，就像是一尊面对芸芸众生的佛像。最后一拨来的是乡妇女主任吉红霞和计生办主任陈苒苒，她们两人可以算金庙乡嘴皮子最利索的女人了，很多寻死觅活的女人都被她们劝得心平气和，重新鼓起了生活的勇气。相传，有一个杀气很重的屠夫拿着一把杀猪刀，失去理智地追着要和他离婚的老婆，很多人都没拦住，眼看一场血案就要发生，关键时刻，吉红霞和陈苒苒及时赶到，两个女人拦住他一番吞天吐地地劝说，屠夫最终放下屠刀，掩面而泣。她俩从此名声大噪，经常有人上门请她们去做劝解工作，两人也是乐此不疲。这一次，她俩联手去找项小乐可以说是压轴上阵了。两个女人一进门，就开始轮番对项小乐施展起嘴功。项小乐依然一言不发，任凭两个女人嘴丫子说得起了白沫。快到下班的时候，两个口若悬河的女人终于绝望了，尝到了刀枪不入的滋味。吉红霞在出门后忍不住嘀咕了一句："真是死人一个。"陈苒苒附和道："就是，真不晓得小闵怎么会看上这样的人。"吉红霞继续说："看上个鬼，还不是他自作多情。"她俩边走边说，压根就没想到项小乐正血红着双眼尾随着她们，而且把她们的话听得一清二楚。这时候，一个清洁工正拎着一桶脏水过来，项小乐突然夺过水桶，举起来就向前面并排走着的两个女人倒了下去。两个变成落汤鸡的女人回头一看，发现了项小乐那张变得极其狰狞的脸，吓得大叫一声跑了起来。项小乐跟在后面紧追不舍。两人慌忙躲进旁边的女厕所，把门关了起来。项小乐仍不罢休，飞起无影脚将女厕所的门踹倒了。厕所里还有一个正在解溲的女人，裤子还没顾上拎。三个女人齐声号叫起来，声音十分惨烈。项小乐拿起旁边的一个拖把捅了过去，嘴里还吼叫着："看你们还敢嘴贱，老子就是要堵住你们的那张破嘴。"闻讯赶来的人好不容易才把他拉开了。

慌乱中有人报了警，派出所的人很快就赶来了，但却不见了项小乐的身影。寇明理知道后，赶紧让人去找。不一会，有人发现项小乐爬到乡政府后面那座移动信号塔上去了。寇明理带着大家赶了过去。项小乐看到有人过来，继续向铁塔上攀爬。派出所所长老夏冲他喊："小项，有话下来好好说，千万别冲动啊！"

项小乐停了下来，转过身来歇斯底里地喊道：“我是杀人犯，是我杀了闵晓芸，你们开枪吧！”

寇明理也喊：“小乐子，你死都不怕，干吗就不能面对现实呢？”

“我就是想死，死了就能当面向晓芸说清楚了，死了就能当面问问她为啥喜欢泰迪熊了……”项小乐号哭起来。

劝了两个多小时，项小乐还是不肯下来。他的思维一会子正常，一会子混乱，而他的身体已经极度疲惫，随时有掉下来的危险。从县里赶来的消防官兵已经铺好了充气垫，但项小乐的身体却在塔上不停地游移着。

就在这时，他的父亲赶来了。老项用沙哑的声音冲儿子喊：“小乐子，你咋就这么认死理呢？下来吧，没有过不去的坎呀！”

“爸，你也别来劝我了，世上所有的人都不让我过这个坎，我有什么办法呀？我只有躲了，躲到天上去，看他们怎么去找我，哈哈哈……”项小乐笑完后又接着唱了起来，“狼爱上羊啊，爱得疯狂，它们相互搀扶去远方……”

歌声还在空中飘着，项小乐的人就掉了下来，人群中发出一阵惊叹。消防官兵迅速把气垫的位置调整了一下，项小乐的身体重重地砸在了垫子上……

项小乐被送往县医院后，很快就从昏迷中醒来，经过诊断并无大碍，只是需要留院观察。此时，已经知道事情经过的老项开始有了另外的担心，他把还守在医院的夏所长叫到一边，说出了自己的担心。夏所长啧了一下嘴，说：“项小乐今天的行为已经触犯了法律，砸女厕所、爬铁塔、当众散布谣言，哪一条都够他喝一壶了。”

“这不真的就要把饭碗给砸了？”

“很难说哟。”

“这小子可能脑子出毛病了，不然咋会干出那些事来呢？”

“老项啊，你不提我还真不好说的，项小乐可能真的受刺激了。”夏所长用手指点点自己的脑袋说，“如果真是这样的话就另当别论喽。”

老项自顾呢喃：“这小子咋的了？我老项家祖宗八代都没人得过这毛病哩。”

夏所长安慰说：“他这个毛病可能是突发性的，稍加治疗就会好起来的。”

老项的脸上流露出无奈的神情，人一下子就老了不少。

项小乐出了县医院又被送到了另一家医院——市精神病医院。

项小乐一路大呼小叫，说自己没病，一直到被关进病区的铁门里面还在拼命地喊着。老项隔着铁门上的方孔忧心忡忡地看着儿子，这时候，一位老医生过来劝他：“刚进来的病人都是这样，过一段时间慢慢会好起来的。”

老医生把老项叫去，询问起项小乐的症状和病因。老项就一五一十地把儿子的情况说了一遍。老医生沉吟了一番，说：“这是典型的精神自虐症状呀。”

老项困惑地问：“这种病过去咋没听说过呢？”

老医生慢条斯理地说：“你们不搞这行哪里知道呢？其实这种病症在以前就有过了，那时候病人的标志性语言就是‘我有罪、我该死’，你不觉得项小乐和他们有共同点吗？”

老项机械地点了点头。

## 7

项小乐的叫喊声引来了不少病人的围观，大家对他的到来表现出浓厚的兴趣。有个病人做了一个噤声的手势，说：“嘘——别叫啦，我们现在都躲在防空洞里，你把敌人的飞机叫来咋办？”

面对一张张怪异的脸，项小乐忽然恐惧起来，而正是这种恐惧让他有些清醒起来，自己怎么突然就落到这一步了呢？他又想起那天发生的事了，那天在铁塔上，他记不清自己到底是有意往下跳的，还是因为体力不支掉下来的，总之，在迷糊中他感觉自己像是被一座莲花宝座托了起来，后来就什么都不知道了……在医院醒来后，他才意识到托起他的是安全气垫，如果没有这垫子，自己一定会肝脑涂地的……现在想来，他还是有点后怕的。

老医生带着一个胖护士进来了，他喝退了围观的病人，对护士说：“把新来的病人放在九号病房吧，他们的症状差不多。”项小乐跟着胖护士往九号病房走的时候，突然看到迎面走来的一个大眼睛护士有些眼熟，一时又想不起来，就下意识地把脸偏了过去。

九号病房共有六张床，项小乐进去的时候发现里面有五个病人，其中刚才那个做噤声动作的人也在。坐在一号床上的一个秃顶站起来走到项小乐身边，就像鉴定文物一样打量着他，突然大声说：“小老板不简单啊，能调到我们这样的保密单位来，没开后门吧？”

胖护士笑着说：“李老大，这不是给你们充实力量了嘛？”

“我们这儿可得要真才实学哟，你们进人的时候可得严格把关啊！总共就六个编制，他一来可就满编喽。”

胖护士一走，李老大又对项小乐说：“我们这儿可是有试用期的哦，到时候过不了关可别怪人噢，你也不要拎着东西到处跑了，一切靠制度说了算嘛。”

项小乐点点头，觉得自己就像是在应聘，心中开始有了好奇。

不一会，胖护士喊他去体检，她领着他来到对面的一间屋里，把他交给了那个大眼睛护士。再次面对那双大眼睛时，项小乐突然想起她竟然是自己的小学同学薛燕。薛燕看他愣在那里，主动说：“项小乐，没想到我们会在这儿见面呀。”

“他们都说我得了那种病，你相信吗？”项小乐有些激动。

“就我看来，你还不至于到这儿来。因为你刚才在走廊上见了我就把脸偏了过去，这应该不是一个精神病人具备的反应。”

项小乐鼻子一酸，眼睛里盈满了泪水，说：“谢谢你，薛燕。”

“不过话又说回来了，你的行为也难免让人产生这种看法噢。项小乐啊，你就是太较真了。我记得上五年级的时候，老师说蚂蚁很勤劳，你却说绝大多数蚂蚁其实是很懒的，之所以大家都觉得它们勤劳，是因为它们的数量太多，即使只有十分之一的蚂蚁在干活，也会看到一派繁忙的景象。结果弄得老师下不了台。唉，我说你较个什么劲呐。”薛燕显然对他的情况很清楚。

“那我现在该咋办呢？”

“你先在这儿安静地呆上一段时间吧，医生可能还要对你进行进一步的观察。”

薛燕在给项小乐做完测体重、量血压等简单的体检后，就开始和他说起了九号病房的事，把几个病人的情况都说了一下，并强调这几个病例都是院里重点研究的对象。项小乐问九号病房里的人有什么特殊，她感慨地说：“你那个病房里的人啊，过去可都是聪明人噢，但最后都被一个个秘密击垮喽。这个世界由无数个秘密组成，有些秘密让人幸福，而有些秘密却让人崩溃啊！”薛燕口气听起来就像个哲人。

项小乐忽然记起先前老医生说的那句“他们的症状差不多”，一下子就明白了，自己不也是一个正在被秘密折磨的人吗？

项小乐回病房时正值中午开饭的时候，门一推，李老大他们几个都捧着饭盒对着墙在唱着一首老歌：

我心里埋藏着小秘密，
从没有再提起，
这秘密留在我心里，
永远变成回忆……

唱完后，李老大转过身来对站在门口的项小乐说："刚才唱的就是咱们的室歌，记住了，每次吃饭前都要唱哦。"

项小乐刚要去打饭，李老大附在他耳根上说："有一桩事我只告诉你一个人，那个姓张的医生只有一个睾丸，另一个被老鼠钻进裤裆里吃了，嘿嘿，这下你知道秘密了吧，想躲也躲不掉喽……"

项小乐目瞪口呆。

下午，那个姓张的老医生过来把项小乐带到自己的办公室，对他进行了测试，所谓测试就是提出几个问题让他回答。张医生总共提出了三个问题。第一个问题是：你为什么活着？项小乐回答：因为我不由自主地被生下来了；第二个问题是：你认为我们这样的医院和其他医院在硬件上有什么区别？项小乐回答：其他医院没有大铁门，这儿有；第三个问题是：你觉得在这儿和在外面最大的差别是什么？项小乐回答：在外面领导让你天天开会，在这儿医生让你天天吃药。

测试完毕后，项小乐觉得有些拿不准，就找到薛燕，想听听她的意见。薛燕听完他的表述，就说："你第一个问题应该说回答的还不错，因为'人为什么活着'本来就没有标准答案的。不过你对第二和第三个问题的回答就有些毛病了，有些传染性医院也是有大铁门的，至于你把开会和吃药说成是内外最大的差别我也不敢苟同，我倒认为开会和吃药有着内在的共同点，都是管理者的一种手段嘛。"

"那你说应该怎么回答？"

“我一时也没想好，不过你放心，这种测试只是作为医生的一种参考。”

尽管薛燕并没有说出这几个问题的标准答案，项小乐对她也还是很佩服，没想到这么多年没见，她还像小时候那样伶牙俐齿，而且现在说起话来老道而富有哲理。忽然想起她过去喜欢写诗，就说：“薛燕，你看问题还挺深的嘛，不愧是个诗人哟，现在还写诗吗？”

薛燕说：“我早就不写喽，再写下去我到这儿来就不是当护士了，而是当病人啦。”

因为薛燕的存在，项小乐感到了一丝的安慰。

星期五早晨，唱完室歌、吃完早饭后，李老大就喊着要开会。项小乐问开啥会，李老大说：“每周五的例会嘛，今后大家要自觉啊，不要每次都让我喊。”

大家围坐到李老大的旁边，先听他点名，这里的姓名是按照姓氏加床位来叫的：李老大、张老二、周老三、孙老四、左老五、项老六。点完名，李老大清了清嗓子说：“今天会议的主题是‘说出心中的秘密’，希望大家能够畅所欲言。”

话音刚落，李老大自己带头举起手来，然后说：“还是我来抛砖引玉吧。不瞒你们说，我最大的秘密就是我有丙肝呀。”

周老三不屑地说：“你天天嚷嚷你有饼干，又不给我们吃，小气鬼。”

“你不知道丙肝的厉害哦，我躲都躲不掉，你还想吃它？你听我讲完了，看你还敢吃它……”李老大开始痛心疾首地讲起来。

项小乐听薛燕说过李老大的事。李老大是一个公司的科长，本来是很有希望被提拔的，但他在一次例行健康检查时，发现自己竟然得了丙肝。李老大拿到体检报告后就懵了，赶紧去找医生咨询。医生说这种病有两种传播渠道：输血感染或者是性生活感染。李老大从未输过血，只有一次喝多了酒去洗脚，结果洗了不该洗的地方。李老大从此背上沉重的负担。在家里他不敢让老婆知道，老婆是他的二婚，比他年轻许多，他怕她知道后会离开他；在公司他不敢让领导同事知道，因为一旦泄露消息，他的提拔就会泡汤，甚至面临着被解聘的危险。李老大独自扛着这个秘密度日如年，绞尽脑汁地应付着随时出现的危机。他要向老婆解释为什么对夫妻生活突然失去兴趣了，而且在为数不多的床上活动时总要戴上安全套（他老婆是上了绝育环的）。他要向公司领导解释为什么现在不喝酒了。他还要向牌友们解释为什么不再熬夜打牌了。到后来，恐惧和担忧充斥着他生活的方方面面，每次去药店买药他都担心被人发现，把自己捂得严严实实，就像做贼似的。每次参加聚餐，他都生怕传染了别人，自觉使用公筷。他还担心洗脚房的那个小姐会把病传染给更多的人，悄悄去了一次那家洗脚房，结果发现那个小姐已经走了。李老大就在当天的日记里写下了自己的心愿：小姐啊，你要走就索性走远点吧，最好能走到日本去，让日本人都尝尝你的厉害吧……李老大严重失眠了，因为他每天睡到床上的时候，就能听到自己肮脏的血液在血管里汩汩流淌的声音。

李老大的秘密最终还是面临了一次前所未有的挑战。公司为了回报社会，设立了一个“爱心日”。在这一天就要到来的时候，董事长号召公司所有中层以上员工无偿献血。李老大一听就慌了，找到董事长解释说自己严重“三高”，血连蚊子都不愿吸，肯定是不能用的。董事长说：“能不能用上验一下不就知道了？你别怕，我年纪比你大多了，还不照样去撸袖子嘛。”李老大失魂落魄地回到了自己办公室，写下他在日记里的最后一句话：世界末日还是来临了。

李老大那天晚上没有回家，一直呆呆地坐到天亮。当献血车开进公司大院的时候，他突然蹿出办公室，楼上楼下地疯跑起来，逢人就说："我有丙肝，不是饼干的饼干，而是丙肝啊……洗脚房的小姐害死人噢，我和她只有一次，真的，只有一次呀……"

李老大就这样把自己刻意保守了大半年的秘密主动说了出来，当然他也很快被送进了精神病院。但令人惊讶的事，医院在对李老大进行入院体检时，却没有发现他身体携带丙肝病毒。经过排查，初步认定当初那次在市人民医院的体检，极有可能是医院把血样搞混淆了。而当有人把这个消息通报给李老大时，他已经在另一种精神世界里尽情遨游，一时再也回不了头了。

李老大讲完后，张老二接着讲。张老二当过局长的秘书，局长对他很好，把他当干儿子看。张老二也把局长当成自己的偶像和靠山了，当成偶像是因为局长做人做事都没话说，当成靠山是因为局长的仕途还有很大的发展空间，他坚信这座靠山比泰山还稳固。可就在一年前的一个晚上，当张老二和司机把局长送回家后，却发现局长的手机落在车上了。张老二在返回来给局长送手机时，在车子后排无意中摆弄了一下那只手机，发现手机设了密码，他鬼使神差地输入了局长专车的号码，结果竟然打开了手机。可能是酒精助长了他的好奇，他开始翻动局长手机里的图片来，结果让他大吃一惊——局长的手机里竟然藏着他和多个女下属的艳照。

张老二从此过上了惊魂不定的日子，整天胡思乱想的。他想，局长养了那么多女人肯定需要钱，这钱从哪来呢？肯定少不了贪污受贿，一贪污受贿肯定是要坐牢的，而局长做了牢，自己靠谁去呢？他还想，局长即使不坐牢，身体吃得消吗？万一突然死在哪个女人的怀里怎么办，自己还不照样是没妈的孩子像根草？张老二想来想去，大脑就突然短路了。

在讲到局长的身体时，张老二伤心地哭诉起来："局长啊，他们都说你用贪来的钱多装了一个腰子，即便你比我们多出一个腰子，但你那身子骨也不行哟，就相当于国产车装上了飞机发动机呀。你现在看上去身体确实能飞起来，但我担心你迟早会血肉横飞的，到那时候，你没有了血，没有了肉，甚至连肋巴骨都没有了，只剩下三个腰子在飞，有啥用呢？一个男人总不能整天想着让腰子飞吧……”

周老三的发言是从自言自语中开始的：“那天晚上我真的不想去看那场演出啊，是他们硬拽着我去的，谁知道一台的女人都是光屁股呢……”

周老三是农科院的一名研究人员，去年在和院里的同事去泰国考察农业项目时，被同事们拉到芭堤雅去看了一场色情表演。回国后，他在网上看到一则国家工作人员因为在境外看类似的表演被处分的消息，就开始紧张起来，和那些一道出门的同事一说，大家赶紧聚在一起定下攻守同盟——就是打死也不能把那事说出去。攻守同盟定下后，同事们的生活很快归于平静，但周老三还是惴惴不安，整天担心东窗事发。有一天晚上，他在床上说起了梦话：“你们别问我，我视力不好，啥也看不清……那些大屁股晃来晃去的我还以为是电风扇在摇头呢……”老婆啪的一巴掌把他打醒了，逼问他到底是怎么回事。周老三只好如实交代。他老婆倒也宽宏大量，说：“你要是光看看没动手那也没啥，谅你有贼心没贼胆，何况你那双贼眼也确实质量不太好。”

这件事让自己老婆知道了本来也没什么大不了，但这女人偏偏有点二货，她在麻将桌上和麻友说了起来，好像要以此来证明丈夫在社会上的地位和待遇比别人高，言外之意是：看看你们这些俗头俗脑的家伙，顶多也只能隔着衣服看看广场上那些扭来扭去的土屁股，我老公看得可是精光光的洋屁股哩。说者无心听者有意，这事就传出去了，有好事者就给上面写了一封举报信。结果，一起去泰国的人全军覆没，个个背了处分，带队的副院长还被撤销了职务。

时间不长，那几个人还是知道了大家共同的秘密是被周老三给捅破的，就把气撒在了他头上，对他极尽冷嘲热讽，甚至连他们的家属也找上门来谩骂和威胁他。周老三彻底被孤立了，院里新成立的各个项目研究小组在双向选择时，无一例外地将他拒之门外……周老三在一个 PM2.5 严重超标的早晨，戴着五个口罩出现在单位里，逢人就说："我的嘴都捂成这样了，这下你们可以放心了吧。"几乎没有人能听清楚他在说些什么，但那一天大家都好像对他敬若宾朋……

周老三刚刚说完，孙老四做了个噤声动作（他一天要做好多遍），压低嗓门说："大家小点声，特务的大搜捕已经开始了……"

孙老四在住院前，痴迷于看谍战片，看着看着就入了戏，而且入戏很深，不能自拔。他把家当成了地下交通站，每次回家都试图用暗语和老婆交流。什么"老舅病了，让你进城去给他抓点药"。老婆不懂，他就解释这句话的意思就是出了叛徒，必须立即锄奸。老婆知道他家族中有精神病史，只好顺着她说："山鹰已经起飞，兔子不会跑远。"孙老四这才感到心满意足。

有一天，孙老四忽然感觉小区里那个拾垃圾的老头很可疑，就在傍晚的时候悄悄跟踪他，一直跟到城乡结合部，当老头把一袋东西交给一家废品收购站时，他突然跳出来，用手比划成枪对着人家说："不许动，我早就看出你是个狗特务了，赶快把情报交出来吧！"老头有些耳背，没听懂他说什么，自然就没搭理他，他扑上去就把人家给打了。最后还是废品站的人打电话报了警，警察赶来后把他给带走了。他老婆知道后赶到派出所好说歹说，并交了钱才把他领了回来。孙老四一进家门就说："起风了，赶紧要把门窗关好。"老婆一看窗外风和日丽，就有些摸不着头脑，后来在丈夫的一再提醒下才知道其中的含义：地下交通站已经被特务盯上了，必须赶紧转移。老婆原以为他说说就算了，没想到孙老四整天吵着要搬家，把家里的报纸当成秘密文件烧个精光。老婆无奈，只好叫来丈夫的哥哥和妹妹，大家商量了一下，就把他送到了精神病院。

左老五是住院时间最长的了，他是天文学院的副教授，说话有些高深莫测。据说在某年某月的某一天，他预测到一颗体积庞大的小行星要和地球相撞。他立即把自己的预测向有关方面做了汇报，有关方面在组织专家论证后，推翻了他的预测。他不死心，举出了唐山大地震的例子，说当时要是相信了少数人的预测，就不会死那么多人了。有关方面的负责人对他的话嗤之以鼻，并警告他不要危言耸听。离他预测的时间越来越近了，全世界人好像都浑然不知，自得其乐，只有左副教授生活在恐惧当中。当然，除了担心自己的生命会灰飞烟灭，他更担心人类共同被毁灭。没办法，他只好四处奔波，向大家说出了那个天大的秘密。有关方面知道后，取消了他申报教授的资格，并和他的家人齐心协力地把他送进了精神病院。

左老五在说完自己的故事后，继续愤然陈辞："之所以我们这样的人会被称之为疯子，是因为像我们这样的人还不够多、不够团结，如果全世界七十亿人当中有六十亿像我们这样，而且能抱成一团的话，那被关进笼子里的人就将是另一类少数人了……"

他还没说完，李老大就带头鼓起掌来。

项小乐大约是受了气氛的影响，也竹筒倒豆一样倒出了自己的心事。这么长时间了，他还没有这么痛快完整地说过这件事。过去只要他一张口，就会被人打断，然后就是铺天盖地的劝说。现在自己面前的那几张脸是那么专注地看着他，他有些感动了，眼圈不知不觉又红了起来。在说到闵晓芸为了找泰迪熊死在雪地里时，几个病友都哭成了一团……

李老大在大家都说完后，总结性地："今天的会开得很成功啊，孙老四，你赶紧给上级发报吧。"

李老大说完就往床上一趴，项小乐还没弄明白是怎么回事，就见孙老四走到李老大的床前，马步一蹲就在他背上发起报来。

## 8

自从项小乐住进精神病院后，金庙乡机关大院就恢复了过去的常态，时间似乎也渐渐覆盖了那场醉酒的秘密，几个当事人心中被项小乐搅起的波澜也渐渐平复了。也许是有了共同的秘密，金庙乡的班子空前地团结，为人做事也变得谨慎低调起来，他们当中的绝大多数人甚至把酒也戒了。这些都使得他们在当地群众中的口碑越来越好。

但寇明理却觉得自己心里有了一条暗流，这条暗流里涌动着他不为人知的心理体验，一个更大的秘密在他心中开始累积。他变得敏感紧张、顾虑重重，甚至有时候会多愁善感。每次从项小乐办公室（现在已经闲置在那儿了）门口经过的时候，他仿佛都能听见两个年轻人的说笑声，再看看窗台上的那只空花盆，他的心就会陡然往下一沉，两张鲜活的脸已经远去——一张已经被彻底撕碎了，另一张也被蒙上了厚厚的尘埃。他自己办公室的后窗正好对着那座铁塔，每次站到窗前，眼前就会重复项小乐坠落的场景……

有一次，他去县城办事，在走到项小乐父亲的书报亭时，他顺便弯了一下，但却没有看见老项。亭子里的一个中年妇女告诉他，自从项小乐进了精神病院，他母亲的身体就垮了，老项在家服侍老婆，就把亭子转让给她了。寇明理买了一个水果篮来到了项家。门一开，老项系着个油腻的花围裙站在那儿，样子显得很滑稽，但寇明理却笑不出来，因为仅仅才过去一个多月，老项的头发全都白了，身体也佝偻起来了，就像是一只风干的大虾。老项的老伴躺在床上，脖子上围着毛巾，口水不由自主地顺着嘴角往外流。这个场景让寇明理不知道说什么好，他简单地问候了几句，就把水果篮放在了床头柜上，又从身上掏出一千块钱来压在下面。老项激动得不停地向他鞠躬，他的老伴也咿咿呀呀努力想表达出谢意来。寇明理落荒而逃似的离开了项家，一路上心绪难平，突然又想到闵晓芸的父亲给他送锦旗时要下跪的样子来，自己凭什么让这些穷苦而善良的人感恩戴德呢？他们遭受的打击当真就和自己没有一点关系吗？当某种带有赎罪意味的行为被人当成义举时，寇明理的心中其实是苦不堪言。

这段时间，他的胃病又犯了，胃里就像是被一团文火慢慢灼烤着。去医院做了个胃镜，又查出了新的溃疡。舒兰兰赶紧陪他去看一位老中医。老中医搭了他的脉，又看了他的舌苔，然后说："毛病不轻哟，你是当领导的吧，以后可不能再喝酒喽。"

舒兰兰在一旁说："他早就戒酒啦。"

老中医又盯着他的脸看了一会，说："看来你现在这胃的毛病是脾伤所致，脾气郁积，气积则胃伤哟。"

舒兰兰又抢着说："那他的脾咋就被伤着了呢？"

老中医说："古人云'苦思难释则伤脾'嘛，一定要想开点哦，当官诚可贵，生命价更高啊！"

寇明理回到家里后，突然对舒兰兰说："老婆，我要是有啥情况，你可得挺住啊！"

舒兰兰一惊，说："你胡说个啥？赶紧说'呸'。我这金庙乡的第一夫人还没当过瘾呐。"

"兰兰，我就觉得心里老是七上八下的。"

“明理啊，医生说胃病和情绪很有关系，你整天想些啥呢？不会还是在想小闵和小项的事吧？”舒兰兰的目光警觉起来。

“唉，知我者老婆也。他们毕竟是刚出山的太阳啊，那光亮说没就没喽……”

“明理啊，你咋就像项小乐那样钻起了牛角尖了呢？”

“我就是觉得心里有点怄啊……”寇明理胃里泛起酸水，接连着嗳起气来。

“你可不能怄坏身子啊，我娘俩还都指靠你呢。”

“你说我这胃咋就那么不争气呢？恐怕是好不了喽……”

“你就是思想负担太重了，明理啊，只要你觉得能轻松起来，从现在起，你想说啥说啥，想做啥做啥，大不了不做这个烦心的官了，我也不当这个第一夫人了，身体最重要呀！”舒兰兰说着眼里闪出了泪光。

几天后，阮思春来到寇明理办公室，告诉他项小乐就要出院了。寇明理脱口说了一句：“好啊，小乐子总算能重见阳光了。”

“他倒是重见阳光了，我们可能都要被赶进黑巷子喽，那小子可能会变本加厉啊，那件事恐怕终究是包不住了呀！”阮思春忧心忡忡。

“唉，我已经想开了，是祸躲不过，倒不如主动把那盖头掀起来噢……”寇明理的脸上流露出让人陌生的表情。

阮思春吃惊地看着他。

说来真怪，在精神病院呆了两个月后，项小乐的情绪渐渐平静下来了。尽管闵晓芸还是常常出现在他的梦里，但她的眼睛里的寒光已经收敛了许多。更多的时候，两人就像平常那样交流着。

张医生对这样的治疗效果也感到比较满意，但他却不知道项小乐根本就没吃他开的药。每次吃药的时候，他就像电影《追捕》里的杜丘一样做做样子。

在薛燕的运作下，张医生终于同意对项小乐进行出院前的最后一次测试。测试题目是第一次测试时的后两个问题。张医生问：你认为我们这样的医院和其他医院在硬件上有什么区别？项小乐答：别的医院有太平间，这儿没有。张医生又问：你觉得在这儿和在外面最大的差别是什么？项小乐答：在这儿身体很不自由，但说话却特别自由，而外面正好相反。张医生突然站起来，激动地握住他的手说："小项同志，恭喜你完全康复了！"

项小乐回病房收拾东西的时候，病友们对他依依不舍，李老大带头唱起了室歌：

在一个偶然的机会里，
匆匆地与你相遇，
对你有无限依恋，
那正是我的秘密……

孙老四握着他的手异常凝重地说："项老六同志，我们的电台让敌人破坏了，你出去后一定要把情报带到延安呀……"

薛燕在陪项小乐去医务室取他住院时寄存在那里的东西时，无意中发现了那只泰迪熊，就说："你一个大男人还喜欢这个呀？"

项小乐没有回答她，而是反问了一句："你知道它为什么叫泰迪熊吗？"

薛燕摇摇头，眼睛里流露出好奇来。

项小乐也摇摇头，说："我也不知道。"

这时候，项小乐的父亲带着几个亲朋过来了，他和薛燕打了声招呼就迎了过去。

项小乐随着父亲他们走出一段距离后，又回头看了看自己的病区，忽然有了一种依依不舍的感觉。这座医院的主楼还是五十年代苏联援建的，楼不高但占地面积很大，就像是一座迷宫。项小乐走出这座迷宫的时候，一下子就被耀眼的阳光给吞没了。

当天晚上，他收到了薛燕的信息：一头可爱的小熊被捆绑在那儿，等待着灾难的降临，一个叫泰迪的男人突然良心发现，亲手给它解开了绳索……

第二天，项小乐悄悄地来到闵晓芸的墓前，给她烧了不少纸钱，这一次，被烧掉的还有那只泰迪熊。项小乐在心里默默地念叨："晓芸啊，还是让泰迪熊去陪陪你吧，这恐怕是我唯一能为你做的事了……"

天空又飘起了雪花，项小乐忽然意识到，不知不觉中又到了年关。

# 和一只蚊子较上了劲

## 1

一只蚊子幽灵般地介入了我的生活，起初我并不是很介意，直到它让我的生活变得杂乱无章后，才引起了我的重视。

我是个职业诗人，已经出过八本诗集了，尽管都是自费出版的，倒贴了许多印刷费，但这并不影响我在这座城市的知名度。大家都知道我的大名叫郎一豪，笔名一嚎。我觉得自己就是一头孤独的城市狼，企图通过一声声干嚎把人们从欲望中唤醒。

刚开始，写诗只是我的业余爱好，我的职业曾经是银行职员，在营业部数钱的那种。渐渐地，我发现数钱和写诗是两种非常犯冲的行当——数钱扼杀了我许多诗的灵感。当我在一次全省诗歌大赛上获奖后，想成为中国泰戈尔的欲念一下子就膨胀开了，头脑一热，我就辞去了银行的职业，回家做起了专职诗人。

我的这次选择直接导致了我婚姻的解体。老婆业彩凤和我在同一家银行工作，人长得还算漂亮。她在和我恋爱之前，是很多男同事追逐的对象，但她偏偏只看上了我。主要原因是，别的小伙子除了数钱，就是谈钱，而我除了数钱，还会谈诗。我脱口而出的诗句总是让她心旌摇荡，这极大地弥补了我长相的某些缺憾。

但结婚后，业彩凤的诗情画意就像秋收后的稻田，一下子就荡然无存了。而我的诗性就像是缺少管理的农田里的草，肆意妄为地生长着，直至我走火入魔地辞了工作。

业彩凤在得知我辞职的消息后，如丧考妣地大哭一场，回家后做的第一件事就是把我的一大摞诗稿烧掉了。那个晚上，我的脸在诗稿形成的火光的映衬下显得有些狰狞。业彩凤在和我离婚后的一次谈话中曾向我透露，她当时看着我的脸很是害怕，因为她想起了某个杀妻的著名诗人。或许正是因为这种恐惧心理，她在离婚时没有和我过多地纠缠财产问题，她给我留了这两居室，并且没有觊觎我父母留给我的唯一遗产——一间门面房（这是我辞职后唯一的生存依赖）。其实她想多了，我在还没有"著名"之前，是不会干出那种失去理智的事的。

离婚后，我的物质生活水准急剧下降，我经常泡方便面吃，有时候连泡也不泡，打开方便面袋子就啃。一边啃方便面一边在稿纸上写诗，成了我日常生活的一个重要场景。有一天，一个蟊贼趁我不在家光顾了我的寒舍。这个蟊贼运气实在是太差了，可能算是看到了他职业生涯中最不堪回首的一幕：我凌乱的屋里除了诗稿就是那些方便面袋子。蟊贼一气之下，在我的诗稿的空白处留下了他的墨宝：一个连"来一桶"都吃不起的穷鬼，还写个鸟诗呀！写完后，他还极有创意地在诗稿上留下了几枚硬币。我回家看见后差点气晕了，这简直就是对我的侮辱，其对我造成的打击程度远远超过了钱财被偷。

似乎也正是从业彩凤离开我的那个夏天起，那只蚊子就乘虚而入了。我不知道它的到来和业彩凤的离去有没有必然的联系，反正这只蚊子注定是和我结上梁子了。这只蚊子总是鬼鬼祟祟地飘忽在我的周围，冷不丁在我皮包着骨头的身上饕餮一下。尽管我睡觉时被子裹得就像木乃伊，仍然逃不过它的见缝插针。我曾经多次想消灭它，但最终它都狡猾地躲了过去。看它阴魂不散的样子，我只好采取了躲的办法。我换到书房里睡觉去了，而且是事先装着仍在卧室睡觉的样子，突然像闪电侠那样换过去的。但那只蚊子好像早就得到了情报，十分准确及时地追随我的身体过来了。

我把这件奇怪的事告诉了当中学教师的姐姐，她立马警觉地问我：你怎么知道那是同一只蚊子呢？我解释说：这只蚊子很特别，首先是它的声音，不像一般的蚊子那样单调地哼哼，而是带有一点乐感的嗡唱；其次，它的行动极为诡异，总是把人骚扰得很疲劳后才下嘴。姐姐对我的话不屑一顾，说我可能是因为精神紧张导致出现了幻觉。我当场反对，说：我一没领导管束，二没老婆烦心，三没同事算计，凭什么会紧张？再说了，我身上的红肿总是真的吧？我痒得钻心总是真的吧？姐姐看我急了，息事宁人地说：好好好，这也不是什么大不了的事，过一段时间就好了。

可是时间到了冬天，那只蚊子还没有一点离开的意思。我气得大骂：奶奶个腿，别的蚊子都放寒假了，你却在加班加点地害人，你它娘的怎么就那么爱岗敬业呢？骂着骂着我就迁怒于业彩凤，她要是不离开这个家，这可恶的蚊子也不至于盯着我一人下劲，她的身体可比我白嫩多了。

这只蚊子不仅影响了我的日常生活，还影响了我的创作，本来我一天能写一百多行诗的，现在却只能写十多行了，而且质量堪忧。它让我成天处于一种萎靡和烦躁之中。

我的这种状态让姐姐十分担忧，她来到我家，婉转地劝我要去看心理医生，还递给我一大叠从网上下载的资料。

刚开始，我并没把姐姐的话当回事，直到有一天我路过那家叫丁香雨的心理咨询中心。

## 2

我走进丁香雨心理咨询中心，很大程度上和它的名字有关，因为“丁香雨”这三个字多少还有点诗的韵味。

咨询中心在一座写字楼的九层上，我在九楼的走廊上看到了该中心的宣传栏，里面贴着几个咨询师的照片，为首的是一个叫欧阳丁香的女人，她是个留美博士，也是中心的主任。我走进靠门的那间咨询室时，看见咨询师的位置上坐着一个三十多岁穿白大褂的男人，他身后的背景墙是一幅大海的照片——阳光和煦的大海上飘着点点白帆，一群海鸥在浪花间追逐。我坐到他对面的一张凳子上，正准备选择一个切入点向他咨询，突然又进来一个中年男人，穿着笔挺的西装，很有书卷气的样子。我感觉有些面熟，就是一时想不起来了。书卷男进来后几乎无视我的存在，直接对咨询师说：医生，我忙呀，你先给我看看吧。

什么毛病呀？穿白大褂的男人一副多见不怪的样子。

我总是讲脏话，不由自主地讲脏话，而且越讲越亢奋。

那有什么，谁没说过脏话呢？

可是我是个大学教授啊。

大学教授怎么了？蒋介石还说娘希匹呢。

蒋介石那样的大人物谁敢和他计较呀，可是我说脏话得罪人哟。妈的，我这张破嘴也不知怎么了。

没什么大不了的，中国人对脏话的承受能力还是很强的嘛，你看看中石油被网民骂成那样，不还是照样吃香？真正得罪人的事不是骂脏话，而是背后捅人家刀子，比方说乱写人家举报信。

正说着，门外又进来一个穿风衣的女人，三十多岁，很有风韵的样子。我一看就认出她就是照片上的欧阳丁香。她一进来就冲着咨询师座位上的那个男人说：萧海洋，你坐在我位置上让我还怎么上班呀？萧海洋赶紧起身一边脱白大褂，一边嬉笑着说：欧阳医生，我是趁你不在，临时客串，过把当心理医生的瘾嘛。说完又向那位喜欢讲脏话的教授道起歉来。

原来，这个叫萧海洋的也是来看心理医生的，而且是个老主顾了。

接下来，欧阳医生分别接受了我们三个人的咨询。我是最后一个进去的，欧阳医生在听完我的叙述后，就让我说说童年的经历，强调最好要详细点。我就按照她的要求从上幼儿园说起，说了将近一个小时，才说到上二年级。欧阳终于有些不耐烦了，打断我，提示性地问我童年时是否受到过某种刻骨铭心的侵害。我说没有，童年时父母姐姐老师同学都对我挺好，要说侵害，就是上小学五年级的时候，我在看人家踢足球时，那只足球不知怎么就正好踢到我脑门上了，当时我一阵迷糊。欧阳对这件事很感兴趣，忙问我后来有没有呕吐，有没出现暂时性失忆。我说没有，很快就活蹦乱跳了，还把肇事者家长送来的一筐荔枝吃个精光。她听了好像有些失望，又问我成年后受没受过什么打击。我就把业彩凤和我离婚的事说了，而且强调那只蚊子就是在我离婚后出现的。

欧阳把右手攥成拳头往左手的掌心里轻轻一击，说：你怎么不早说呢？症疾就在这儿了，你对业彩凤的离去看似漫不经心，其实是耿耿于怀，因为正是她的离去让你的生活变得杂草丛生。在你的潜意识当中，那只蚊子就是业彩凤派来的，或者干脆就是她本人……

一番分析后，弄得我将信将疑，就问她下一步该怎么办。她问我和业彩凤还有没有破镜重圆的机会了。我摇摇头说：镜子的碎片都扫到垃圾桶里了，哪还能重圆呢？何况离婚时业彩凤已经把我们结婚时的誓言反过来说成“我们不可能第二次握手了，除非海枯石烂”。

欧阳对我最后的诊断结论是，我患上了轻度分离型癔症，开出的方子是让我尽快寻找爱情。

走出咨询室，我看到萧海洋的和那个教授居然还没走，坐在走廊的椅子上说话。教授眉飞色舞地说着什么，萧海洋一副洗耳恭听的样子，面部表情生动地配合着他 。我从教授的言谈举止中一下子认出了他，他不正是灵城大学中文系的副教授戚大开吗？说起戚大开，在灵城市可以说是有着极高的知名度，他是教古典文学的，以擅长讲才子佳人而著称。市电视台还专门为他开了一个“大开讲坛”，让他去讲历史上那些经典的才子佳人的故事。每周有两个晚上，很多灵城人都会雷打不动地候在电视机前等着戚教授开讲。他的语言优美生动，也很会煽情，不少人被他煽得泪眼婆娑，特别是那些中老年妇女更是哭得不加掩饰。据说其催泪指数已经仅次于某部冗长的韩剧了。我奇怪，这样一个满腹经纶的学者居然也来看心理医生了。

看见我走过来，戚教授停住了讲话，友好地对我说：我们在等你呢。

等我？等我干吗？我感到有些惊讶。

因为我们感觉你是个与众不同的人，你这长相就很艺术嘛。

我知道自己头部的某些特征反差太大——头上的毛发越来越稀，但络腮胡子却越来越密。就自嘲地说：我这长相概括起来就是该长的没长，不该长的乱长。不瞒两位，我现在就指望食指的指纹上能长出一撮毛来，这样我就不用买牙刷了。

我的玩笑话拉近了我们之间的距离，很快三个同病相怜的人就这样一见如故了。戚大开和萧海洋分别都向我做了自我介绍。我才知道，萧海洋也算是个体面人，他是市文明办的办公室主任。

当我介绍完自己后，萧海洋惊讶地说：你就是那个为了写诗而辞职的诗人呀，啧啧，这年头为文学献身的人真是不多了，佩服、佩服！

我一冲动，就提出要请他们两个去喝酒。戚教授说：还是我来请你们吧，毕竟我还有些讲座费嘛。我说：是我先提出来的，当然是我请客，你们今天谁也别和我争了，我也算是个多产诗人吧。这话一说我就有些心虚，多产不假，但稿费却少得可怜，我之所以还没有穷困潦倒，多亏父母留给我的那间门面房，它一年能给我带来三万元的租金。尽管日子过得紧巴巴的，但这并未影响我成为一个对朋友出手大方的人。我始终认为一个小气巴拉的人是成不了大诗人的，诗人就是要有“千金散尽还复来”的大气，李白连五花马、千金裘都愿拿去换酒给朋友喝，我请次客算什么呢。

正争着请客，欧阳丁香从里面出来了，看见我们就说：你们还没走呀？

萧海洋说，我们还在讨论如何消化您的指示呢。

欧阳说：这也好，我建议你们仨多交流交流，在交流中可以互相倾诉，很多心理上的小毛病都和缺少交流有关。

我故意说：我们仨在一起要是交叉感染怎么办呢？

欧阳笑了笑说：那就要看你们怎么交流了。打个比方你们可不要生气，科学实验表明，几种有害物质在一起产生化学反应后，说不定就能形成好东西。反之，好东西也会变坏的。

戚教授深有感触地说：您说得有道理，才子和佳人都是美好的，但历史上才子佳人遇到一起往往就会成为悲剧。

我用诗的语言进一步说明：太阳是美好的，露珠也是美好的，但它们注定是不能相互守望的，因为当太阳升起的时候，露珠就会黯然退场。

欧阳笑了，说：你们都是非常聪明的人，我相信你们会迈过心里的那道坎的。

## 3

自从那次我请客以后，我们三个人就经常在一起聚会了，时间不长就成了无话不谈的朋友了。在交谈中，我对戚大开和萧海洋的“病情”也有了一些了解。

先来说说戚大开吧。

戚大开最大的痛苦是，他在公众场合总是口吐莲花，而一旦走进相对自我的空间后，总喜欢自言自语。一般情况下，一个人的自言自语是不会对别人造成伤害的，但他的自言自语中却夹杂着大量的污言秽语，这很容易让不小心听到的人产生误解。戚大开为此吃尽了苦头。

有一天晚上，他去学校的阶梯教室给学生们做讲座，走到教室门口，才发现教室里黑灯瞎火的。他把教室门一推就骂了起来：这帮婊子养的学生就是欠揍，敢耍老子，老子操你们亲娘……正骂得收不住嘴，教室的灯突然亮了起来，他一看，座位上坐满了学生，讲台上放着一个大蛋糕……

这一天是他四十岁生日，同学们本来想给自己最崇拜的老师一个惊喜，但却被他骂得目瞪口呆。一位准备领唱《生日歌》的女生满脸绯红不知所措地站在那儿。戚大开也傻了，他恨不得一头撞死在讲台上。

除了得罪学生，戚大开那张破嘴还得罪过领导，这恐怕也是他至今还没评上正教授的重要原因。在他第二次申报正教授职称的时候，他给分管教学的常务副校长康怀志打过一个电话。自从教授职称的评审权限下放到学校后，康怀志的意见举足轻重。在听了他的倾诉后，康副校长表示出应有的同情，提醒他要把硬件材料准备好，还特别提到了公开发表的论文和专著。戚大开最近刚刚在一家国家级刊物上发表了一篇论文，一听康副校长的提醒，赶紧就说要把那篇论文送给他看看。康怀志让他马上把论文送到他办公室来。戚大开喜滋滋地捧着那本刊物找康副校长去了。到了康怀志办公室，发现门开着，但里面却没有人。他在沙发上坐了一会，突然感觉有些内急，就夹着那本刊物走到走廊尽头的卫生间里。戚大开有个不为人知的小毛病，就是每次撒尿都要等待好长时间。就在他等待撒尿期间，他又自言自语说上了脏话，不过他这次说话的内容针对性很强，就是针对自己体内迟迟不肯出来的尿液。他低头专注地看着自己的物件，仇深似海地骂道：奶奶个腿，你狗日躲起来就行了？看你还能在里面磨叽多长时间，老子非把你逼出来不可。妈的，老子堂堂一个大名人还能被你这泡骚尿憋死？一番酣畅淋漓的痛骂后，一泡尿终于欢快地撒了出来，他抬起头来很享受地吹起了口哨。但就在这时，身后传来马桶冲水的声音，戚大开惊讶地回头看了一下。只见康副校长铁青着脸从一扇门后面出来了。戚大开没想到厕所里还有人，而这个人恰恰正是他要找的康副校长。他打了一个尿颤，刊物掉在了地上。他草草尿完，捡起刊物跟在康副校长后面想做些解释，他想说：康校长，我刚才真的不是骂您的，您想，我正准备求您办事，怎么会骂您呢？我那是在骂我自己哟。但又觉得解释不通，恨不得扇自己一个大耳光。刚一愣神，康怀志已经进了自己的办公室，他快步跟了进去，尴尬地笑了笑，把刊物递了过去。康副校长一副公事公办的表情，让他把刊物放在办公桌上……不久以后，评审结果揭晓了，戚大开却再次与正教授的职称擦肩而过。

除了在外面独处的时候喜欢讲脏话，戚大开在家里更是脏话连篇，所不同的是，在家里说脏话他基本上不避老婆和儿子。家里停水了，他就骂供水公司是更年期的老婊子，没水还装骚；家里停电了，他就骂供电公司是死不悔改的电老虎，迟早死翘翘……老婆是市地税局的一名科长，还算比较通情达理，总是劝他别骂脏话。他听了以后，竟然连老婆也一并骂起来：老子骂脏话怎么啦，难道还要向你们缴税啊？你们这些收税的简直就是他妈的周扒皮。

戚大开的老婆很痛苦，苦就苦在还有很多人对她很羡慕。一位女同事对她说：你真幸福啊，我们只能在电视上听你老公讲话，你却能每天零距离听你老公说笑，多有趣哦。戚夫人每次听到这样的话，表情都很复杂。没有人知道，自己的老公连说梦话都带脏字。

戚大开家里养着一只鹦鹉，也跟着他学会了讲脏话，动不动就说“他妈的”。老婆几次要把它放走，戚大开都没同意。

鹦鹉学舌倒也罢了，问题是戚大开在家里的表现严重影响了儿子，大约是受了他的精神污染，儿子上初中开始就脏话不离嘴了。上高中后，老婆实在不想让儿子也成为一个脏话坯子，干脆带着他住回了娘家。戚大开基本上也就成了孤家寡人。

戚大开对自己的毛病深恶痛绝，有时候，他甚至怀疑自己的体隐藏着一个恶毒的歹人，这个歹人总是不合时宜地跳出来，借他的嘴来宣泄对人世间的不满。他决定要和这个歹人斗争到底，但经过一番努力后，他觉得这个歹人实在是太强大了，自己一旦稍有疏忽，就会成为他的傀儡。有一段时间，他认定自己是得了秽语症，但上网查了一下，这种病大多只有儿童期才会有，成人后一般就会自然消失。

听了戚大开深刻的自我剖析，我就主动帮他找病因，尽管我自己也是个“病人”，但我还是急病友之所急。

分析到最后，我初步判断出他的病因所在。

戚大开从小生活在一个单亲家庭，当中学教师的母亲对他期望值很高，从小对他要求就很严。他上初一的时候，有一次和班上一个男同学吵了起来，双方都用最恶毒的语言咒骂对方的长辈，戚大开还急中生智地发明了几句杀伤力很强的脏话。母亲闻讯赶来，制止了这场眼看要演变成打斗的争吵。回到家后，母亲罚戚大开跪了半宿。第二天一早，又带着他来到父亲的坟前，让他发誓，今后再也不说脏话了。

自此以后，很少有人听到戚大开说脏话了，他渐渐成为大家眼里听话的乖孩子了。但没有人知道，正是从那时候起，他说脏话的欲望愈加强烈了，只不过为了遵循母亲的戒律，他拼命地压制着自己。

戚大开告诉我，他开始很放肆地说脏话，是在他母亲去世后。

## 4

现在我再来说说萧海洋。

萧海洋是写机关公文的行家里手，他从乡里的一个文书靠着摇笔杆子一路摇到了市文明办。据说市里争创全省乃至全国卫生城市的大材料都是出自他手。市里的分管领导对他写的讲话稿基本上是免检的。如果不出意外的话，他凭着一支神笔肯定会把自己的前程画得非常锦绣。事实上，他差一点就成为这座城市最年轻的副处级干部了。之所以说差一点，就是因为关键时候出了意外。

三年前，萧海洋被提拔为文明办副处级调研员的公示贴出来后，市委组织部及时收到了关于他的举报信，举报他在推荐前有拉票行为。证据就是他在推荐前一天请单位的同事吃了一餐饭。组织部的同志来调查的时候，他觉得很冤枉，自己确实在那天请了客，但那是因为自己在超市买完东西刮发票时竟然刮出了五千元大奖，大家知道后，都嚷着让他请客的。组织部的人就问，为什么你早不请客晚不请客，偏偏在推荐的前一天请客呢？还问，既然你说没有目的，为什么你在酒桌上频频敬酒，让大家今后对你多多关照呢？萧海洋有口难辩。提拔的事也就此搁浅。

这件事对萧海洋的打击很大，这以后，他就开始集中智慧揣摩到底是谁写了他的举报信，但想到最后，文明办二十多个人都不能排除嫌疑，甚至包括主任。因为主任是刚调来的，而自己是老主任面前的红人。这样一想，萧海洋的心态就出了问题，他感觉自己就像是掉进动物园猛兽区的盲人，身边危机四伏，但又不甘心就此被撕成碎片，他开始盲目地出击了。

表面上看，萧海洋的言行并没有出现丝毫的异常，他还是老老实实地上班，兢兢业业地写材料。在大家眼里，他还是那副文质彬彬的样子，从来不发一句牢骚。但一回到家，他就把自己关在书房里，开始写举报信。他先从单位的领导和同事入手，对他们一一进行举报。虽然这种匿名信上面很少认真地来查，顶多也就初核一下，但萧海洋还是乐此不疲地写。渐渐地他就写上了瘾，举报的范围从单位扩大到社会，举报的内容和形式也丰富多彩起来。

就这样，萧海洋同时扮演了喜鹊和乌鸦的角色，他白天写着歌功颂德的正面材料，晚上就写着揭短抹黑的反面材料。写着写着他就发现二者之间有着一定的联系，只要把表扬稿中说的反过来写，就有可能是一篇有血有肉的举报信。有一次，他在给省文明办写一个汇报材料时，表扬了某区重视绿化，新建的道路两旁栽满了大树。晚上回到家里，他就开始把同样的素材写成了举报信，举报该区栽大树是不计成本地搞政绩工程，还别出心裁地给举报信加了一个题目:《岂能今人栽树今人乘凉?》。市委书记收到这封信后很重视，做了批示，并在大会上批评了这种好大喜功的现象。萧海洋知道后，备受鼓舞。

如果萧海洋一直兢兢业业实实在在地写举报信，也不是什么坏事，说不定他还能揪出几个腐败分子。但遗憾的是，他后来在举报的道路上越走越偏，很多举报信都凭着想当然，甚至还有创作的成分，这就有悖举报者的职业道德了。比如市里有位画家，在自己的画展上展出了一幅“群犬闹春图”，萧海洋在参观画展时，数了一下上面的犬，三十六只，正好和市里四大班子的人数相同(不含挂职的)，就随手写了封举报信寄给了四大班子的主要领导，说人家影射领导，弄得市文联还专门找那位画家谈话。

市里很多单位的门口都设有意见箱或举报箱，大多数时候，这些箱子都像是结扎后妇女的肚子——空空如也。但萧海洋每次看见那些箱子，就总想着往它们的空肚子里塞点什么。塞完以后，他就会觉得异常兴奋。有一次，萧海洋一不小心，把写给老婆的保证书丢进了市委宣传部的意见箱里了。前两天，他参加了一次同学聚会，一不小心喝多了，是一个当年仰慕他的女同学把他送回家的。刚到家门口就被老婆看见了，和他大吵一顿。老婆醋意很浓，非逼着他写保证书不可。他只好写了，但老婆觉得不深刻，让他重新写。他在办公室花了一个多小时，终于把保证书重写了一遍。没想到鬼使神差居然把它当举报信投出去了。萧海洋身上的冷汗一下子就冒了出来，这要是让部长看到了还得了呀，因为他在保证书里承认自己在见到那位女同学后产生了某些不良的想法，还保证每周和老婆在床上的活动不少于三次。这时候已经下晚班了，他掏出手机想打电话把宣传部办公室程主任请来，又觉得开不了口，只好走到意见箱前用手晃了晃，但那箱子就像保险柜一样是被焊牢在墙上的，纹丝不动。最后，他只好悻悻而归。第二天一早，他就夹着一条用报纸裹起来的“软中华”，候在宣传部的走廊上。程主任一来，他就跟着他进了办公室。好在都很熟悉，他把烟一放，就请程主任把意见箱开一下。程主任不解，说，你小子不会是魂丢在意见箱里了吧？这箱子好几年都没开过了，上哪找钥匙呀？萧海洋谎称，自己的一个老同学喝多了和自己开玩笑，把他的身份证给丢进箱子里了。程主任在抽屉里找了半天，才在一只信封里找出意见箱的钥匙。萧海洋一把就夺了过去。

这件事让萧海洋多少有些警醒，他意识到，再这样下去，自己迟早要把自己给毁了。再说，大家要是都知道他有打黑枪的嗜好，那还不群起而攻之呀！尽管由于他做得很巧妙，所有的人甚至包括他老婆都没能发现他的“第二职业”，但他还是感觉有些不安了，他开始痛恨自己的这种泛滥的举报思想了，但他就是欲罢不能。他自己也弄不明白，只要一回到家里的书房，他就像白素贞喝了雄黄酒，很快就原形毕露了。

萧海洋终于忍受不了自己这种阴阳分裂的人格，主动去看心理医生了。

## 5

我开始按照欧阳医生的建议去寻找爱情了。

在做出这个决定之后，我打算先彻底改变一下自己的形象，我要做的第一件事就是刮掉我的络腮胡。对着镜子，我仔细端详着自己的脑袋，发现它就像是一座景色衰败的山，山顶光秃秃的，而山下却是杂草丛生。其实我并不太喜欢自己的络腮胡，在和业彩凤离婚前，我一度有过一个奇特的想法，就是想把络腮胡移植到脑门上，真正做到毛尽其用。为此我还去咨询过整形医生，但人家告诉我，这些胡子移到脑门上是成活不了的，就像山下的麦子移到山顶上肯定会死的。我只好作罢，任凭那些兴旺的胡子在我的腮帮子上泛滥了。

我毅然刮掉了胡子，脸上顿时感觉轻松了不少。然后我穿上了那件刚买的休闲西服，又感觉自己年轻了不少。接下来，我就开始物色我的意中人了。

我的第一选择是找一位同样喜欢诗歌的女人，最好能年轻一点。经过多方打听，我终于得到一个令人振奋的好消息：我当年的一个女粉丝现在居然离婚独居了。天赐良机，我千方百计地找到了那个笔名叫冷溪的女人。她现在在一家保险公司当业务员，虽然三十多岁也不算年轻了，但还是通过各种化妆品在和岁月做着顽强的抗争。当她在保险公司的大厅里看见我时，光亮的脸上立即生动起来，说：郎老师，你还能想起我呀？我强调自己只是路过这里，顺便来看看她，并婉转地表示如果可能的话，想请她共进午餐。她竟然满口答应了。

走进饭店的时候，我就设计好了谈话的头绪，我准备先和她谈诗，唤醒她当年对我崇拜的记忆；然后再和她谈家庭生活，激活她对自己已故婚姻的不满情绪，最好她能在向我倾诉的时候掩面而泣。这样的话，一切就水到渠成了。

可事情的发展远远出乎我的意料，往餐桌前一坐，我很快就失去了说话的主动权。冷溪口若悬河地说起了她的保险事业，重点是介绍意外伤害保险的重要性，让我难以置喙。好不容易菜上来了，我等她把一块五花肉放进嘴里的间隙，很艰难地插进一句话：冷溪，我寡人一个天天躲在家里，买这种意外伤害保险有意义吗？冷溪一听，立刻放弃了对五花肉的细嚼慢咽，她吞下肉块，腾出嘴来向我举例说明，某某宅男在家洗澡被电死了，还有某某光棍在家睡觉被贼杀害了……为了佐证自己的说法，她还掏出手机，把她存储的那些意外事件图文翻给我看。其中最蹊跷的是，一个男人早晨起床打了一个喷嚏，结果就断了三根肋骨。介绍完这些，她终于说出一句富有诗意的话来：人生无价，泰康有情！

盯着冷溪那张像是装了发动机的嘴，我恍惚了，这就是当年那个害羞地朗诵雪莱诗句的女孩吗？我决定放弃和她讨论诗歌的打算了。还没等我缓过神来，冷溪举着酒杯贴了过来，说：豪哥（这是我首次被人这样称呼），你就买一份保险嘛，我不会让你吃亏的。冷溪的眉眼间荡漾出一丝暧昧，我的大脑一热，大方劲又上来了，当即就自我加压答应买上两份保险。冷溪喜出望外，立马很熟练地就从挎包了拿出一份合同来，手把手地教我填好后签了名。签完名我就有些后悔了，因为这几千块钱的保险费对我来说还真是个问题。但我随后又安慰自己，如果通过这两份保险能和这样一个美女发展下去，也算值了，大不了将来的受益者是她。我自信地认为，她只要和我待上一段时间，我肯定能激活她的诗意，从而使我俩的生活风花雪月起来。

第二天，我从姐姐那儿借来钱把保险费缴上了。可过了几天，我连续打了几次电话约冷溪吃饭，她却推说有事，到最后干脆电话也不接了。我心里堵得慌，打电话向戚大开倾诉，他在电话了说了一句很有哲理的话：一豪啊，你和这样一个保险女谈感情，那也太不保险了吧！

首战失利后，我的睡眠状况更加糟糕了。那只蚊子也更加嚣张起来，只要我一上床，它就会神出鬼没地缠住我，声音开始变得像小和尚念经那样令人乏味。我经常张开两只手掌，想等它飞进我的伏击圈，然后一举击毙它。但它就是不上钩。等我手举累了，刚放下来歇会，它却又冒了出来。我只好胡乱地在空中反复击打着双掌，而即便手掌拍得通红也没拍掉一只蚊子腿。于是我只好运用灭蚊剂、风油精等“化学武器”来对付它了，但任凭我把身上和家里都弄得异味刺鼻，但那只蚊子仍然是一副百毒不侵的样子，逍遥地在我周围飞来飞去。我不明白那只蚊子干吗老是和我过不去，有本事你去叮那些网红裸女去呀，她们不穿衣服等着你去叮呢；或者你去叮那些贪官富豪也行啊，他们的血营养高着呢。

我几乎崩溃了。

找不到爱情我就找女人（当然不是找那种乱七八糟的女人），反正我要想办法分散那只妖蚊给我造成的痛苦。

这一次，我把门槛放低了——只要看着稍微顺眼就行。我就像一只发情的瞎猫一样在这座城市里乱窜一气，但最后却连一只死耗子也没碰上。于是我又像是一只饿极了的兔子，把目光盯住了窝边草——我关注的是小区里的一个裁缝铺。这家裁缝铺设在我家对面楼下的一间车库里，我在书房的窗户前经常能看到那个埋头干活的女裁缝。女裁缝叫小娥，三十出头，圆圆的脸，是从农村过来的。我起初注意这家裁缝铺，并不是因为小娥的那张圆脸，而是她门口放的那些假模特。这些假模特身上大多数时候穿着小娥做出来的衣服，但也有些时候是赤裸着的，这就难免让人想入非非。尤其是对我这样一个情商很高的光棍诗人，更是会浮想联翩的。我不知怎么就联想到小娥身上了，一打听，她居然是一个寡妇，丈夫是出车祸死的。我就决定在她身上试试我的魅力。

我去了一趟裁缝铺，让小娥给我做一套唐装。小娥看看我，说：唐装都已经过时了，你还做呀?

现在又时兴梦回唐朝了，我就穿着它穿越一回喽。

你们文人说话就是不一样。

你怎么知道我是个文人?

小区里谁不知道你啊,听说都出过书了。

不多,只出了八本。我伸出拇指和食指做了一个手势。

小娥羡慕地看着我,这就鼓励我和她多聊了几句。言谈中,她对城市生活充满了渴望,她想在城里安个家,还想把女儿接到城里来念书。我觉得,她的理想给了我可乘之机。

我第二次到她铺子里玩的时候,给她带去了一本我的最新诗集《落花流水》。小娥拿在手里翻了半天,说:你这也太浪费纸了,每张纸上就这么几个字,空出那么多。你要是裁缝可就亏大喽。

我解释说:这是诗歌排版的形式决定的。

小娥说:我不懂,只知道你们城里人就是大手大脚的。

我不想和她再探讨这个问题,就开始转移话题,问她最近生意怎么样。她叹口气告诉我,小区里生意难做,要是能在街上开个门面就好了。

临走的时候,小娥叫住了我,说:大文人,能帮我起个店名吗?

我点点头,答应回去帮她想想。回到家里,我一想就觉得很滑稽,我这样一个知名诗人,在邻居眼里其实根本就不算什么,他们只有在起名字、写挽联这样的小事上才会想起我来。前不久,小区里的一位富婆居然抱着条狗敲开了我的门,让我给那狗起个名。我问她这狗原来叫什么名字。她说就叫宝贝。我说这不挺好的嘛。她说好是好,就是容易引起误会。有一天晚上,小狗突然跑了,她急得满小区喊"宝贝"。结果把一个五十多岁的醉汉喊来了,醉汉说:别喊了,我这不来了嘛,你喊这么大声,让我老婆听见咋办?我听她一说,笑了起来,然后即兴给她的狗起了个名字:也也。富婆问我干吗起这个名字。我解释说,就是这也好那也好,它好你也好的意思。

富婆一听欢天喜地地走了。从此，小区里时常能听到她喊“爷爷”的声音。看着她追着一条狗的后面喊“爷爷”的滑稽样子，我心里有一种恶作剧般的快感。

我还是很认真地帮小娥的铺子取了个好听名字：剪云阁。听我解释完店名，小娥很高兴，硬是把唐装的工钱打了折。

一来二往，我和小娥的关系热乎起来，甚至提到了谈婚论嫁。这期间，我帮小娥办过不少事，其中一件比较重要的事就是把她女儿弄到城里来上小学一年级。当然这件事还多亏了萧海洋的帮忙，那所学校正在申报市级文明单位，他打了个招呼就办成了。

小娥家似乎有办不完的事，但我已经不在乎了，我急需要一场爱情甚至是一场男女关系来摆脱那只蚊子的纠缠。

但我和小娥最终还是走向了无言的结局。

那天中午，我给她送去治皮炎的药膏。她和女儿正准备吃饭，小桌子上放着一砂锅热气腾腾的骨头汤，而砂锅下面就垫着我送给她的那本诗集。一本伟大的诗集居然派上了如此用场，我顿时感觉到这滚烫的砂锅就像是压在了我的胸口上，我闻到了一股被烫焦的肉皮味。小娥丝毫没看出我的表情变化，当着女儿的面对我说：郎一豪，我们结了婚你可得把你那间门面房让给我做裁缝店哦。还有，你现在住的房子的房产证上可不能只有你一人的名字哟。我愣在那儿，心里拔凉拔凉，等她再想问我什么的时候，我掉转身就走了……

我的爱情之路再次戛然而止。

那只蚊子变本加厉地骚扰着我，其嗡叫声中带有明显的嘲弄意味。

## 6

我把戚大开和萧海洋约到一家叫“老生常谈”的茶楼喝茶，向他们倒起苦水来。

戚大开听完我的感情遭遇后深表同情，并设身处地地帮我分析起来：一豪，说句老实话，如果只是论长相和处境，女人们不一定能看上你，但你的才华一旦被一个懂你的女人发现了，她一定会视你为珍宝，你俩注定会上演一场现代版才子佳人的大片。

萧海洋冷冷地说：如果真有那样的女人，她肯定病得比我们还严重。

我发起牢骚：是啊，现在的女人太势利了，崔莺莺到哪去啦，蔡文姬到哪去啦，舒婷呢？舒婷怎么也沉寂了？

戚大开继续安慰我：崔莺莺会来的，蔡文姬会来的，舒婷也不会老去的。

我倒完苦水后，心情稍微平静了一点。但就在这时，戚大开和萧海洋也分别叹起苦来。原来，他们的情况也没见好转。

按照欧阳医生的建议，萧海洋平时在人群中可以适当地发发牢骚，省得他憋着一肚子气晚上乱写举报信。萧海洋经过慎重考虑，本着不伤和气的原则试探性地发起牢骚来。他选择的话题是雾霾，因为这是大家同仇敌忾的东西。他开始抱怨起雾霾来，列举出雾霾对人体的种种伤害。他的知识面让同事们很是折服，有人就夸他，说想不到他不仅能写，还这么会说。萧海洋受到鼓励后就控制不住嘴了，平时积压在心中的块垒就喷发出来了，随后就由天灾说到了人祸。他指着几个有私家车的同事说：你们都是雾霾的帮凶，有几个钱就嘚瑟着买车，其实这是害人害己啊！如果说萧海洋牢骚只是得罪一下同事，那倒没什么大不了，问题是他最后竟然说到领导头上去了，他说市里最近建造的一个大型养牛基地简直就是雾霾基地，因为最新研究表明，牛屁是雾霾的重要组成部分，由此可以证明，引进这个项目的领导的脑袋极有可能是被门挤了。

萧海洋越说心里越畅快起来，有了一种荡气回肠的感觉。

但话很快传到主任的耳朵里，主任立马就找他谈话，说：海洋啊，你最近怎么啦？你过去可一直是个谨言慎行的人呀，怎么也学会瞎咧咧了？你知道说这种话的后果吗？

萧海洋尴尬地站在那里，僵硬地点着头，直到这时候，他才觉得自己确实说了不该说的话。

他的发泄疗法刚刚开了个头就夭折了。

一招不灵，萧海洋又想到了欧阳教他的另外一招，就是晚上在家和老婆一道看电视，一直看到筋疲力尽为止，不让自己有时间和精力来创作举报信。

萧海洋的老婆和其他女人不一样，她不喜欢看言情剧，只喜欢看抗战剧。萧海洋只好陪着她看。刚开始几天还好，他总是能在电视里传出的枪炮声中迷迷糊糊地打发着时间，没再偷偷写信。但再看下去就不行了，因为那些剧情越来越雷人了：一个抗日英雄一掌就将一个鬼子少佐的头打得像陀螺一样在颈脖上转圈；一个被鬼子轮奸的女人突然凌空飞起，裤子自动穿好了，然后有如神助地瞬间杀掉了几十个鬼子；还有一群女人竟然光着身子向八路军战士敬礼……萧海洋实在有些受不了，忍不住走进书房奋笔疾书，他要向有关部门举报那些变态的导演。这样一来，他乱写举报信的毛病又被诱发了，而且大有抽刀断水水更流的架势。

萧海洋的毛病没有治好，戚大开也好不到哪儿去。

欧阳给戚大开的建议是，每次他要控制不住说出脏话了，就应该及时惩罚一下自己的肉体，提醒自己管好自己的嘴。戚大开采纳了她的建议，每次只要一说出脏话来，他就把手伸进裤兜里狠掐一下自己的大腿。这种方法本来还有点效果，但有一天晚上他老婆回家了，事情又出了岔子。

那天是他和老婆结婚二十周年纪念日，老婆突然良心发现，觉得在这样一个日子里不能丢下他一个人不管，就回来了，而且还做了一桌菜在家等他。戚大开回家一看，非常感动，当即在心里发誓要痛改前非。那天晚上吃饭，他和老婆分喝了一瓶干红，谈话也一直在温馨的气氛中进行，戚大开自始至终都没蹦出一个脏字来。老婆根本没有注意到，他的左手一直放在裤兜里，不停地掐着自己的腿。她对他浪子回头的表现还比较满意，说：大开，祝贺你终于脱胎换骨了。晚上睡觉的时候，老婆主动提出要和他温存。而当戚大开迫不及待地把衣服脱光后，问题就来了。老婆看见了他大腿上的乌青，在认真审视了一番后，就断定是戚大开趁她不在家的时候，和别的女人搞上了，而且搞得还疯狂变态的。因为她认定戚大开并不缺少愿意为他献身的女粉丝，于是一把鼻涕一把泪地哭闹开来。戚大开为了证明腿上的乌青确实和“治病”有关，就掏心掏肺地说：我掐腿真的就是为了警告自己不说脏话，事实证明已经取得阶段性成果了，现在就连家里的鹦鹉也不说脏话了。他刚说完，外面那只鹦鹉就开了口：他妈的、他妈的，不说了、不说了……老婆一听就吼了起来：戚大开，你就撒谎吧，你听听，你那只破鸟可比你诚实多了。戚大开怎么解释也没用，一下子就心烦意乱起来，老毛病又发作了，突然就破口大骂起来，脏话就像是零存整取的钞票一样从点钞机里刷刷就出来了。结果，老婆连夜摔门而去。

听完他俩的叙述，我安慰他们说：你俩比我好多了，你们骂完了、写完了还照样睡觉、照样工作，而我呢，被那只该死的蚊子弄得吃不香睡不着，诗也写不下去了。戚大开听我这么一说，反过来安慰我说：我俩的问题比你严重多了，你只是伤害自己，而我们伤害的是别人。我敏感地说：你的意思是我连伤害别人的能力都没有了？萧海洋马上插话说：戚教授的意思是，你是先害自己再害……哎哟，你就别计较喽，反正我们都是害虫……于是，三人笑成了一团。

通过这次交流，我们初步认可了戚大开的说法，那就是在我们的体内存在着一个"隐形的自我"，而这个"我"常常又是我们无法控制的。

为了努力控制住这个"我"，我们决定再去找一次欧阳丁香。来到"丁香雨"后，欧阳的女助理告诉我们，她的老公得了重病，这段时间她一直陪在医院里。我们感到有些吃惊，就纷纷问起了有关情况。女助理的眼睛一下子就红了，向我们说起欧阳和她老公的故事。

欧阳和她的老公乔马从中学一直到大学都是同学。从中学时代开始，欧阳就非常仰慕多才多艺的乔马，上了大学后，在欧阳的主动下，两人共坠爱河。但欧阳的父母知道后却坚决反对，主要原因是两家的门户差异太大。欧阳的爷爷是个将军，她父母也都是军官，而乔马却出自穷困的农村家庭。为了阻止他们的爱情，欧阳的父母连哄带压把女儿送到美国留学去了。而乔马大学一毕业就进了本市的一所民办中学教书，两人的差距一下子就拉大了。尽管欧阳还是不停地通过书信和网络和他联系，但他已经有些自卑了。后来，乔马所在的那家民办学校倒闭了，他只好四处奔波去找工作，最后在一家私人博物馆里谋得一份当讲解员的差事。这家博物馆的收藏很特别，专门收藏古尸和古尸身上的物件，看上去就像个太平间。但乔马好像对那里很适应，只有对着那些古尸，他的眼睛里才会流露出一丝光亮来。这期间，他断绝了和欧阳的一切信息来往，也拒绝了别人对他婚姻的关心，整个人变得怪怪的。

而就在他抑郁消沉的时候，欧阳丁香重新出现在了他的生活里。原来，她为了心爱的人放弃了在美国的事业，回到了他的身边。刚开始，乔马对欧阳的出现并没有表现出应有的激动，相反，还在继续躲避着她。而欧阳却天天往博物馆跑，并利用自己学到的心理学知识小心地疏导着他。慢慢地，乔马的脸上终于灿烂起来了。最后，欧阳冲破家庭和世俗的阻力，毅然和他结了婚。欧阳丁香用爱情拯救了沉沦的乔马，乔马自然也十分珍惜妻子的爱，每天晚上都要烧上几个菜等妻子回来。吃完饭，两个人就沿着护城河的情人堤散步。欧阳沉醉在丈夫给她营造的温馨当中。

但天有不测风云，丈夫突然发现患上了胰腺癌，欧阳一下子从幸福的云端里跌落下来，整个人就懵了。

我们三个赶到医院看望了乔马。只见他全身插满了管子，眼睛深深地陷在了眼窝里。欧阳脸色苍白地守在一旁，看见我们，眼泪就下来了。我们说了一堆没用的安慰话，最后心情沉重地离开了病房。欧阳追出来送我们，在走廊上，她问我们最近的情况怎么样。我们实在不想打扰她，都缄了口。欧阳说：你们不说我也知道，我给你们下的方子没达到预期的效果吧？

我们只好都点点头。

欧阳无奈地叹了一口气，说：真是对不住你们啦，我也只有这点法道了。

萧海洋说：你就别管我们了，还是先把乔老师照顾好吧。

欧阳默立在那儿，人显得憔悴而恓惶，和一个知名心理医生的形象很不吻合。

在回去的路上，戚大开有感而发：家家都有一本难念的经，人人都有难言的苦呀！

萧海洋自言自语地说：难道心理医生也要看心理医生呀？

路边的一家商铺里传出孙楠唱的《拯救》：夜深人静的时候，我就潜伏在你的伤口……

## 7

我们生活的这座城市已经被雾霾牢牢地控制着，太阳就像个退隐的长老，已经失去往日的威严，只是偶尔露一下苍白的脸以示自己的存在。一些坏消息就像蝙蝠一样开始在城市的缝隙里飞窜，股票狂跌、老板跑路、官员自杀，还有刚刚修好的立交桥就发生了严重车祸……我们开始考虑要逃离这座城市，哪怕是暂时的离开。

“十一”长假，我们共同谋划了一次出游，地点是皖南山区，方式是自驾游。车子是戚大开的私家车，他和萧海洋轮流开。当车子从收费站的门洞驶入高速公路的时候，我回头看了一下我们的城市，突然觉得我们就像是被它那张大嘴吐出的几枚枣核，心中不免有些惶然。

第一站是九华山。进了山门一看，到处是人头攒动，我们就先找了个小旅社住了下来。吃过晚饭，我们决定趁晚上人少，上山去转转。于是，三个人打着手电筒沿着山道拾级而上。中秋旁边的月亮一尘不染地挂在天际，营造出一派“明月松间照”的景象来，不知名的秋虫在草丛中呢喃，衬托着山林间的寂静。这与我们那座城市的喧哗简直是异如天壤。似乎是不愿打破这种难得的寂静，我们一路无语。

不知不觉，我们来到一座寺庙前，抬头一看，门匾上写着“祇园禅寺”几个字。戚大开忽然心血来潮，提出要进去找个高僧请教一下。我和萧海洋跟着他刚走到庙门口，就见一个僧人双掌合一拦住了我们，说：施主，本寺已经歇息，有什么事明天来好吗？戚大开赶紧告诉他，我们是慕名而来，有要事要见一下方丈。僧人依然不温不火地拒绝了我们。就在我们准备离去的时候，昏暗处传来一个苍老的声音：静竹，让他们进来吧。静竹带着我们来到一间禅室，我们看到一个面目清癯的老僧人坐在那里。静竹介绍他就是方丈。让座后，方丈问：施主夜晚造访，有何见教？戚大开就把我们心里纠结的事向他做了大致的介绍，并请他指教。

方丈闭上眼睛用手数着胸前的佛珠，说：一念觉悟佛在心，一念迷惑魔在心，心魔所致啊！

戚大开急切地问：大师，怎么才能祛除心魔呢？

方丈说：魔由心生，还需心灭。魔之业障，还需佛之加持。

我听了似懂非懂，插话说：到底怎么才能灭去心魔呢？是封杀好呢，还是赶走好呢？

方丈睁开眼睛对我说：这两种方法皆不是上乘之举，最高境界是让魔转化成佛。

戚大开还想再问下去，方丈已经站了起来，说：施主，时候不早了，老衲要歇息了。你们都是聪颖之人，只不过暂时遇到业障，迟早会顿悟的。

下山的路上，一直没说话的萧海洋说：这老和尚说得也太玄乎了吧。

戚大开却似有所悟地说：这就是禅机啊！

下了九华山，我们又一路漫游起来。皖南的山水清新宜人，特别是在轻柔的氤氲中，宛如仙界。而那些古村落又让我们仿佛穿越到从前。无论是看到的，还是感受到的，似乎都超越了现实。在那些亦真亦幻的景象面前，我时常莫名其妙地就流泪了。这几天，我奇怪地发现，那只蚊子的叫声变得孱弱起来（尽管我感觉它还是一路黏着我），我的睡眠也好了许多。

当我们在一个叫查济的古村庄住下时，我终于忍不住诗兴大发，当天晚上我就开始了组诗《皖南——我来迟了》的创作。临近半夜的时候，我已经完成了前两首诗的创作，便想着要和戚大开和萧海洋分享。正要出门，戚大开却主动过来了，兴奋地对我说：一豪，这次我可有了大的收获，回去后我要做一场关于古徽州才子佳人的专题讲座。我就问他，徽州的才子佳人有没有什么特别之处。他说：有呀！我讲座的题目都想好了，就叫《错位的徽州才子佳人》。徽州的才子不但重文而且重商，这就决定了大部分才子的人生走向并非学而优则仕，而是错位在了官商财气之间，淡去了一份儿女情长。而徽州佳人却因为男人的错位而错位，她们不再是花前月下的美人，而是独守空房的怨妇……戚大开的话让我想起流传在徽州的一个故事：一个新婚少妇在丈夫远行后，靠刺绣度日，每年将余钱购得一枚珠子，用彩线穿起来，叫"纪岁珠"。年复一年，妻子的生命在等待中消磨。等丈夫回来后，她已经去世三年，留下一串长长的珠子，晶莹如相思泪珠。后人为此写下"珠累累，天涯归未归"的诗句……从这个故事中，我真正体会到徽州女人的艰辛。她们何尝不在经受着心魔的煎熬呢？但她们几乎无一例外地选择了对心魔的强力封杀。有些年轻的寡妇为了扼杀由视觉带来的不洁念头，竟然残忍地用一枚烧红的银针刺瞎自己的双眼，在永远的黑暗中固守着一个贞女的信念。她们对付心魔的手段让人望尘莫及。

我和戚大开越说越感慨，声音不觉就大了起来。隔壁的萧海洋听见后，也走了过来。我看他手里拿着本子和笔，就说：你小子是不是老毛病又犯了，想写信举报我们呢？萧海洋说：这几天，我不想写别的，只想把皖南山区村庄布局和建设的特点总结一下，或许对我们市里的美丽乡村建设有借鉴作用呢。我说：你小子这趟没白来，终于改邪归正喽。

看来这次皖南之行，我们三人的症状都有所缓解了。

查济是我们皖南之行的最后一站，我们在离去的那个上午依然有些不舍，沿着铺满鹅卵石的小巷走着。在一个长满花花草草的小院里，我们看到一个穿着对襟大褂的老头坐在那儿一边喝茶，一边看着石凳上的一个象棋盘，好像是在琢磨一盘残局。我好奇地走进去，站在一旁看了起来。老人也不说话，眼睛始终不离棋盘。我忍不住问：老先生，怎么没看你动棋子呀？老人抬眼看看我，和蔼地笑了一下，说：这盘棋我已经看了好多年了，我从来就没想过要把它下完，而是在想这棋局是怎么下到这份上的。我听他这么一说，感觉又遇上高人了。

出了老人的院子，我又走进对面一家专卖奇石的小店里。戴眼镜的店主迎上来热情地向我介绍起石头来。我挑了一块案几石，付钱的时候，顺便向他问起对面的老人的情况。店主笑笑，说：你算是问对人了，老莫可是我的石友呢。

据他说，老莫年轻的时候还是个机关干部，后来因为受不了机关里的是是非非，一气之下辞职下海了。但没想到，商场更不消停。他先是做钢材贸易，成天是求爹爹拜奶奶，一张热脸尽跟着别人冷屁股后面贴。后来他又经营起一家鸡窝矿，更是穷于应付。他既要应付上面检查，还要应付群众找茬，而最伤脑筋的就是要提防周边同行的算计。有好长一段时间，老莫一直生活在恐惧中，生怕自己被人暗算了。后来，他干脆家也不回了，索性就住在了矿上。晚上睡觉的时候，他必须在卧室门口拴上两条藏獒才会稍微踏实一些。由于忙于所谓的事业，老莫渐渐疏忽了家人。有一天，儿子到矿上来找他，竟然不小心被车子撞了。而肇事车辆正是老莫矿上的大货车。老莫赶到现场的时候，儿子已经死了。血肉模糊的尸体旁是一只变了形的饭盒，里面装着老莫最爱吃的酱肉……

儿子死后不久，老莫的妻子也突发脑溢血去世了。老莫一下子醍醐灌顶，幡然醒悟了，觉得自己之前所做的事都是本末倒置毫无意义的。在办完妻子的丧事后，他就将鸡窝矿给处理了，把自己的大部分资产都捐给了慈善机构，然后开始四处云游，打发着内心的痛楚和郁闷。十年前，他落户查济，就此过上了这种“悠然见南山”的生活。看他现在这种闲云野鹤的样子，别人根本不会想到他人生的大起大落。据说，老莫还有个女儿定居在加拿大，一直想让父亲过去共同生活，但老莫拒绝了。

老莫的故事让我知道，什么样的人才是真正能将心中的魔转化成佛的人。而这对大多数人来说，又是何其艰难啊。

皖南的美景陶冶了我们，皖南的奇人也感染着我们，在回来的路上，戚大开的车里一直播放着一种神秘的佛乐，让我们感觉超然物外。

## 8

可是回到我们所在的那座城市不久，我又旧病复发了。

那只蚊子再次强烈地侵入了我的生活，它像个阴谋家一样算计着我，声音中分明带有自鸣得意的意味。我经常能感觉它停在了我的脸颊上，为了能够将它拍死，我不惜狠抽自己的嘴巴，但即便我将脸打肿了，还是让那只狡猾的蚊子躲了过去。有一次，我迷迷糊糊感觉那只蚊子又落在了我的脸上，但这次我没有急于动手，而是耐心地等着它将尖嘴插进我肉里吸血的那一刻。我始终认为，蚊子和人一样，在饕餮的时候是最容易放松警惕的，要不然杨子荣也不会趁座山雕搞百鸡宴的时候上威虎山了。我一定要把握战机，一举击毙那个大吃大喝的家伙。果然，蚊子开始吸血了，我感觉我的血液就像果汁一样通过一根吸管被吸掉了。我毫不犹豫地一掌打了下去，一阵疼痛过后，我用手在脸颊上搓了起来，感觉手心里全是蚊子的尸体。但等我彻底清醒后，我才发现，那些被我误认为蚊子尸体的东西竟是我的络腮胡的胡桩子。原来，在我不经意当中，那些胡子又疯长了起来。

就在我想方设法准备和那只蚊子做一次彻底的了断时，传来一个消息：业彩凤和他们银行的一个副行长结婚了。那天中午，我正在家里啃着一只“乡巴佬”鸡翅，接到过去的老同事的电话后，一根鸡骨头就横在了我的喉咙里。我不明白，业彩凤怎么会嫁给那个可笑的家伙呢？那家伙年轻的时候也曾追求过业彩凤，当年业彩凤压根就没把他当盘菜，还常常在我跟前提及他追求她的种种不耻之举，这让我在对他气愤之余产生了一种优越感。而现在轮到我失落了，那家伙成了副行长兼我前妻的现任丈夫了，可以说是官场得瑟、情场得意了。我在银行工作的时候，他是办公室的一名副主任，成天屁颠屁颠围着行长转。他有个“折叠椅”的绰号，就是见什么人身体就自然折叠到什么角度，见到行长，他自然就折成了九十度了。他随身带的包里放着各种各样的工具和药品，耳扒、牙线、指甲钳、眼药、胃药、感冒药，等等（我还怀疑有没有伟哥和避孕套之类的东西），当然这些都是为行长准备的。我亲眼看到行长在一次大会结束后，头只是不经意地抖了几下，“折叠椅”就及时掏出耳扒递了过去，行长接过耳扒很陶醉地掏了起来。“折叠椅”虽然很会来事，但文字功夫却很差，在擅长文字的办公室主任被省行调走后，他纠结自己能否顺利接班。不过他很快就找到了以长补短的机会。行长的父亲正好去世了，他忙前忙后不说，还在灵堂里哭得感天动地，一副孝子贤孙的样子。他的哭声终于彻底打动了行长，不久他就如愿以偿地当上了办公室主任。本来我和他并没有什么过节，但他在听说行里要把我调到办公室搞文字工作的时候，却坚决反对，还把我曾经写的一首愤世嫉俗的诗送给行长看了。行长皱着眉头看完我的诗后，立即断定我是个有文艺细胞的危险人物，怕我这头狼在他身边嗥出什么事来，就打消了调我到他身边的打算。我知道后，就想去找“折叠椅”理论，但业彩凤却拦住了我，让我别和这种小人计较。在我与业彩凤恋爱和结婚后的一段时间里，“折叠椅”始终是我们俩茶余饭后谈笑的对象。但万万没想到，她现在居然嫁给了他。

我在努力排除那根鸡骨头的同时，突然想到，难怪那只蚊子这几天叫得那么得意了。我开始抱怨起业彩凤，你怎么就不能有一点徽州女人的境界呢？人家是“珠累累”，你却是“人累累”。找了一个丈夫又找一个丈夫，你不是“人累累”，是什么？尽管我并不后悔和业彩凤离婚，但她对自己婚姻的选择还是让我耿耿于怀。业彩凤啊业彩凤，你可以不再喜欢诗和写诗的人，但你也不能一下子变得那么没品位吧？

我开始怀念在皖南的那些日子了，真想就像老莫那样抛开烦恼，隐遁世外。

戚大开和萧海洋回来后，也和我一样还了原。我们三个难兄难弟没事就泡在一起海聊，只有聊到兴头上，我们才会忘记自己是个“病人”。

但时间不长，我们就发现了交叉感染的问题了。戚大开学会了我的清高和虚空，不再到处讲课捞钱了，他甚至打算停掉电视台的讲坛了。萧海洋学会了戚大开说脏话的毛病。过去晚上写举报信的时候，只是默默地伏案疾书，现在却边写边骂起来。有几次，差点让老婆知道了他的隐私。

而我竟学会像萧海洋那样搞举报活动了。我住的对门有一家家庭棋牌室，已经开了好几年了。本来我对它的存在熟视无睹，但有一天，我突然就看着不顺眼起来，就给派出所打了个举报电话。但派出所的人却说，这种以娱乐为主的棋牌室，他们一般不管；我又给环保局打了个电话，环保局说麻将声产生的声响还够不上有关条款，让我找物业去处理；找物业，物业说收物业费比联合国找美国收会费还难，他们正准备撤退了；我不死心，就又给棋牌室的行业归口单位文体局打了个电话，而文体局的人说棋牌室早就放开了，不需要持证经营了。一圈电话打下来，居然没人理睬我，我才体会到举报事业的艰巨性。于是我干脆写起举报信来。信是直接写给市长的，我把棋牌室以及公安、环保、文体等部门一股脑告了上去。终于引起了重视，几个部门组成的联合执法小组检查了这家棋牌室，并现场宣布停业整顿。事后我才知道，这家只有两张麻将桌的棋牌室是一对下岗夫妇开的，而在被取缔后，夫妻俩就开始干起了捡垃圾的营生。我于心不忍，为了表示歉意，总是偷偷地在他们家的门前放上几个矿泉水瓶之类的东西。

我把我举报和举报后的心理和萧海洋说了，萧海洋不以为然地说：这算什么，我遇到的狗血事比你纠结多了。他告诉我，就在前不久，市委宣传部要对各单位中心组学习情况进行一次检查，按照检查要求，单位领导班子成员除了要提供足够字数的笔记，每人还要撰写两篇心得体会文章。萧海洋一看文明办领导们写的那些体会文章都比较空洞，就怀疑他们是从网上下载的，于是就忍不住向市委宣传部长举报起来。结果，部长就把那封匿名举报信批给了文明办主任，要求立即整改，并表示要亲自来检查学习情况。主任接到部长的批示后，立马把萧海洋找来，让他帮自己写两篇有血有肉的体会文章。萧海洋只好把任务领回去了。而紧接着，几个副主任也分别来找他帮忙写文章。弄得萧海洋连续几个晚上都没睡好觉。

好不容易把那些材料写好交差，他准备回家好好睡一觉，主任又让他就举报信反映的情况写一份整改材料，还要求一定要写深刻一点。萧海洋只好再次疲惫地趴在了电脑旁，但没敲多少字，那些字就像是蝌蚪一样，在电脑屏幕上游走起来……

听了萧海洋自找麻烦的举报经历，我笑了起来，说：你小子没想到扔出去的石头会弹回来砸了自己吧？萧海洋发牢骚：妈的，难道我反映某个人有病，就要我帮这个人把病看好了才行？

就在我们感到有些难以自拔的时候，媒体报道出，我们的周围出现了一些更加让人匪夷所思的病例。一个富婆在一家饰品店偷手机挂件被店主发现了，店主让她打开她的拎包把挂件拿出来，她一气之下，竟然将自己的苹果土豪金砸在了地上。纷争中警察过来了，打开她的爱马仕一看惊呆了，里面尽是些廉价的手套、袜子和裤头之类的东西。富婆被带到派出所后，承认自己是偷东西上了瘾，如果一天不偷就会出现心慌、气喘、眩晕等诸多症状。警察在对她训诫后把她放了，而就在她老公开着奔驰来接她的时候，她却顺手牵羊，拿走了派出所的几个纸杯。

还有一个家境很好，子女也很孝顺的老头，经常化妆成乞丐在街上乞讨。他乞讨的东西很特别，不要吃，不要穿，更不要钞票，只要别人吸剩下的半截香烟，而子女们给他买的整条的好烟他却看也不看一眼。

最离奇的病例是，一个农村老太太自从被儿子接到城里居住后，就迷恋上了吃泥巴。她的两个裤兜里装满了土坷垃，没事就往嘴里塞，就像是城里人吃口香糖。家里花盆里的泥巴都让她吃得差不多了，她便到小区里四处去找泥巴吃。儿子没办法，只好将老太太送回农村老家，而回去后，老太太立马就不再吃泥巴了。

鉴于上述病人的病情比我们严重多了，我们的心理稍稍平衡了一些，甚至还有些庆幸，就像肝炎患者见到肝癌患者一样。

## 9

我们三个约定，每个礼拜六的下午要到澡堂泡澡。我们常去的那家澡堂叫“改变你我”，虽然条件不是很好，但名字却很吸引我们。我们喜欢泡在热水里闲聊，那是一种透彻心扉的放松。

但这个约定的下午，萧海洋却一直没来。我们三个人当中，唯一过着正常家庭生活的人是萧海洋。我真是有些佩服他，做这种高危地下活动，居然在单位和家里都瞒得严严实实。

看萧海洋没来，我就想打电话给他，但戚大开却说：别打了，人家不像我们，夫妻俩恩爱着呢，难免总有些事情吧。

泡完澡，我和戚大开在街上闲逛着。走到国庆路口的时候，发现萧海洋拎着一个大蛋糕迎面走来。我叫停他，说：萧海洋，难怪不和我们去泡澡了，原来是为了给小情人过生日呀！

萧海洋说：真对不起，今天是内人生日，走不开啊。

戚大开说：我们今天倒要看看你这蛋糕是给哪位内人买的。

萧海洋急了，说：你们如果不信就随我一道回家，正好我今天买了好多菜呢。

我和戚大开就稀里糊涂跟着萧海洋后面走着。萧海洋没有带着我们直接回家，而是来到一家背街的老庙黄金店。在店门口，他说要帮老婆选一条金项链，我们只好跟着他进去了。

店里很冷清，只有一名女营业员和一名保安。女营业员三十岁左右的样子，长得虽然不是很出众，但一张白净而细腻的脸看上去很舒服。她在给萧海洋挑项链的时候，我无意中发现柜台内的一张板凳上放着一本书，仔细一看，竟然是我的那本《落花流水》。这时候，女营业员也认出了我，惊喜地说：是一嚎老师吗？真的是你呀！

我点点头说：你认识我？

那当然喽，我听过你的讲座，还收藏了你所有的诗集呢。她说着从凳子上拿起了那本诗集。

我一下子愣住了，想不到现如今竟然还有这样的文学女青年，就问她：你也喜欢诗呀？

对对对，尤其喜欢你的诗。她说着就朗诵起我的诗句来：落花时节我流泪了，但我的泪水里没有悲伤只有感动，因为我看到了一种情投意合的场景，落在溪流中的花瓣是幸福的，亦如落在情人怀里的娇娘……

我被眼前的这个女人感动了。这么多年来，我还没遇到过一个真正崇拜我的人，现在终于出现了，而且还是个美女。我突然感觉自己的鼻子有些发酸，就像一个被冤假错案折磨了大半辈子的人一朝被洗清了罪名一样。我的脑海里迅速闪现出业彩凤、冷溪和小裁缝等诸多女人的嘴脸，这些俗头俗脑的女人和眼前这个脱离了低级趣味的女人简直是不可同日而语。我顺便打听了一下，她叫田雨苇——一个从少女时代就沉醉在诗里，而且直到现在还难以自拔的女人。事后我还知道，田雨苇难能可贵地还是个剩女。

我盘算了一下，就觉得今天是我最幸运的日子了，因为有人帮我证实了自身的价值。

但仅仅隔了几十秒钟，我的感觉就天地倒转了，原来倒霉的事不期而至了。

就在我和田雨苇酣谈的时候，外面突然闯进来一胖一瘦两个戴口罩的男人（以下我将称他们为胖匪和瘦匪）。胖匪一进门就掏出手枪，把我们三人以及田雨苇和保安全部逼到一个角落。而瘦匪则用一把铁锤狠命地砸着柜台的玻璃。我注意到，田雨苇在后退的过程中，机警地按动了柜台一侧的报警器。

瘦匪在将大量的黄金首饰装进挎包后，就招呼同伙撤退。这时候，保安突然冲上去抓住了胖匪持枪的右手，两个人扭打起来。我们还没有反应过来，瘦匪窜过来一锤子砸向了保安的脑袋。保安让了一下，铁锤砸在了他的嘴角处，顿时鲜血就从嘴里喷了出来，他摇晃了一下，一屁股坐在了地上。

就在这时，门外响起了急促而纷乱的脚步声。胖匪到门口张望了一下，对瘦匪说：不好了，警察来了。正说着，门外的警察就用喇叭喊了起来：里面的人听着，你们已经被包围了，趁你们还没有造成更大的恶果，放下武器走出来吧！

胖匪的眼睛里露出一丝慌乱，赶紧上去按电动卷闸门的按钮，但不知怎么门只放下一大半就停了下来。瘦匪一把扯下口罩，露出狰狞的面目，对胖匪说：慌啥，就你这瓜㞞样还咋干大事？他让胖匪继续看着我们，自己则冲着门外喊：老子既然干了，就没想过被你们抓活的，有本事开枪，老子这里还有六个垫背的呢。

胖匪点了一下人数，不满地说：你咋还把我也算上了？

瘦匪吼道：都啥时候了，你还计较这个。

这时候，外面又喊：抵抗是毫无意义的，争取宽大处理是你们唯一的出路。

瘦匪从包里掏出一把和胖匪几乎一模一样的手枪，对天花板开了一枪，说：你他娘的少废话，快给老子弄辆车来，要新的，没上牌照的。

外面沉默下来了。

在僵持中，暮色悄然临近了。胖匪将我们赶到后面的一间值班室后，就持枪坐在门口守着。他的眼睛不停地眨着，我用我刚从欧阳那儿学到的心理学知识判断，这算是一种紧张的微表情，于是就劝他：兄弟，你还年轻，何必走上这条道呢？你要是能放我们一马，我们会为你说好话的。胖匪持枪的手有些颤抖，语气里含着一丝无奈：我们也是没法子啊！只要你们老老实实地呆着，我们也不想把你们咋样。等会车来了，只要你们当中有一个人陪我们就行了。你们现在就可以考虑一下，到底推荐谁了。他的话，让气氛稍稍缓解了一些。

保安嘴里的血还在淌，估计是牙齿被砸掉了。田雨苇掏出纸巾一边给他擦着血，一边向我们介绍起他来。保安叫叶涛，原先是一名很优秀的刑警，破获过不少大案，后来竟然因为违反纪律被辞退了。说起他被辞退的原因，还真有点亏。三年前的一个春节前，叶涛在城里打工的几个老乡找到他，说他们在一个砂场打工，老板不但克扣他们的工资，还找人威胁他们。叶涛出于同情，立即就帮他们去找那个老板。没想到那个老板根本就不买账，还弄来一些不三不四的人来围攻叶涛。那天，叶涛恰好刚执行完一个抓捕任务，身上的配枪还没上交。在拉扯当中，腰上的手枪不小心暴露了，那帮人就过来要抢枪。叶涛情急中一拳将一个马仔的鼻梁差点打折了。这件事发生后，叶涛主动向分局领导写了检查，并承担了伤者所有的费用。而那个老板倒也没有太计较了。市局最后给叶涛一个记过处分。按说，这件事就算是过去了。但接下来却出现了关于叶涛的举报信，这些内容相同的举报信很快就飞到了市里和省厅有关领导的手里，矛头集中到一点——就是叶涛持枪帮人讨债。最后，叶涛莫名其妙地就被当作害群之马辞退了。

听了叶涛的故事，我唏嘘不已，就问他是否知道是谁写的举报信。叶涛摇摇头说：知道了又能怎样呢？戚大开在一旁愤愤地说：这种小人也太可恶了！我看了一眼萧海洋，他的脸色有些苍白，眼光显然在回避着我。我想叶涛的遭遇对他这个乱写举报信的人也许震动很大。

我们在相互交流中缓解着紧张的情绪。这时候，瘦匪突然闯了进来，而胖匪看他进来后，赶紧去了店堂，接替他和警察交涉起来。瘦匪的脖子上乱七八糟地挂着多根金项链，样子看上去挺滑稽，但他显然比胖匪凶多了，他站在那里，目光凶恶地扫视了一圈，最后落在了戚大开的脸上，说：哈哈，原来你就是那个在电视里说才子佳人的家伙呀，老子总算找到你了。

戚大开说：你找我干吗？

老子找你算账，我女朋友就是因为喜欢看你的烂节目，结果跟一个能当她爹的老才子跑了。那个老狗日的用一张破嘴和一根假项链就把她给骗走了……哈哈，老子今天有这么多真项链了，全是三个九的！瘦匪用手摆弄着脖子上的那些项链，就像是抓着一大把蚯蚓。

戚大开说：你女朋友的选择也许是对的，跟着你项链肯定是戴不成，也只有戴手铐的份。

瘦匪破口大骂：你个狗娘养的，死到临头还敢顶嘴，老子今天非撕了你这张臭嘴不可！

瘦匪满嘴脏话，让人听了实在受不了。我说：这位大侠，你说话客气点好不好，人家可是大学教授呢。

什么鸟教授，白天是教授，晚上是野兽。瘦匪用枪指着戚大开说：你他娘的糟蹋过多少女学生，快说，不然老子先拿你试枪。老子杀过几个人，但还从来没杀到过一个文屁冲天的人呢。

瘦匪用枪指着戚大开，做出要扣扳机的动作。我突然鬼使神差地冒出一句：别别别，我也是个文人啊。

瘦匪鄙视地看着我，说：你他娘的长得就像鼓上虱似的，还冒充文人？你要是文人，老子就是文豪。

他的鄙视一下子激怒了我，为了证明自己确实是个文人，我一把拿过田雨苇手里的那本诗集，向他展示出封面上我的照片。

瘦匪夺过书一看，说：狗日还真是个诗人呢，看来也不是啥好鸟。那好，我就先给你个机会。

我说：你想干什么？

他将书的封面撕了下来，递到我面前，说：你把这张封面吃了，老子立马放你走。

见我不动弹，他就用枪顶住了我的额头。我头上的汗顿时就冒了出来。说老实话，如果不是因为田雨苇在场，我很可能就会把那张印有我头像的封面撕碎了放在嘴里嚼烂。但田雨苇就在我的身边，我不能让我唯一的粉丝失望，于是我努力保持着视死如归的样子，但只有我自己知道，我的身体已经变得僵硬起来。我突然没来由地想到，我在冷溪那儿买的两份保险眼看着就要兑现了，而我的姐姐在拿到理赔后，一定会哭得死去活来的。而在我死后，冷溪一定会将我作为一个案例不厌其烦地讲给她的顾客听的。悲哀和恐惧就像一把钢钳一样夹住了我。

瘦匪可能把我僵硬的姿势理解成一种对抗，一下子就暴怒了，用枪头不停地点着我的脑袋，一次比一次重。就在这时，田雨苇嗖地蹿了过来，一把夺过瘦匪左手上的封面，并用身体挡在了我的前面。我没想到一个弱女子在生死关头能做出这样大胆的举动来，冰凉的心中顿时涌过一阵热流。

瘦匪愣了一下，对田雨苇说：你这个臭婊子，还想冒充女大侠是吧？说着就用枪柄恨恨地砸在她的头上。鲜血迅速顺着田雨苇的发际流了出来，她的身体踉跄了一下。我赶紧上前扶住了她。

这时候，一直没说话的萧海洋开了口：在女人身上撒气算啥好汉？

瘦匪一听，上去就是一脚踢在他的胸口上，萧海洋从椅子上翻落下去。瘦匪用枪指着在地上呻吟的萧海洋说：你敢多嘴，老子今天就先杀了你。说完就要扣动扳机。千钧一发之际，保安叶涛冲了上来。

砰的一声枪响，叶涛身体晃了一下，一头栽倒在地上。

与此同时，我和戚大开共同扑向了瘦匪。紧接着，萧海洋和田雨苇也扑了上来。我们将瘦匪紧紧地压在了身下。而店堂里的胖匪听到声响后，立即赶过来支援同伙。

就在情况十分危急的时候，几名特警强行冲了进来。胖匪刚进值班室，就被一颗子弹撂倒了。紧接着，瘦匪就被两名特警制服了。

我抱着满脸是血的田雨苇走出了店门，外面站着许多荷枪实弹的警察和大量围观的群众。当我把田雨苇送上一旁的救护车后，她贴着我的耳朵说：郎一豪，别为我担心，我没事的……今天我终于找到花瓣落在溪流中的感觉了……

我的眼泪刷地就下来了。

我们是在当天晚上到公安局做笔录时，才知道叶涛已经牺牲了。萧海洋听到这个消息后，号啕大哭起来。我和戚大开也哭了起来。很长一段时间，我都没这样悲伤地哭过了。

## 10

我和田雨苇恋爱了。由于有了之前的铺垫，我们的爱情迅速升温，我甚至有了初恋的感觉。我这条溪流变得欢快起来，带着田雨苇这枚脱俗的花瓣一路奔向诗意盎然的景色里。

那只古灵精怪的蚊子也不再猖獗了，一副大势已去的样子。即使偶尔在我面前出现，也只是无声地滑过，大有“扇一扇翅膀不带走一滴鲜血”的意味。在一个初夏的夜晚，我终于信手拍死了一只蚊子。我不知道这只躺在血泊中的蚊子是不是那只一直在纠缠我的蚊子，但从此以后，我不再被蚊子骚扰了。

就在我摆脱蚊子纠缠的同时，戚大开和萧海洋也分别走出了各自的阴影。

戚大开不再不由自主地说脏话了。他说，当人质期间，那个瘦匪的满嘴脏话对他刺激很大，所以他现在每说一句脏话就会想到那个面目可憎的瘦匪。而对瘦匪形象的强烈排斥，导致他不再说脏话了。

其实，我知道他不说脏话还有一个更重要的原因。我们被困金店的那天，他的老婆儿子都闻讯赶来了，站在门口焦急地等待着事态的发展。他老婆还给他发了一条短信：大开，你一定能平安回家的，只要你平安回家了，哪怕我和儿子继续生活在你的骂声中也没关系。戚大开事后把这条信息从手机里调给我看的时候，眼圈竟然有些发红。我想，这短短的几句话对他触动是非常大的。

萧海洋是在这次事件中受到震动最大的。道理很简单，叶涛是为了保护他而牺牲的，而正是因为中了小人暗箭，叶涛才从一名优秀的刑警变成一名保安的，如果不变成保安，叶涛就不会死在那次事件当中了。虽然伤害叶涛的暗箭并不是萧海洋射出的，但他还是深深地不安。

萧海洋从此以后，不再乱写举报信了，业余时间，他也学我写诗了。不久，这个城市又多出一个诗人来。

总之，正如九华山的那位老方丈说的，我们一下子就顿悟了，心魔也就随之遁迹了。

就在我们庆幸自己凤凰涅槃的时候，却传来一个令人揪心的消息：欧阳丁香抑郁了。

那天，我们三个结伴去了“丁香雨”，想把我们康复的喜讯告诉欧阳丁香。但我们去了以后才知道，她已经好长时间没来了。女助理神情黯淡地告诉我们，两个月前，欧阳的老公去世了，她就把工作交给下面的人打理，自己就在家闭门不出了。前不久，女助理到她家去汇报工作，发现她披头散发，神情恍惚，讲话也有些词不达意了……

我们没想到一个心理学博士竟然也抑郁了，就决定去她家看望一下她。

走进欧阳丁香的家，客厅整个一面墙上挂着她老公的巨幅遗像，让人感到非常压抑。为了打破这种压抑，我们试图以轻松的语调向她介绍各自摆脱心理阴影的经历，但她却不停地插话，向我们讲述着她和他老公感情生活的点点滴滴。最后，我们只好耐心地听她的倾诉，直到天色暗了下来。

离开欧阳的家，我们走在华灯初放的街头，戚大开感叹道：世间烦恼，都是为情所困啊。我们每个人都处在情感的漩涡中，只不过有人挣脱出来，有人深陷其中，有人好不容易挣脱出来后却又重新陷了进去。

萧海洋说：是的，我看这个“情”字不仅体现在人与人之间，还体现在人与名和人与利之间，拿捏不好，情何以堪。

我没有介入他们的交谈，而是看着光怪陆离的街景，突然产生一个很离奇的想法：一万年后，这座城市会怎么样呢？随之，我综合大多数专家的意见预测得出这样的推论：一万年后，人类将会带着他们乱七八糟的情感和欲望无可奈何地消失，那么这座城市显然也会荒无人烟的。而人类一旦消失，这座城市里的植物就会疯长，动物就会疯跑，而它们之所以这样疯狂地成长和活动，就是为了报复已经消失的人类。

一辆小车在我的面前急刹住了，车窗里伸出一个光头，恶狠狠地对我说：你想找死呀，神经病！

我继续想着一万年后的事，便对那张愤怒的脸露出宽容的微笑。